दस कालजयी उपन्यास
ज़मीन की तलाश

तरसेम गुजराल

वाणी प्रकाशन

वाणी प्रकाशन
4695, 21-ए, दरियागंज, नयी दिल्ली 110 002

शाखा
अशोक राजपथ, पटना 800 004

फ़ोन : +91 11 23273167 फ़ैक्स : +91 11 23275710

www.vaniprakashan.in
vaniprakashan@gmail.com
sales@vaniprakashan.in

DAS KALJAYEE UPANYAS : ZAMIN KEE TALASH
by Tarsem Gujral

ISBN : 978-93-87889-34-7
Criticism

प्रथम संस्करण

मूल्य : ₹ 395

सिटी प्रेस, दिल्ली-110 095 में मुद्रित

वाणी प्रकाशन का लोगो मक़बूल फ़िदा हुसेन की कूची से

फिर अनिरुद्ध
(22 अगस्त 1973 से 11 जून 1992)
की स्मृति को

आभार

राजी सेठ, पल्लव, राजेन्द्र टोकी का जिनसे संवाद बना रहता है
अरुण माहेश्वरी का जिन्होंने इस पुस्तक को दिलचस्पी से छापा।

अनुक्रम

उपन्यास का समय और समय का उपन्यास
कालजयी उपन्यास

कालजयी उपन्यास! क्या होता है कालजयी उपन्यास? थोड़ा विस्तार में सोचें कि क्या होता है कालजयी साहित्य? वह उपन्यास या साहित्य जो रचना प्रकाशन के कुछ समय बाद ही समय की धूल में गुम हो जाता है, कालजयी नहीं होता। जीवन है तो मृत्यु भी है। मृत्यु के भटकते कदम जीवन का पीछा करते रहते हैं और अन्ततः जीवन का अन्त कर देने में सफल हो जाते हैं। हर शख़्स का जीवन मूल्यवान है। परन्तु ऐसे लोग जो आहार, भय, निद्रा, मैथुन के चक्र से बाहर निकल ही नहीं पाते, मृत्यु के बाद समाज में जल्दी भुला दिये जाते हैं। यदि याद किये जाते हैं तो अपने परोपकार, सत्यनिष्ठा या किसी ऐसे काम के लिए जो उसने सामान्य जीवन की हद के बाहर जाकर किया हो। एक उपन्यासकार या साहित्यकार की यात्रा इतनी सीमित नहीं होती। वह सत्य की तलाश की अमिट, अनबुझ प्यास के साथ जीता है, परिस्थितियों का घना जंगल छानकर ढूँढ़ निकालने की कोशिश करता रहता है। सौन्दर्य पर मुग्ध होता है, प्रभावित होता है और शिवम् का उद्देश्य अन्तर्मन में पाले रहता है। जीवन का ज़हर पीकर उसे अमृत की रचना करनी होती है।

वह कृति, जो रचना और रचना को लेकर प्रायोजित चर्चाओं के बावजूद लोगों के दिलों में देर तक जगह नहीं बना लेती, काल कवलित हो जाती है, मर जाती है जैसे अखबार में छपी ख़बर। वह कृति, जो काल की हदों को पार कर लोगों को अभिभूत करती रहती है, प्रभावित करती है, कोई उसे पढ़ता है, फिर पढ़ता है और दूसरों को पढ़ने के लिए कहता है, खरीदकर अपने मित्र-स्नेही को उपहारस्वरूप देता है क्योंकि वह उसे लाखों परेशानियों, तनाव से भरी ज़िन्दगी में डूबते हुए को कहीं तिनके का सहारा देती है, कालजयी हो जाती है। वह कृति 'ट्रांसेड' करती है, वैतरणी पार कर जाती है, स्मृतियों में बसी रहती है।

सुनते रहे हैं महाकाव्य कालजयी हो सकता है परन्तु आज उपन्यास जिसे महाकाव्यात्मक उपन्यास (एपिक) कहा जाने लगा है, आसानी से कालजयी हो सकता है, हुआ है। बशर्ते कि काल के अतिक्रमण का सामर्थ्य उस उपन्यास में हो।

हम बीसियों उपन्यास पढ़ जाते हैं परन्तु कुछ ही उपन्यास स्मृति का एक हिस्सा बने रहते हैं।

'अभिज्ञान शाकुन्तलम्' नाटक के सातवें अंक में मातली दुष्यन्त से कहता है—यह तो हेमकूट नामक पहाड़ है। इसमें किन्नर लोग रहते हैं, जहाँ तपस्या करने वालों को शीघ्र ही सिद्धि मिल जाती है। राजा कहता है—यहाँ पर ये लोग कल्पवृक्षों के वन की वायु पी-पीकर जीते हैं। सुनहरे कमल के पराग से सुवासित जल में स्नान करके पूजा-पाठ करते हैं। रत्नशिलाओं पर बैठकर समाधि लगाते हैं और अप्सराओं के बीच में बैठकर तपस्या करते हैं।" 'कुमारसम्भव' की बात करें तो (सियाराम चतुर्वेदी का अनुवाद) कवि कहते हैं—"यद्यपि पार्वती जी के वहाँ रहने से शिवजी के तप में बाधा पड़ सकती थी। फिर भी उन्होंने पार्वती जी की सेवा ली। क्योंकि सच्चा धीर महात्मा उन्हें ही समझना चाहिए, जिनका मन विकार उत्पन्न करने वाली वस्तुओं के बीच रहकर भी तिल भर न डिगे।" 'अभिज्ञान शाकुन्तलम्' में अप्सराओं के बीच रहकर तपस्या और 'कुमारसम्भव' का सच्चा धीर महात्मा—जो मन विकार उत्पन्न करने वाली वस्तुओं के बीच रहकर तिल भर न डिगे। कबीर, तुलसी, प्रेमचन्द अन्ध परम्पराओं, कठोर रूढ़ियों के बीच रहकर, पीछे खींचने वाली शक्तियों के बीच रहकर मानवीय सन्दर्भ, मानवीय संघर्ष और विकट परिस्थितियों के पार पाने की जीवन क्षमता का परिचय देते रहे।

अपने जोड़े से बिछुड़े हुए क्रौंच पक्षी की व्यथा को वाल्मीकि ने सुना और सीता की पीड़ा तक चले गये। रमेशचन्द्र शाह ने शमशेर की कविता 'काल तुझसे होड़ है मेरी' के प्रसंग में कहा—"काल से होड़ करके कभी कोई कालजयी रचना नहीं लिखी गयी। काल का अतिक्रमण करने की सामर्थ्य के बल पर ही कोई रचना कालजयी कहलाती है, ऐसा कहना चाहिए।" उन्होंने पीटर ब्रुक के 'महाभारत' का दृष्टान्त प्रस्तुत किया। वह 9 घण्टे का नाटक था। उन्हें पीटर ब्रुक के साथ बात करने का सुअवसर मिला। पीटर शेक्सपियर के विशेषज्ञ हैं। यहाँ तक कि उन्हें शेक्सपियर-थियेटर का सबसे विशेषज्ञ डायरेक्टर माना जाता है। रमेशचन्द्र शाह ने पूछा—"शेक्सपियर जैसे विश्वजनीन महत्त्व के नाटककार पर इतना जीवनव्यापी काम करने के बाद आपको 'महाभारत' को उठाने की प्रेरणा कैसे हुई?" उन्होंने कहा—"वैल, शेक्सपियर इज़ ए वैरी ग्रेट राइटर एण्ड ऑफ यूनिवर्सल इम्पोर्टेंस, बट व्यास स्पीक्स टू मी टुडे इन ए टोन व्हिच आई डोंट एक्सपैक्ट फ्रॉम शेक्सपियर।" यानी कि आज मनुष्यता जिस वात्याचक्र में फँसी है, ठीक उसी अर्थ में यूनिवर्सल, उस अर्थ में उतनी 'इम्पर्सनल' होने पर भी उतनी पर्सनल अर्जेन्सी के साथ कोई कृति मुझसे अगर बात करती है तो वो महाभारत है और मैंने 20 साल अपने इसलिए इस पर लगाये हैं।

हेमिंग्वे का उपन्यास 'समुद्र और बूढ़ा आदमी' अविजय संघर्षशीलता की जीवन्त अभिव्यक्ति साबित हुई। मनुष्य की संकल्प शक्ति कोई सीमा नहीं मानती। उपन्यास

भाषा, देश, काल सभी सीमाओं को पार कर रहा है। सेंटियागो के चरित्र के माध्यम से हेमिंग्वे यह धारणा स्पष्ट कर जाते हैं कि पराजय जीवन के लिए अन्तिम सत्य नहीं है। संघर्षशील मनुष्य इसे निरर्थक साबित कर सकता है। जीवन दर्शन रेखांकित करने लायक़ है–'मनुष्य पराजित होने के लिए निर्मित नहीं हुआ है, वह बरबाद हो सकता है मगर पराजित नहीं।'

मुक्तिबोध ने एक जगह कहा–"हम एक व्यक्ति को प्यार कर संसार से अलग क्यों हटें, हमें अपना अनुराग दुखी संसार पर बिखेर देना चाहिए। हमें संसार को कोसना नहीं चाहिए।" मेरे लिए भी एमर्सन के अनुसार, 'One soul is the door through we reach to other souls' (मुक्तिबोध रचनावली-6)। हेमिंग्वे से जब पूछा गया कि "आइडिया कहाँ से मिलते हैं?" उन्होंने कहा–"मेज पर बैठकर नहीं मिलते...मिलते हैं, लोगों के बीच जाकर। लोगों के पास जाकर मैं उनके साथ एकरस हो जाता हूँ। उनकी आशाएँ, निराशाएँ, अनुभूतियाँ मेरी अपनी हो जाती हैं।" रमेशचन्द्र शाह ने कहा कि "जो रचना कालबिद्ध नहीं होती, तो वह कालोत्तीर्ण भी नहीं हो सकती। जो अपने काल को अपनी समस्त स्नायुओं से, अपने प्राणों से, अपनी बुद्धि से जी नहीं रहा है, उसके लिए इसकी सम्भावना नहीं है कि वो सचमुच उस काल से उत्तीर्ण करने वाली, उसे उबार सकने वाली रचना दे सके।"

रामदरश मिश्र ने 'गोदान' को 'कृषक जीवन का औपन्यासिक दस्तावेज़' इसलिए कहा, क्योंकि इसमें कृषक जीवन का यथार्थ अपनी अनेक बाहरी और भीतरी पर्तों के साथ उद्घाटित हुआ है। कृषक जीवन को इतनी गहराई से देखने का ही परिणाम है कि इस उपन्यास में यथार्थ का एकपक्षीय रूप नहीं उभरता–चाहे मनोवैज्ञानिक यथार्थ हो, चाहे सामाजिक। मन से मन का, परिस्थितियों से परिस्थितियों का, परिस्थितियों से मनःस्थितियों का तनाव चलता रहता है। इसी क्रम में अन्तर्विरोध उभरते हैं।–'कोई भी रचना अपनी शक्ति खींचती है यथार्थ से, और यथार्थ सपाट या एकायामी नहीं होता, वह संश्लिष्ट और जटिल होता है। इस संश्लिष्ट और जटिलता की निर्मिति में अन्तर्विरोधों की बड़ी भूमिका होती है।' (सारिका, प्रेमचन्द अंक)

हमारे पास दस कालजयी उपन्यास हैं–1. 'गोदान' (प्रेमचन्द), 2. 'बूँद और समुद्र' (अमृत लाल नागर), 3. 'शेखरः एक जीवनी' (अज्ञेय), 4. 'बाणभट्ट की आत्मकथा' (आचार्य हजारी प्रसाद द्विवेदी), 5. 'झूठा सच' (यशपाल), 6. 'मैला आँचल' (फणीश्वरनाथ रेणु), 7. 'तमस' (भीष्म साहनी), 8. 'आधा गाँव' (राही मासूम रज़ा), 9. 'राग दरबारी' (श्रीलाल शुक्ल), 10. 'धरती धन न अपना' (जगदीश चन्द्र)। ये दस उपन्यास साहित्य का इतिहास रच रहे हैं। पूरा भारत इन उपन्यासों के माध्यम से देखा जा सकता है। हमारे मित्र आनन्द प्रकाश कहा करते हैं कि यदि हमें अठारहवीं सदी के अन्तिम दशकों के फ्रांसीसी समाज का ज्ञान चाहिए तो इतिहास पुस्तकों से कहीं अधिक बाल्ज़ाक के उपन्यास मददगार साबित होंगे। वहीं

हमें उन कारकों का पता चलेगा जो फ्रांसीसी क्रान्ति के पीछे काम करते थे, जो असल में परम्परा और नवीनता की भिड़न्त के मूल में सक्रिय थे।

'गोदान' की रचना के माध्यम से प्रेमचन्द इतिहास रच रहे हैं। प्रेमचन्द से पहले गाँव की मिट्टी में मिट्टी होकर लोगों के लिए सोने जैसी गेहूँ की फसल पैदा करने वाले किसानों पर उपन्यास लिखने की कोई परम्परा नहीं थी। इसके पीछे था देहात और किसान से गहरा लगाव। कुँवरपाल सिंह ने बहुत ठीक कहा है कि प्रेमचन्द जिस स्थान के अधिकारी हैं, उनको दिया नहीं गया—"फिर भी यहाँ स्थापित दृष्टिकोण प्रेमचन्द के कृतित्व को कम कर आँकते हैं। उनकी रचनाओं में राष्ट्रीय आन्दोलन, बहुसंख्यक लोगों की आकांक्षाएँ, संघर्ष, जय-पराजय, अन्याय, शोषण, साहस-कायरता और एक विशेष अर्थ में ग्रामीण भारत के जातीय जीवन, किसानों की मानसिकता, रूढ़ि-विरोध और बलिदान के यथार्थवाद के गहरे अर्थों में अभिव्यक्ति मिली है।"

मार्क्स ने बाल्ज़ाक और लेनिन ने तॉलस्तोय को इस सन्दर्भ में समझा कि मानव समाज के सौन्दर्य के प्रति अर्पित रचनाकार अवाम के लिए बहुत कुछ खास रच जाता है। ये रचनाकार अपने कलात्मक सृजन में समाज में आ रहे बुनियादी बदलाव को अंकित कर रहे थे। जनता की मानसिकता को समझने वाले तॉलस्तोय बदलते हुए समाज, बदलते हुए देश को ठीक से देख पा रहे थे। प्रेमचन्द की साहित्य की समझ बिल्कुल साफ़ थी—साहित्यकार का लक्ष्य केवल महफ़िल सजाना और मनोरंजन का साधन जुटाना नहीं है—उसका दरजा इतना न गिराइये। वह देशभक्ति और राजनीति के पीछे चलने वाली सच्चाई नहीं, बल्कि उसके आगे मशाल दिखाती हुई सच्चाई है (कुछ विचार, जीवन में साहित्य का उद्देश्य)।

'गोदान' में प्रेमचन्द अन्तर्विरोधों को ठीक से पकड़ते हैं। सामन्ती समाज परजीवी लोगों की भीड़ जमा करता है और फालतू का अहंकार व्यक्ति को व्यक्ति से दूर कर देता है। रायसाहब अपने स्वजनों की तस्वीर खींच रहे हैं—"और तो और, हमारे चचेरे, फुफेरे भाई, जो इसी रियासत की बदौलत मौज उड़ा रहे हैं, शराब पी रहे हैं और ऐयाशी कर रहे हैं, वह भी मुझसे जलते हैं, आज अगर मर जाऊँ तो घी के चिराग जलाएँ, मेरे दुख को दुख समझने वाला कोई नहीं।"

आचार्य शुक्ल ने कविता वाले निबन्ध पर जितना मनन किया, उपन्यास पर उतना नहीं किया। कविता को लेकर वे बहुत संवेदनशील और सजग थे। बार-बार काट रहे थे, बार-बार लिख रहे थे। परन्तु फिर भी उपन्यास को लेकर जो कुछ कहा, वह अकारथ नहीं था—"मानव जीवन के अनेक रूपों का परिचय कराना उपन्यास का काम है। यह उन सूक्ष्म घटनाओं को प्रत्यक्ष करने का कार्य करता है, यत्न करता है, जिनसे मनुष्य का जीवन बनता है, जो इतिहास आदि की पहुँच से बाहर है। बहुत लोग उपन्यास का आधार शुद्ध कल्पना बताते हैं पर उत्कृष्ट उपन्यासों

का आधार अनुमान शक्ति है, न कि कल्पना।" (आचार्य शुक्ल, 1910 का कथन) उनके द्वारा बतायी गयी अनुमान शक्ति क्या उपन्यासकार द्वारा कल्पित एक दुनिया है? बिल्कुल नहीं। ऐसी कोरी कल्पना को वह रद्द कर रहे हैं। उनकी अनुमान शक्ति को जीवन के स्रोतों से अलग नहीं किया जा सकता। हिन्दी उपन्यास प्रेमचन्द से लेकर जगदीशचन्द्र तक (और फिर उससे भी आगे) मनुष्य के सामाजिक जीवन, जीवन धारा को बाधित/विषाक्त करने वाले संकटों, अपने समय की राजनीति, शोषण-दमन, हर तरह के भेद-भाव अथवा सरलता-सहजता से जीवन नहीं जीने देने की क्रूर स्थितियों को उद्घाटित करता है। हम अनेक जनान्दोलनों और सम्भावनाओं की तस्वीर अपने उपन्यासों की दुनिया में देख सकते हैं। आन्द्रे मार्लो ने कहा है कि कला नियति के ख़िलाफ़ इंसान का अन्तिम बचाव है।

'बूँद और समुद्र' की भूमिका के रूप में उपन्यासकार ने वक्तव्य दर्ज किया है—"इस उपन्यास में मैंने अपना और आपका अपने देश के मध्यवर्गीय नागरिक समाज का तनाव-खिंचाव, संस्कार-विचार, असंगति-विसंगति, सीमा-उपलब्धि, गुण-दोष भरा चित्र ज्यों-का-त्यों आँकने का यथामति, यथासाध्य प्रयत्न किया है।" हमें एक बड़े कैनवास पर बदलते हुए नागरिक समाज का (जिसमें मध्यवर्ग की प्रमुख भूमिका है) चित्रांकन नज़र आता है। लखनऊ का चौक मुहल्ला मध्यवर्गीय परिवारों की आशा-निराशा, बेबसी, घुटन, ईर्ष्या-द्वेष, प्रतिद्वन्द्विता, अपेक्षाओं की दुनिया खोल देता है। नैतिक मूल्यों का बार-बार उल्लेख करने वाले परन्तु जिनके अपने पाँव दलदल में हैं, ऐसे चरित्र हमारा ध्यान खींचते हैं। समाज में रिश्वतखोरी और जोर-जबरदस्ती के रास्ते खुल चुके हैं। पुलिस के छोटे से ऊँचे अधिकारी तक धन कमाने के लिए न्याय का गला घोंट रहे हैं। 'बूँद और समुद्र' की वनकन्या कहती है—"मरते-मरते भी भाभी की देह से एक और सेवा ली गयी। स्टेटमेंट पर उनका हाथ पकड़कर दस्तखत कराये गये...उस दिन मैंने जो अनुभव किया, वह कभी नहीं भूलूँगी। एक मजिस्ट्रेट, पुलिस सब-इंस्पेक्टर, एक डॉक्टर और एक राष्ट्रीय नेता—ये हमारे न्याय के प्रतीक सरासर न्याय का गला घोंट रहे हैं।" (बूँद और समुद्र, पृ. 77)

उपन्यासकार राजनीतिक जीवन की जो दागदार तस्वीर खींच रहे हैं, वह काफ़ी निराशाजनक है—राजनीति केवल दाँव-पेंच का अखाड़ा है, मानवहित के आदर्श से हीन, व्यक्तिगत अहंकार के कारण राजनीति के खिलाड़ियों की बुद्धि, चतुराई और कार्य-कुशलता बहक गयी है।

यहाँ बूँद व्यक्ति को और समुद्र समाज को प्रतिबिम्बित करता है। उपन्यासकार के लिए समाज में सामाजिक चेतना का लोप होते जाना क्षुब्धकारी है। इस समय तो ऐसा लगता है कि इस देश में पृथ्वी पर केवल व्यक्ति रहता है, समाज नहीं। व्यक्ति केवल अपने दायरे में रहता, सोचता और कर्म करता है कि हर व्यक्ति एक-एक द्वीप में अलग है।

बताया गया कि आधुनिक युग की औद्योगिक क्रान्ति के बाद मनुष्य स्वाचारी हो गया। दरअसल, यह उसकी अपनी नियति से साक्षात्कार करने जैसा है जिसका विज्ञान सम्मत अर्थ निकाला गया कि 'मानव अपनी नियति का निर्माता' हो गया है। राजेश्वर सक्सेना ने कहा कि चर्च-युग ने धर्मशास्त्रों को पैदा किया था और आधुनिक राज्य ने विचारधाराओं को पैदा किया है, (बाज़ार ने प्रेग्मैटिज़्म को पैदा किया है)। अतः इस पृष्ठभूमि में रहकर ही व्यक्ति के साथ प्रकृति और समाज के सम्बन्धों की एक भौतिकवादी ज्ञान मीमांसा उभरती हुई दिखाई देने लगती है। अब (Reality as a creative activity or process) यथार्थ को सृजन क्रिया और प्रक्रिया की तरह समझा जाने लगता है। (उत्तर-आधुनिकता और द्वन्द्ववाद, पृ. 2)

'शेखर एक जीवनी' की रचना व्यापक उथल-पुथल के दिनों में की गयी। विदेशी (उपनिवेशवादी) अत्याचार के विरुद्ध लड़ाई, गाँधीवाद-नेहरूवाद के बीच सुलगते सम्बन्ध, महायुद्ध के बीच और बाद की परिस्थितियाँ, स्त्री जीवन की विडम्बना, बुद्धिवाद, रोमांटिसिज़्म और अस्तित्ववाद की लहर के रूप में आधुनिकता का प्रसार, विद्यार्थी जीवन का आडम्बर के प्रति खिंचाव, फिर इन सबसे उभरते व्यक्तिगत और सामाजिक द्वन्द्व। शेखर ने तत्कालीन समाज में छुआछूत का रोग देखा जो अछूत कहे जाने वाले इन्सान को विवश बनाता है—"वहाँ है केवल दैन्य, सम्पूर्ण दासत्व, वहाँ माता-पिता अपने बच्चों को बोध कराते हैं, अवज्ञा के लिए नहीं, स्वीकृति के लिए, झुकना सिखाते हैं अभियान से नहीं, दासत्व भाव से। आत्माएँ इस सम्बन्ध में इस तरह जकड़ी गयी हैं कि वे स्वयं नहीं जानते कि वे किस शृंखला में बँधे हैं और स्वयं उसकी कड़ियाँ पक्की करने में सहायक होते हैं।" (शेखर: एक जीवनी, प्रथम भाग, पृ. 65)

शम्भुनाथ ने शेखर को 'तार सप्तक' के काल के पुनर्निर्माण में जोड़कर देखा है। जहाँ 'राहों का अन्वेषण' हो रहा था—"शेखर भी राहों का एक अन्वेषी है। उसमें अछूत, निर्धन और स्त्री के प्रति गहरा प्यार भरा है। और पूरी व्यवस्था से गहरा असन्तोष। वह नवजागरण और उपनिवेशवाद विरोधी संग्राम से कटा नहीं है, बल्कि उसके जीवन के बहुत से आदर्श नवजागरण और स्वाधीनता संग्राम के हैं। 'शेखर एक जीवनी' और 'तार सप्तक' के प्रकाशन तक अज्ञेय के सामाजिक-राजनीतिक विचार क्या थे, यह जानने के लिए इस उपन्यास के अलावा कोई दूसरा साधन नहीं है।" (साक्षात्कार, दिस. 2001)

राल्फ फॉक्स ने कहा है—

"धन सभी चीज़ों को बराबर कर देता है—माइकल एंजेलो की एक कृति को यदि कोई ऐसा करोड़पति खरीदे जिसने तेल या साबुन जैसी उपयोगी और घरेलू वस्तुओं के व्यापार में अपनी दौलत जुटायी है तो वह उसे तेल या साबुन की एक मिकदार के बराबर और शेक्सपियर के नाटक को खाद की एक विशेष मात्रा के बराबर बना देता है।" (उपन्यास और लोक जीवन, पृ. 33-34)

सम्पादकों और प्रकाशकों का शोषण केन्द्रित व्यवस्था में शोषक हो जाना 'शेखर: एक जीवनी' उपन्यास की एक विकृति है। सम्पादकों, प्रकाशकों का व्यावसायिक व्यवहार शेखर को हतप्रभ करता है। सम्पादक, प्रकाशक प्रतिष्ठित लेखकों की रचनाओं के प्रकाशन में ही दिलचस्पी दिखाते हैं। बाज़ार में खपत की नज़र से उपयोगी रचना को ही प्रकाशन योग्य करार देते हैं। शेखर 'हमारा समाज' पुस्तक की पाण्डुलिपि लेकर चक्कर काटता रहता है। पाण्डुलिपि की हत्या (कुएँ में डाल देने का भाव) उसे आहत करती है।

उपन्यास नाम से शेखर (नायक) की एक जीवनी भले ही लगता हो, परन्तु वह अपने युग का खाका प्रस्तुत कर रहा है जिसमें कुछ नये सवाल शामिल हैं, मनोविज्ञान सम्बन्धी चित्र हैं, जीवन और मृत्यु को लेकर बड़े सवाल हैं, युग-संघर्ष की सुन्दर तस्वीर है और अन्याय के प्रति तीखे अस्वीकार का भाव है। मनुष्य की आन्तरिक विवशता और सामाजिक दायित्व साफ़ नज़र आते हैं। कारुणिक और मार्मिक चित्र साथ बहा ले जाते हैं। सोचने-विचारने के ऐसे प्रसंग हैं कि किताब में पेन्सिल अटकाकर कोई देर तक मनन करता रहे।

ऐतिहासिक घटना एंगेल्स के अनुसार और कुछ भले ही हो, किन्तु 1+1=2 का सीधा जोड़, कार्य और कारण का एक सीधा सम्बन्ध नहीं है। इस तरह "इतिहास अपना निर्माण करता है कि अन्तिम परिणाम हमेशा अनेक व्यक्तिगत इच्छाशक्तियों के द्वन्द्व से पैदा होता है और इन इच्छाशक्तियों में से भी प्रत्येक जीवन की अनगिनत विशेष परिस्थितियों द्वारा निर्मित होती है। इस प्रकार परस्पर काट करती अनगिनत ताकतें, शक्तियों के समानान्तर चतुर्भुजों की ध्वस्त शृंखलाएँ एक परिणाम को, ऐतिहासिक घटना को जन्म देती हैं।"

भारत-विभाजन निःसन्देह भारतीय इतिहास की अभूतपूर्व दुर्घटना, जिसका प्रभाव बहुत दूर तक, त्रासद और जीवन की स्वाभाविक गति को तोड़कर, मानवीय विश्वास की चूलें हिला देने वाला हुआ। पचासी लाख लोगों को अपने घरों, अपनी गलियों और अपने वतन से उजड़कर नयी राह, नये शहर, नये आकाश के नीचे छत बनानी पड़ी, जब उनका सर्वस्व लुट चुका था, तबाह हो चुका था। बहुत से लोगों को छोटे-मोटे हाथ आये सामान की गठरी के साथ अपनों के कत्ल का बोझ भी उठाना पड़ा। साम्प्रदायिक आधार पर यह पहला (ख़ुदा करे कि अन्तिम भी हो) विभाजन था जिसमें मुसलमानों और हिन्दुओं के जुनूनी वर्गों ने एक-दूसरे की बहू-बेटियों को इस तरह अपमानित किया कि मानवता को शर्म आने लगी और इतिहास के पन्नों पर कालिख पुत गयी।

एंगेल्स ने बाल्ज़ाक की रचना 'ह्यूमैन कॉमेडी के बारे में टिप्पणी की कि फ्रांस की सामाजिक स्थिति के विषय में तथा आर्थिक सूक्ष्मताओं के बारे में जितनी ज्ञानवृद्धि हुई थी, उतनी इतिहासकारों के इतिहास और सारे अर्थशास्त्रियों तथा अंक गणितज्ञों

की पुस्तकों को मिलाकर भी नहीं हुई। यही बात यशपाल के उपन्यास 'झूठा सच' को लेकर उतने ही जोर से कही जा सकती है जिसे प्रकाशचन्द्र गुप्त 'आज के भारत का कथाबद्ध इतिहास' मानते हैं।

नवम्बर, 1938 के 'विप्लव' के प्रवेशांक में यशपाल ने कहा था—"विप्लव मनुष्य और उसके समाज की जीवन-शक्ति का स्रोत है। मनुष्य समाज का विकास के मार्ग पर एक पड़ाव पूरा कर दूसरे पड़ाव में कदम रखना विप्लव है। आज हम एक पड़ाव का मार्ग तय कर क्लान्त शान्त, जर्जर हो अपने मार्ग को बन्द पा रहे हैं। किन्तु जीवन की राह पर चले बिना गुज़ारा नहीं। न चलने का अर्थ है—मृत्यु।" यशपाल ने अपने आपको सदा समाज का एक हिस्सा माना और सामाजिक अन्तर्विरोधों को ज़ाहिर करना अपना फ़र्ज़ माना—"लिखना मैं अपना काम समझता हूँ। जैसे दूसरों के अपने काम हैं, मेरा काम है—लिखना। मैं अपना काम न करूँ, यह मुझे अस्वाभाविक और अनुचित भी जान पड़ता है।... समाज का अंग होने के नाते अपने जीवन में, अपने आस-पास में जो अन्तर्विरोध देखता हूँ, पाता हूँ, उसकी ओर विद्रूपमय लक्ष्य करने के लिए लिखता हूँ।" 'झूठा सच' की विडम्बना क्या अपने अन्तर्विरोधों को पूरी तरह पहचान न पाने से नहीं उपजती? त्रासदी झेलते हुए पात्र क्या औपनिवेशिक समय की विडम्बना नहीं समझ रहे होते? कुँवरपाल सिंह ने यशपाल के रचना-संसार को 'गोदान' की अगली कड़ी माना है। यहाँ मज़दूर वर्ग और मध्य वर्ग की भूमिका महत्त्वपूर्ण हो गयी थी।

भारत-विभाजन की त्रासदी के इतने व्यापक प्रभाव थे कि 'झूठा सच' (यशपाल) और 'तमस' (भीष्म साहनी) जैसे मार्मिक, प्रभावशाली और साहित्यिक क्षितिज पर छाये रहने वाले उपन्यासों की रचना की गयी। 'आधा गाँव' (राही मासूम रज़ा) में भी इस विडम्बना का साया नज़र आता है। गंगोली गाँव की लड़कियाँ उदास हैं, परेशान हैं क्योंकि पढ़े-लिखे अच्छे मुस्लिम लड़के पाकिस्तान जा चुके हैं।

इस साल आधुनिक भारतीय साहित्य के नक्षत्र कवियों अज्ञेय, नागार्जुन, शमशेर बहादुर सिंह, केदारनाथ अग्रवाल को उनके शानदार काव्य-व्यक्तित्व के कारण याद किया गया। अच्छा है हिन्दी के लोग काव्य-मनीषियों को आदर दे रहे हैं, परन्तु इनमें से किसी की भी भारत-विभाजन जैसी दूरगामी प्रभावों वाली घटना पर कोई कविता सामने नहीं आयी। कहीं ऐसा तो नहीं कि इस घटना के अनेक प्रभावों और पर्तों को अंकित करने के लिए उपन्यास ही उपयुक्त माध्यम है। यशपाल यदि 'झूठा सच' के माध्यम से साफ़ संकेत कर रहे हैं कि हमारे सांस्कृतिक मूल्यों का ह्रास विस्थापन की पीड़ा से आरम्भ हुआ है तो भीष्म साहनी 'तमस' के जरिये रिचर्ड की मनोवृत्ति को भी दर्ज कर रहे हैं जो लूटपाट, भयानक मारकाट, आगजनी से ज़रा भी विचलित नहीं होता क्योंकि हिन्दुस्तान उसका अपना मुल्क नहीं है। प्रभुसत्तावादियों की अवाम के हर तरह के नुकसान की तटस्थता ऐतिहासिक बीजों की तरफ़ ध्यान

दिलाती है जो अमानवीय तरीके से झाड़-झंखाड़ होकर हमारे आन्तरिक सम्बन्धों को नुकसान पहुँचाने वाले बन जाते हैं। भीष्म साहनी के लिए युग-बोध की कसौटी अहम तो है, परन्तु उनके जीवन की लय में बैठना भी ज़रूरी है।

उनके अनुसार—"साहित्य-सृजन अपने स्वभावानुसार अपने देश-काल की परिस्थितियों से गहरे में जुड़ा हुआ, अपनी परम्परा से जुड़ा हुआ, अपने लिए नयी ज़मीन तोड़ता हुआ अपना रास्ता बनाता है। प्रेमचन्द का 'गोदान' तो हाशिए की चीज़ नहीं है। वह इसलिए कि वह जीवन की कोख में से निकला उपन्यास है, और इसी कारण युग की आवाज़ भी बनता है, पर यदि युग-बोध का आग्रह मस्तिष्क पर छा जाये तो उसकी झलक जैसे-तैसे दे पाने के लिए लेखक जीवन की लय में बैठने के बजाय परिस्थितियों को ही तोड़-मोड़कर प्रस्तुत कर सकता है, जिसके मन पर युग बोध छा जाये, जिस लेखक को इस बात की धुकधुकी लगी रहे कि जो कुछ वह लिख रहा है, वह युग-बोध की कसौटी पर खरा उतरेगा या नहीं, तो वह क्या खाक लिखेगा?"

'झूठा सच' और 'तमस' में साम्प्रदायिक शक्तियाँ जुनूनी होकर मानवीयता से दूर चली जाती हैं। 'झूठा सच' में पाकिस्तान से तारा जैसी अपहृत स्त्रियों को लाने वाली बसें जब भारत की सीमा से कुछ मील दूर होती हैं, तब अचानक तीखी बदबू के कारण बेचैन हो जाती हैं। मुसलमानों के क़ाफ़िले के हिन्दुओं द्वारा मारे गये लोगों की लाशें कई दिनों से सड़ रही थीं। 'तमस' में पाँच दिन के भयावह हत्याकाण्ड के बाद बस्तियाँ वीराने में बदल जाती हैं, गाँव का गुरुद्वारा मसान में तब्दील हो जाता है। गुरुद्वारा का बड़ा कुआँ औरतों और लड़कियों की लाशों से पट जाता है।

राज़नीति मनुष्य में साम्प्रदायिक अग्नि सुलगाकर उसके हाथों में हथियार थमा सकती है, परन्तु मनुष्य के ज़ख़्मों पर मरहम लगाने का काम स्वार्थ केन्द्रित राजनीति नहीं करती।

'बाणभट्ट की आत्मकथा' उपन्यास की सुचारिता कहती है—"वैराग्य क्या इतनी बड़ी चीज़ है कि प्रेम के देवता को उसकी नयनाग्नि में भस्म करके कवि गौरव अनुभव करे।" (पृ. 185) इसी उपन्यास में कहलवाया गया—"मानव देह केवल दण्ड भोगने के लिए नहीं बनी, आर्य। यह विधाता की सर्वोत्तम सृष्टि है। यह नारायण का पवित्र मन्दिर है।" (पृ. 165) हमने धनिया (गोदान/प्रेमचन्द) को अन्याय के विरुद्ध तनकर खड़े होते देखा, शशि (शेखर : एक जीवनी) को शेखर की प्रेरणा बनते हुए देखा, 'बाणभट्ट की आत्मकथा' में पुरुष सम्मत मूल्यों और चाहतों की जोरदार निन्दा है और नारी-मुक्ति का सीधे तौर पर भरपूर समर्थन है। द्विवेदी जी बहुत स्पष्ट हैं—"जब तक तुम पुरुष और स्त्री को नहीं भूल जाते, तब तक तुम अधूरे हो, अपूर्ण हो, आसक्त हो।" परन्तु यहाँ स्त्री चेतना इतिहास के चित्रित खम्भों से दीखती है। इस सम्बन्ध में भगवान सिंह से सुनें—"यह बात हाल के दिनों

में किसी से छिपी नहीं रह गयी है कि इतिहास को लेकर उपन्यास, कम-से-कम श्रेष्ठ उपन्यास लिखा ही नहीं जा सकता। उपन्यास एक आधुनिक विधा है। यह सामन्तवाद के पतन और औद्योगिक पूँजीवाद के उदय के साथ पैदा हुई विधा है, इसलिए इसमें पहले के यथार्थ को समेटा ही नहीं जा सकता। इसका सम्बन्ध वर्तमान देश और काल से है, इसलिए इतिहास को लेकर लिखे गये उपन्यासों में कोई बहुत अच्छा माना ही नहीं जा सकता। इतिहास की सबसे बड़ी त्रासदी यह है कि यह वर्तमान से दूर और कहा हुआ होता है, इसलिए इसमें आज के देश-काल का अंकन हो ही नहीं सकता।" (वर्तमान साहित्य/शाताब्दी कथा विशेषांक) फिर भी 'बाणभट्ट की आत्मकथा' एक बड़ा उपन्यास तो है ही, जो समय को पार कर हम तक पहुँचता है।

'मैला आँचल' (फणीश्वरनाथ रेणु) का रचनाकाल 1950-52 का है। 1956 में हंगरी की जनता ने सत्ता के विरुद्ध विद्रोह का झण्डा बुलंद किया था। इस विद्रोह को सोवियत संघ की सत्ता के लिए चुनौती समझा गया। हंगरी के विद्वान पुरुष और मार्क्सवादी समालोचक जॉर्ज लुकाच ने सत्ता के विरुद्ध लोगों का साथ दिया। सोवियत संघ विद्रोह का दमन कर रहा था। परिणामस्वरूप लुकाच बन्दी बना लिये गये और एक कैदी के रूप में रूमानिया के एक बहुत बड़े किले में रखे गये। इस अवस्था में उन्होंने घोषित किया कि 'काफ्का सचमुच यथार्थवादी हैं।' मैनेजर पाण्डेय ने इस स्थिति पर टिप्पणी की कि यथार्थ के महत्त्व की समझ और यथार्थवाद की पहचान आसान नहीं है। उसके लिए कभी-कभी जॉर्ज लुकाच की तरह अग्नि-परीक्षा से गुज़रना पड़ता है। जॉर्ज लुकाच यथार्थ और यथार्थवाद के प्रसिद्ध व्याख्याकार ही नहीं थे, वह काफ्का की रचनाओं में मौजूद आधुनिकता को यथार्थवाद का दुश्मन भी मानते थे लेकिन उन्हें अपनी ज़िन्दगी की अत्यन्त कठिन स्थिति का सामना करते हुए काफ्का की यथार्थवादी दृष्टि की पहचान हुई थी।

'बूँद और समुद्र' उपन्यास में व्यक्ति बूँद है और समाज समुद्र। 'मैला आँचल' में फणीश्वरनाथ रेणु ने व्यक्ति की जगह समाज को जगह दी है। व्यक्ति की कहानी की जगह गाँव नुमायाँ है। रेणु भारतीय ग्रामीण जीवन अंचल विशेष की ज़िन्दगी जिसमें 'मेरीगंज' का मटमैलापन और उजलापन दोनों बड़ी आत्मीयता से चित्रांकित किये गये हैं। रेणु स्वयं कहते हैं—"इसमें फूल भी है, शूल भी है, धूल भी है, गुलाल भी, कीचड़ भी है, चन्दन भी, सुन्दरता भी है, कुरूपता भी है—मैं किसी से दामन बचाकर निकल नहीं पाया।" 'मैला आँचल' के उपन्यासकार की अंचल की मिट्टी से प्रेम है। वहाँ के लोग उस मिट्टी में मरने-खपने वाले लोग हैं जो पशु से भी सीधे और पशु से भी ज़्यादा खूँखार दिखाई पड़ते हैं। वह बदले हुए ज़माने की नब्ज़ पर उँगलियाँ रखते हैं। 'ज़माना बदला ही नहीं, साफ़ उलट गया है।' कालीचरन जैसे लोग हैं, जो धरतीपुत्र हैं। उस मैले अंचल में पहली बार

किसी ने सुना–'ज़मीन जोतने वाले को।' मठ में नागा बाबा आते हैं। लछमी का अपमान करते हैं। बालदेव मदद के लिए आगे नहीं आते, लछमी के प्रति सहृदय होते हुए भी। कामरेड वासदेव नागा बाबा का व्यर्थ का अभिमान धोकर रख देता है। इससे ज़्यादा उलट गये ज़माने की राह कहाँ से मिलेगी? वहाँ बावनदास खोखली पद की भूखी राजनीति का पर्दा उतार रहा है–सब पाटी समान। उस पाटी में जितने बड़े लोग हैं, मन्तरी बनने के लिए मार-काट कर रहे हैं। यहाँ डॉ. प्रशान्त रोगों की वजह समझने के लिए आया है। जीवन का लक्ष्य है चिकित्सा द्वारा अवाम की खिदमत। वह लोगों का मूल रोग समझ गया–'ग़रीबी और जहालत–इस रोग के दो कीटाणु।' यही है यथार्थ की वह पकड़ जो आधारभूत जीवन की लय को परख रही है और बदलाव को रेखांकित करती है, गहरे संवेदनात्मक स्तर पर और उपन्यास को कालजयी बनाती है।

'चूँकि उपन्यास मनुष्य के परिपक्व काल की विधा है, इसलिए इसके भीतर बहुत कुछ ऐसा है जिसमें मनुष्य का सचेत एवं रचनाशील व्यक्तित्व झलकता है। यह सचेत व्यक्तित्व दो स्तरों पर देखने को मिलता है : रचनाकार के प्रयत्न में जब वह बाह्य जगत् की विशृंखलित वस्तुओं के साथ एकीकरण की प्रक्रिया में आबद्ध होता है और उपन्यास नायक के व्यवहार में, जहाँ बाह्य जगत् की स्वतन्त्र तथा अपरिचित सत्ता का प्रभाव मनुष्य के कार्य और विचार पर पड़ने लगता है...इस अर्थ में उपन्यास अपने समय की ऐतिहासिक-दार्शनिक स्थिति से अनिवार्यतः जुड़ा होता है और जीवन से सम्बन्धित वे विभाजन जो वास्तविक जीवन में विद्यमान होते हैं, उपन्यास के रचना विधान और उसकी क्रिया को प्रभावित करते हैं।'

(उपन्यास का सिद्धान्त/लुकाच का साहित्य चिन्तन/आनन्द प्रकाश, पृ. 14)

रामविलास शर्मा ने 'मैला आँचल' पर लिखा–"मैला आँचल का एक महत्त्वपूर्ण पक्ष है जो उसे प्रेमचन्द की परम्परा से जोड़ता है। बहुत कम उपन्यासों में पिछड़े हुए गाँवों के वर्ग-संघर्ष, वर्ग-शोषण और वर्ग-अत्याचारों का ऐसा जीता-जागता चित्रण मिलेगा।"

जब आधी राजनीति ने साम्प्रदायिक आधार पर पाकिस्तान की परिकल्पना की और उपनिवेशवादी शक्तियों ने इसे अमल में लाने में अपना कोई सपना पूरा होते हुए देखा, तब जनता को ज़रा भी विश्वास नहीं हुआ। राही मासूम रज़ा का 'आधा गाँव' लिखते वक़्त पुख़्ता विश्वास रहा होगा कि मज़हब व्यक्तिगत मामला है। देश या राष्ट्र सामूहिक। साम्प्रदायिकता को राही ने एक रोग कहा है। रोग मज़हब का समानार्थक नहीं। 'आधा गाँव' के फुन्नन मियाँ पाकिस्तान की परिकल्पना पर कटाक्ष करते हैं–

"काहे भैया, तोरे पाकिस्तान का का हाल है?"

"वह तो बन रहा है।"

"काहे न बनि है, तू कहि ऱइयो तो ज़रूर बनिये।"

"बाक़ी गंगौली पाकिस्तान में जईहे कि हिन्दुस्तान में रईहे?"

"ई तो हिन्दुस्तान में रहेगी। पाकिस्तान में तो सूबा, सरहद, पंजाब, सिन्ध और बंगाल होगा। और कोशिश कर रहे हम लोग कि मुस्लिम यूनिवर्सिटी भी पाकिस्तान में ही जाये।"

फुन्नन मियाँ के इस सवाल पर कि पाकिस्तान बनने से उन्हें क्या लाभ होगा, फारूक कहता है—"एक इस्लामी हुकूमत बन जायेगी।" फुन्नन मियाँ व्यंग्य करते हैं—"इस्लाम कहाँ है जिसकी हुकूमत बन जायेगी।" (आधा गाँव, पृ. 162)

हम्माद मियाँ और एम.एल.ए. पारसराम, जो जाटव हैं, दोनों के बीच छोटी जाति बड़ी जाति के प्रश्न पर संघर्ष होता है तो पूरा गाँव दो हिस्सों में बँट जाता है।—"सारे गाँव में खलबली मच गयी। ऊँची जात के लोगों ने हम्माद मियाँ का साथ दिया। 'कई खेत कटे, कई फ़ौजदारियाँ हुईं।" (आधा गाँव, पृ. 356) उपनिवेशवादी शक्तियों के इतिहास की करवट ने फुन्नन मियाँ को कैसा खेल दिखाया कि उनका बड़ा बेटा अंग्रेज़ों की तरफ़ से जर्मनों से लड़ता हुआ मारा गया। छोटा लड़का मुमताज़ वहीं गाँव में अंग्रेज़ों की पुलिस की गोली से मारा गया। जब बालमुकुन्द वर्मा सन् 1942 के शहीदों की तारीफ़ कर रहे थे, फुन्नन मियाँ एक-एक शब्द को प्याज के कतरों की तरह चाट रहे थे। लेकिन जब देर तक बालमुकुन्द वर्मा ने मुमताज़ का नाम एक बार भी नहीं लिया तो फुन्नन मियाँ को वहशत होने लगी... फुन्नन मियाँ के लिए इस तकरीर को झेलना नामुमकिन हो गया। वह बीच तकरीर में खड़े हो गये—

"ऐ साहिब, हियाँ एक ठो हमरहू बेटा मारा गया रहा। अइसा जना रहा कि आपको कोई ओका न बताइस। ओका नाम मुमताज़ रहा।" (आधा गाँव, पृ. 359) कुँवरपाल सिंह ने बख़ूबी कहा—"एक कालजयी रचना इतिहास विरोधी और जन विरोधी शक्तियों का रेशा-रेशा अलग कर देती है। 'गोदान' के बाद भारतीय समाज में हो रहे परिवर्तनों को 'आधा गाँव' चित्रित ही नहीं करता बल्कि भविष्य में होने वाले परिवर्तनों का संकेत भी देता है। 'गोदान' और 'झूठा सच' के बाद 'आधा गाँव' इसकी अगली कड़ी है।"

यथार्थ न तो स्थिर होता है, न ही स्थायी। यह कोई बना-बनाया साँचा नहीं जिस पर टिकायी कथा की गीली मिट्टी एक आकार में ढल जाती है। यथार्थ उपन्यास के अमल और तलाश का विषय है। यथार्थ उपन्यासकार की दृष्टि कोई मूल्यबोध का परिचायक भी है। उत्तर आधुनिकतावादी यथार्थ के वस्तुजगत् रूप को नकार चुके हैं। राल्फ फॉक्स कहते हैं कि—"पूँजीवादी समाज के विकास ने कलाकार की स्थिति को उस स्थिति से सर्वथा भिन्न बता दिया जो कि उसे पहले की सभी समाज व्यवस्थाओं में प्राप्त थी। अपने आरम्भिक काल में रेनेसाँ से लेकर

अठारहवीं शताब्दी के मध्य काल तक, यह बात इतनी प्रत्यक्ष नहीं थी। लेखक को तब तक मानव को असली रूप में देखने की स्वतन्त्रता थी, वह उसका सम्पूर्ण चित्र प्रस्तुत कर सकता था और वर्तमान तथा मध्यकालीन अतीत की आलोचना करने की भी उसे छूट थी। संक्षेप में यह कि जिस पूँजीवाद ने एक पद्धति के रूप में यथार्थवाद को जन्म दिया और उपन्यास की शक्ल में उसे एक पूर्ण रूप दिया, मानव को कला का जिसने केन्द्र बनाया, उसी पूँजीवाद ने अन्त में उन परिस्थितियों को भी नष्ट कर दिया जिनमें यथार्थवाद पनप सकता था और मानव के लिए अब कला के क्षेत्र में खासतौर से उपन्यास के क्षेत्र में केवल पंगु या विकृत रूप में ही प्रवेश करने की गुंजाइश छोड़ी।" (उपन्यास और लोक जीवन, राल्फ फॉक्स, पृ. 31)

भारत की आत्मा गाँव में बसती है।

'गोदान' के सेमरी बेलारी, 'मैला आँचल' का मेरीगंज, 'आधा गाँव' का गंगोली देख-परख चुकने के बाद 'राग दरबारी' का शिवपालगंज सामने है। यहाँ आते-आते गाँव बदल चुका है। यहाँ स्थितियाँ पतनोन्मुखी हैं, जिस पर दया नहीं कटाक्ष किया जा सकता है। भ्रष्ट तन्त्र पर कटाक्ष, जिससे उपन्यास का रूप 'व्यंग्यात्मक उपन्यास' का बना। उपन्यास में नैतिक मूल्यों का ह्रास, जीवन के सांस्कृतिक ढाँचे की जगह मूल्यहीनता तथा संस्कारहीनता पर व्यंग्य का शर संधान है।

'ज्यों-ज्यों मानव की उत्पादनशक्ति में विकास हुआ, शोषण की दुर्दम प्रक्रिया शुरू हुई, सामाजिक सम्बन्धों में जटिलता आयी और मानव अपने ही श्रम से पृथक होने लगा, वैसे ही चिन्तन, सृजन, दर्शन आदि मानवक्रियाएँ भी विशिष्टता और पृथकता ग्रहण करने लगीं। पुरानी संगति टूटकर बिखर गयी और मानव संसार का पूरा स्वरूप ही बदल गया।

(लुकाच का साहित्य चिन्तन, अनुवाद और सम्पादन आनन्द प्रकाश, पृ. 25)

शिवपालगंज में श्री छंगामल विद्यालय इण्टरमीडिएट कालिज है जिसके माता-पिता-सखा सभी कुछ वैद्य जी हैं। जिनके आदेश के बिना पत्ता भी नहीं हिलता। उनके अलावा प्रिंसिपल, सनीचर, छोटे पहलवान आदि सभी दरबारी हैं जो परिवारवाद, संशयवाद, कुटिलवाद से लगाकर तमाग सामाजिक विकृतियों को गुनते-बुनते हैं। बड़ी ज़िम्मेदारी से सामाजिक विकृतियों पर श्रीलाल शुक्ल की क़लम बड़ी निर्मम है। वर्तमान शिक्षा पद्धति रास्ते में पड़ी हुई यहीं नज़र आयी, जिसे कोई भी लतिया सकता है। विद्या भवन की हालत यह है कि—"यहाँ से इण्टरमीडिएट पास करने वाले लड़के सिर्फ़ इमारत के आधार पर कह सकते हैं कि हम शान्ति निकेतन से भी आगे हैं। हम असली भारतीय विद्यार्थी हैं, हम नहीं जानते कि बिजली क्या है, नल का पानी क्या है, पक्का फर्श किसे कहते हैं, सैनिटरी फिटिंग किस चिड़िया का नाम है।" परिणाम स्पष्ट है—"हर साल फेल होकर, दर्जे में सब तरह डाँट-फटकार झेलकर ओर खेती की महिमा पर नेताओं के निर्झरपन्थी व्याख्यान सुनकर भी वे

लड़के हल और कुदाल की दुनिया में वापस जाने को तैयार न थे। वे कनखजूरे की तरह स्कूल से चिपके हुए थे और किसी भी कीमत पर उससे चिपके रहना चाहते थे।" (राग दरबारी, पृ. 32)

'रागदरबारी' का चुनाव भी बड़ा लोकतान्त्रिक है। वैद्य जी अपने सम्बन्धियों को ही विद्यालय में अध्यापक नियुक्त करते हैं, ईमानदार परन्तु प्रतिपक्षी अध्यापकों को ताकत के बल पर त्यागपत्र देने के लिए विवश करते हैं, रिवॉल्वर और नाकाबन्दी के जोर पर चुनाव के समय प्रतिपक्षी सदस्यों को कालिज में आने से रोकते हैं और सर्वसम्मति से मैनेजर चुन लिये जाते हैं। वैद्य जी के कार्यक्षेत्र में राजनीति में पसरी मूल्यहीनता, उनके जघन्य रूप के बीज साफ़ दीख जाते हैं—"वैद्य जी की नेतागिरी का प्रारम्भिक और अन्तिम क्षेत्र वहाँ का कालिज था, जहाँ उनका इशारा पाकर सैकड़ों विद्यार्थी तिल का ताड़ बना सकते थे।" नेता की पद की भूख और हाथी दाँत वाली तटस्थता देखें—"वास्तव में वे इन पदों पर काम नहीं करना चाहते थे, क्योंकि उन्हें पदों का लालच नहीं था। पर उस क्षेत्र में ज़िम्मेदारी के इन कामों को निभाने वाला कोई आदमी ही नहीं था और वहाँ जितने नवयुवक थे, वे पूरे देश के नवयुवकों की तरह निकम्मे थे, इसलिए उन्हें बुढ़ापे में इन पदों को सँभालना पड़ा था।" सनीचर की दुकान में जो चीज़ें आ रही हैं, उनकी आमद थोक मार्केट से नहीं है। उनका उद्गम स्थल देखें—इस कोटि के माल में बहुत-सी अंग्रेज़ी दवाइयाँ थी, जिनका उद्गम स्थानीय अस्पताल के स्टोर में था। इन्हीं में पाउडर वाले अमरीकी दूध के डिब्बे थे जिनका उद्गम स्थानीय प्राइमरी स्कूल में था।"

शिवपालगंज स्वतन्त्रता के बाद का विकसित गाँव है, जहाँ राजनीति का टुच्चापन, मूल्यों के टूटने के बाद फैले घृणित पहलू, अन्याय, पलायन, आँख मूँदने की कला सभी कुछ व्यंग्य के माध्यम से चित्रित हुआ है। बुद्धिजीवी विद्या का तीसरा नेत्र खोलने की जगह पलायन कर रहे हैं—कीचड़ से बचो। यह जगह छोड़ो। यहाँ से पलायन करो।... उस दुनिया में रहो जिसमें बहुत से बुद्धिजीवी आँख मूँदकर पड़े हैं। होटलों और क्लबों में। शराबखानों और कहवाघरों में।... जहाँ कभी न ख़त्म होने वाले सेमिनार चल रहे हैं। 'राग दरबारी' सिर्फ़ व्यंग्य की प्रहार क्षमता से कालजयी उपन्यास नहीं हो जाता। यह उसका एक तरीक़ा है परन्तु इससे भ्रष्ट समुदाय, लुटेरे वर्ग, कुकर्मों से लदे किन्तु निरापद वर्ग जो आज़ादी के बाद काबिज़ होते चले गये, उस सबको बेनक़ाब कर सत्य की तलाश पूरी करता है। क्योंकि उन जड़ों पर चोट करना लाज़िम है जो अर्थवत्ता को अर्थहीनता में बदल रही हैं, कार्यवाहक संस्थाओं और सांस्कृतिक केन्द्रों को विदूषित करती जा रही हैं। यह अराजक व्यवस्था जनहित के प्रति कभी गम्भीर हो ही नहीं सकती।

राल्फ फॉक्स के अनुसार उपन्यास एक पात्र का नहीं, सम्पूर्ण समाज का चित्र प्रस्तुत करता है। कालजयी उपन्यासकार अपने समय का चित्रण करते हुए केवल

परिस्थितियों या बन्धनों का चित्रांकन नहीं करता वह अपने समय की प्रगतिशील शक्तियों की तरफ़ संकेत भी करता है। शेक्सपियर हमें अपने समय के प्रगतिशील मानववादी दृष्टिकोण अपनाते हुए नज़र आते हैं। उपन्यासकार कोरे जैविक धरातल से ऊपर उठकर निर्वैयक्तिक हो जाता है और सामाजिक तनावों तथा द्वन्द्वों को सामने लाता है। शिवकुमार मिश्र ने जगदीश चन्द्र को प्रेमचन्द परम्परा का सफल उपन्यासकार माना। उनके सामने था उनका प्रसिद्ध उपन्यास 'धरती धन न अपना'—"जगदीश चन्द्र मेरे विचार से हमारे अपने समय के रचनाकारों में पहली पाँत के उन रचनाकारों में एक हैं जिनके लेखन में सामाजिक और मानवीय प्रतिश्रुति की, सार्थक और सोद्‌देश्य लेखन की, लिखने और सोचने के कर्म को यातनाग्रस्त मनुष्य के हित में समर्पित कर देने की, प्रेमचन्द की परम्परा सफल ही नहीं हुई, चरितार्थ हुई है, सार्थवती हुई है—'अनामिका सार्थवती बूभव की तरह।"

(जगदीश चन्द्र एक रचनात्मक यात्रा, सं. तरसेम गुजराल, विनोद शाही)

उपन्यासों की महायात्रा में 'धरती धन न अपना' अनेक कारणों से महत्त्वपूर्ण है। पहली बार एक दलित जीवन-गाथा, भू-स्वामियों के सम्बन्धों के साथ ज़्यादा स्वाभाविक ढंग से प्रभावशाली होकर उभरी है। 'धरती धन न अपना' हिन्दी की पहली उपन्यास त्रयी का पहला उपन्यास बना (बाद में लिखे गये अन्य दो उपन्यास हैं—'नरककुण्ड में बास' और 'ज़मीन अपनी तो थी'।)।

पंजाब के ज़िला होशियारपुर की दसूहा तहसील में रलहन गाँव जगदीश चन्द्र का ननिहाल का गाँव है और घोड़ेवाहा उनके ददिहाल का गाँव। 'धरती धन न अपना' के अनुभव इन दोनों गाँवों के अनुभव हैं। कैसा रहा वह अनुभव?—"तंग, कच्ची और कीचड़ से भरी गलियों में चुँधियाई और कुकरों से लाल-लाल पलकों की आँखों वाले बच्चे नाक सुड़सुड़ाते हुए घूमते रहते। गाँव में कोई बीमारी आती, उसका सबसे पहले हमला इन्हीं लोगों पर होता। ढलान पर होने की वजह से बरसात में आये गाँव का पानी इस बस्ती की गलियों और निकटवर्ती खेतों में भर जाता था। हर साल मलेरिया और टायफाइड फैलता और इस बस्ती से दो-चार अर्थियाँ ज़रूर उठतीं। इस बस्ती में घोर ग़रीबी देखकर मेरे मन में प्रश्न उठता था कि लोग इतने ग़रीब क्यों हैं? बीमारी का इलाज कराने की बजाय जादू-टोना क्यों करते हैं?" 'धरती धन न अपना' पंजाब के कृषि सम्बन्धों/सामाजिक सम्बन्धों को रचना के केन्द्र में रखकर लिखा गया उपन्यास है। काली कानपुर की मिल में नौकरी करके गाँव लौटा है, जहाँ से उसे भागकर जाना पड़ा था। गाँव लौटकर लगता है कि चमादड़ी (हरिजन बस्ती) वैसी ही है, जैसी छोड़कर गया था। चारों तरफ़ गन्दगी का प्रसार। गाँव के भूस्वामियों का हरिजनों के प्रति व्यवहार अमानवीय है। 'बकलम खुद' के तौर पर कहते हैं—"गाँव के भूमिदारों का हरिजनों के प्रति व्यवहार बहुत ही अन्यायपूर्ण और अपमानजनक होता था। यह आम बात थी कि वे जब भी

चाहते, हरिजन बस्ती में आकर निःसंकोच गाली-गलौज करते, कभी-कभी हाथ भी उठाते।" (जगदीश चन्द्र : एक रचनात्मक यात्रा, पृ. 24)

जगदीश चन्द्र कामरेड बिशनदास की स्थिर राजनीति का मज़ाक़ उड़ाते हैं। कामरेड बिशनदास और टहल सिंह संशोधनवाद और वर्ग-संघर्ष को सर्वहारा क्रान्ति में बदलने की निराधार बहस में उलझे हैं, जबकि दलित पस्त हो रहे हैं। राजनीति वस्तुगत हालात का गहरा विश्लेषण किये बिना सिद्धान्त के बने-बनाये फ्रेम से माथा टकरा रही है।

उपन्यास में नन्द सिंह धिक्कार भरी भाषा से निराश होकर सिख धर्म अपना लेता है, परन्तु चमार होने की असलियत बदल नहीं जाती। काली गाँव में पक्का घर बनाना चाहता है, परन्तु गाँव के जाट ज़मींदार-चौधरी उसका विरोध करते हैं।

पश्चिम और पश्चिम प्रभावित समीक्षक उपन्यास के अध्ययन को कथा-संयोजन तक सीमित कर रहे हैं। यह सिद्ध करने की कोशिश जारी है कि उपन्यासकार के सामाजिक दृष्टिकोण को समझना-समझाना ज़रूरी नहीं रहा। औपन्यासिक कृति एक पाठ है जिसके भीतर अर्थ स्वतन्त्र और खास नियमों से बँधे हैं। परन्तु प्रेमचन्द ने जब यह कहा कि सुन्दरता की कसौटी बदलनी होगी तो उन्होंने यह करके दिखाया। उपन्यासकार जगदीश चन्द्र तक सौन्दर्य की कसौटी बदलने के व्यावहारिक कदम उठाये गये। प्रेमचन्द यह भी कहते हैं कि जिन तत्त्वों से जीवन की रक्षा होती है, जीवन का विकास होता है, वही हुस्न है। (कुछ विचार, पृ. 76)

एक इतिहास हमें राजाओं/बादशाहों की कीर्ति गाथा और शौर्यपूर्ण कहानियों में मिलता है, जिसे राज्यकृपा या राज्य-आतंक के तहत रचा गया। वह जनता का इतिहास नहीं है। जनता का इतिहास हमें 'गोदान', 'झूठा सच', 'आधा गाँव', 'मैला आँचल', 'धरती धन न अपना' के माध्यम से मिलता है, जहाँ वस्तुपरक धरातल पर यथार्थ के सही अंकन और विपरीतों की संघर्ष गाथा नज़र आती है। यही कालजयी उपन्यास को रूपाकार देती है।

उत्तर-औपनिवेशिक चेतना और हिन्दी उपन्यास

पूँजीवाद की शोषणमूलक व्यवस्था ने पहले उपनिवेशवाद को जन्म दिया, फिर उत्तर उपनिवेशवाद को। इसे उदारवाद, भूमण्डलीकरण अथवा बाज़ारवाद के नाम से जानें या समझें, है यह साम्राज्यवाद ही, जो चेहरे और नाम बदलकर सामने आता है और पूँजी का हित साधक हो जाता है। भूमण्डलीकरण पूरी दुनिया में लाभ के लिए धन और माल के रास्ते की तमाम रुकावटें ख़त्म करने का नाम है, जिसे आर्थिक क्षमता बढ़ाने, रोज़गार पैदा करने और उपभोक्ता सामान का दाम घटाने की तख्ती के साथ प्रस्तुत किया जा रहा है। डॉ. विश्वम्भरनाथ उपाध्याय ने कहा है कि आर्थिक वैश्वीकरण बीसवीं सदी की परिघटना है, किन्तु वस्तुतः यह उन्नीसवीं शताब्दी के मुक्त व्यापार या लेने फेयर का ही समकालीन संस्करण है यानी एडम स्मिथ को पुनः प्रासंगिक बना दिया गया है—इसका मूल प्रत्यय विचार यह है कि बाज़ार, व्यापार, उद्योग व्यवसाय में सत्ता का हस्तक्षेप न करें।

अब अनेक लेखों में विद्वान बार-बार चेतावनी दे रहे हैं कि यदि पूँजीवाद का 'विकास' इसी तरह होता रहा, जिस तरह आज हो रहा है तो मानवीय सभ्यता और संस्कृति की तो बात ही क्या, समूची मानवता ही नष्ट हो सकती है; प्रकृति की तो बात ही क्या, पूरी-की-पूरी धरती ही नष्ट हो सकती है।

फिदेल कास्त्रो ने कहा कि किसी अन्य की अपेक्षा हमें इस अवधारणा को बुलन्द करना है कि मानवता हमारी मातृभूमि है। सचेत रहें कि हम केवल तभी सुरक्षित रह सकते हैं, जब मानवता सुरक्षित हो। हम तभी मुक्त हो सकते हैं और तब तक स्वतन्त्रता के बहुत पास होंगे, जब मानवता सुरक्षित होगी। इसी स्थिति में हम वास्तविक समतावादी विश्व अर्जित कर पायेंगे, जो कि सम्भव व सम्भाव्य है। यद्यपि मैं अत्यधिक सर्वेक्षण, केन्द्रण और अध्ययन से इस निष्कर्ष पर पहुँचा हूँ कि मानवता के पास स्वयं को प्राप्त करने के लिए बहुत थोड़ा समय ही शेष है। (पहल-85/अनुवाद जीतेन्द्र गुप्त)

इस व्यवस्था में प्रजातन्त्र कितना कुछ खो देता है। राजेश्वर सक्सेना ने कहा कि 'इतिहास की आवश्यकता' को 'बाज़ार की आवश्यकता' ने तोड़-फोड़ दिया है।

और यह भी कि असंख्य आँकड़ों और सूचनाओं के बीहड़ में न जाकर, इसी तरह उन्मुक्त प्रतियोगिता और उन्मुक्त बाज़ार की भूल-भुलैया में न फँसकर इतना समझ लेना ही पर्याप्त है कि भूमण्डलीय नव्य उदारवाद का यह समूचा व्यवस्थापन किसी भी स्तर पर प्रजातन्त्रवादी राजनीति के आचरण को साबित नहीं करता है। ऐसे व्यवस्थापन में प्रजातन्त्र अपनी समस्त क्रियाओं और अपने समस्त मन्तव्यों के साथ गैर-राजनीतिक-सा होता हुआ दिखाई देता है। प्रजातन्त्र की अपनी कोई विचारधारा होती है, अब तो ऐसा दिखाई ही नहीं देता है। लगता है कि जैसे प्रजातन्त्र नामक संस्था की अपनी राजनीतिक पहचान ही गुम गयी है।

(बाज़ार का मूलतत्ववाद—राजेश्वर सक्सेना, वसुधा 56-57)

कमलाप्रसाद ने जनतन्त्र के व्यवहार पर टिप्पणी करते हुए कहा—"व्यवहार में जनतन्त्र की मूल प्रतिज्ञा—सामाजिक-आर्थिक बराबरी के संकल्प को बिल्कुल अप्रासंगिक बना दिया गया है। संविधान में वर्णित समाजवाद शब्द का प्रयोग कहीं नहीं होता। एजेण्डे से बाहर है। 'ग़रीबी हटाओ' के स्थान पर 'अमीरी बढ़ाओ' का नारा आ गया। दुनिया के अमीरों के बीच अपने देश के अमीरों को 'भारत रत्न' की तरह पेश किया जाता है। ग़रीबों-मज़दूरों की हीन दशा अमीरों की कृपा के वाले है। यह लोकतन्त्र की अनिवार्य ज़िम्मेदारी की तरह नहीं देखा जाता। राजनीति का यह पथ न गाँधी के सपनों में था और न जनतन्त्र की नींव में।" (प्रगतिशील वसुधा-68)

प्रेमचन्द के उपन्यास 'प्रेमाश्रम' के राय कमलानन्द आत्म-भर्त्सना की मुद्रा में स्वीकार करते हैं—"हम काठ के पुतले हैं, तमाशे दिखाने के लिए खड़े किये गये हैं, इसलिए हमें डोरी के इशारे पर नाचना चाहिए। यह हमारी खामख़याली है कि हम अपने को राष्ट्र का प्रतिनिधि समझते हैं।" (प्रेमाश्रम, पृ. 267)

यशपाल के उपन्यास 'झूठा सच' में देखा गया कि उपनिवेशवाद से मुक्ति पाने के लिए स्वतन्त्रता आन्दोलन राजनीतिक चेतना को विस्तार तो देता ही है, साथ ही मानसिक शिथिलता को भी तोड़ता है परन्तु स्वतन्त्रता के बाद का चित्रण दर्शाता है कि जयदेव विधानसभा का चुनाव जीतकर सत्तावादी, घोर स्वार्थी और तिकड़मबाज हो जाता है।

अमृतलाल नागर के उपन्यास 'बूँद और समुद्र' में चुनाव लड़ने वाली तमाम पोलिटीकल पार्टी से अपील की जाती है कि वे अपनी हार-जीत के लिए मानवता का गला न घोंटे। (बूँद और समुद्र, पृ. 103)

'आधा गाँव' (राही मासूम रज़ा) में साफ़ हो गया था कि जनतन्त्र और सामन्तवाद एक साथ नहीं चल सकते। जनतन्त्र का नया सूरज 'एक व्यक्ति, एक वोट' का अधिकार दे रहा था।

जब एक रात को डुग्गी बजी और ऐलान हो गया कि ज़मींदारियाँ ख़त्म हो

गयी तो इस बात को ज़मींदारों की तरह बूढ़े किसानों ने भी तस्लीम नहीं किया। (आधा गाँव, पृ. 308)

आज़ादी के बाद के मामूली आदमी की दशा में बदलाव क्यों नहीं आया, इस पर अनेक हिन्दी उपन्यासकारों ने सोचा और लिखा है। जगदीश चन्द्र के उपन्यास 'नरक कुण्ड में बास' में भी हालात 'जस-के-तस' ही हैं।

"कहते हैं देश आज़ाद हो गया है। लेकिन लगता है कि आज़ादी सेठों, अफ़सरों और बड़े चौधरियों और कोठियों और हवेलियों में ही फँसकर रह गयी है। उसे छोटी-छोटी गलियों और कच्चे मकानों का रास्ता नहीं मिला। (नरककुण्ड में वास, पृ. 155)

आज़ादी के बाद गाँधी के सपनों के भारत को कोई जगह नहीं मिली। शक्ति पाने के लिए सत्ता केन्द्रित होना अनिवार्य हो गया। जैसे-तैसे चुनाव जीतकर आना सबसे बड़ी लड़ाई बना रहा और फिर धन-लोलुपता तथा अवसरवादिता में मामूली आदमी के स्वप्नों की चिन्ता किसे होती। प्रेमचन्द को ऐसी आशंका पहले से ही थी। वह उपनिवेशवाद से मुक्ति और स्वराज को जनहित के लिए चाहते थे, परन्तु सत्ताधारी वर्ग केवल चोला बदल ले और अवाम की पीड़ा के प्रति अनभिज्ञ बना रहे, यह उन्हें पसन्द न था। 'आहुति' शीर्षक कहानी में रूपमणि के माध्यम से कहा– "अगर स्वराज्य आने पर भी सम्पत्ति का यही प्रभुत्व रहे और पढ़ा-लिखा समाज योंही स्वार्थान्ध बना रहे तो मैं कहूँगी, ऐसे स्वराज का न आना ही अच्छा है। अंग्रेज़ी महाजनों की धन-लोलुपता और शिक्षितों का स्वहित ही हमें पीस डाल रहा है। जिन बुराइयों को दूर करने के लिए आज हम प्राणों को हथेली पर लिये हुए हैं, उन्हीं बुराइयों को क्या प्रजा इसलिए सिर चढ़ाएगी कि वे विदेशी नहीं स्वदेशी हैं? कम से कम मेरे लिए तो स्वराज का यह अर्थ नहीं है कि जॉन की जगह गोबिन्द बैठ जाये।"

रणवीर सिंह ने 'नवसाम्राज्यवाद और वैश्वीकरण के ख़िलाफ़ संघर्ष' लेख में कहा–"साम्राज्यवाद और भूमण्डलीकरण का पहला उसूल है कि जिस देश पर जो उनकी नज़रों में अविकसित है, वहाँ तिजारत के बहाने उन पर अपना राज्य कायम करें। कामयाबी हासिल करने के लिए यह ज़रूरी है कि वहाँ के बाशिन्दों पर अपना कल्चर, अपनी भाषा, अपनी पोशाक, रहन-सहन, खान-पान, अपनी तालीम को थोपें। यहाँ तक कि उनके दिमाग़ पर अपना कब्ज़ा करें। यह सब तिजारत और विकास के बहाने से किया जाता है। इतने शातिराना तरीके से कि पाँव तले से कालीन छिन जाये और मालूम भी न हो। यह कोई नयी बात नहीं है, यह सिलसिला तो सदियों से चलता आ रहा है। ईस्ट इण्डिया कम्पनी अपने ज़माने की सबसे बड़ी मल्टीनेशनल कम्पनी थी जो हिन्दुस्तान में तिजारत के बहाने आयी और धीरे-धीरे शोषण करते हुए यहाँ पर दो सौ साल से ज़्यादा हुकूमत कर गयी और उसने साम्राज्यवाद की

ऐसी छाप छोड़ी कि हिन्दुस्तान आज़ाद होते हुए भी आज तक मानसिक रूप से गुलाम है। (समय माजरा, अंक 65-66)

'पहला गिरमिटिया' के उपन्यासकार गिरिराज किशोर ने साम्राज्यवादी शासन व्यवस्था की सूरत और सीरत को साफ़ पहचाना है—"गोरे जब दूसरे देश को घेरते थे तो अपने सपने साथ ले जाते थे। सबसे पहला काम होता था वतनी लोगों के सपनों को बीन-बीनकर उकेरना और उनकी जगह अपने सपने को रोपना। धरती वतनी लोगों की थी, सपने गोरों के थे।" (पहला गिरमिटिया, पृ. 19)

दक्षिण अफ्रीका में गाँधी का काफ़ी लम्बा समय गुज़रा। वह लगभग इक्कीस साल वहाँ रहे। पहले यह समझ ही नहीं आया कि वहाँ उपनिवेशित लोग अपमान और शोषण झेलते हुए इतने डरे हुए और दब्बू क्यों हैं। वह वहाँ के सेठ अब्दुला से इसकी वजह जानना चाहते हैं। सेठ अब्दुला कहते हैं—"हम पैदा हिन्दुस्तान में हुए, जीते यहाँ हैं और जीने की शर्तें लन्दन में तय होती हैं। उनको लागू यहाँ के हुक्मरान करते हैं, वह भी अपनी तरह से।" (पहला गिरमिटिया, पृ. 88)

भारतीय वहाँ कुली माने जाते थे। गाँधी बैरिस्टर होने के बावजूद कुली माने गये। दक्षिण अफ्रीका में उन्हें अपमान का कड़वा घूँट तब पीना पड़ा, जब पीटर मेरिट्ज़बर्ग स्टेशन पर प्रथम श्रेणी का टिकट लेकर यात्रा करते हुए उन्हें एक गोरे ने आदेश दिया—"तुम पाँच मिनट के अन्दर डिब्बा ख़ाली कर दो, वरना तुम्हें धक्के मारकर निकलवाना पड़ेगा।" जब उन्होंने इनकार कर दिया, पुलिस बुलवाकर उन्हें बण्डल की तरह बाहर फिंकवा दिया गया। उस वक़्त वह गोरा कह रहा था—"मैं तुम लोगों को अच्छी तरह जानता हूँ। तुम गन्दे और घृर्णित लोग हम लोगों की बराबरी करना चाहते हो। तुम गन्दे कीड़े की तरह हो। यह हमारी भलमनसाहत है कि तुम्हें यहाँ रहने दिया जा रहा है।" (पहला गिरमिटिया, पृ. 102)

वह पगड़ी पहनकर कोर्ट रूम में नहीं जा सकते थे। मजिस्ट्रेट ने कहा था—"जेण्टिलमैन, यह कोर्ट रूम है, पगड़ी उतारकर अन्दर आइये।" वह फेटा पहने थे। सम्मान का प्रतीक। उतार पाना मुश्किल था। वह पूरी रात नहीं सो पाये थे।

इसी उपन्यास में यह भी कहा गया है कि गोरे भारतीयों को गुलाम होने लायक़ तो मानते थे, परन्तु स्वतन्त्र नागरिक बनने लायक़ नहीं। उनका मानना था कि हिन्दुस्तानी मूलतः असभ्य हैं, बर्बर हैं, सभ्य समाज में रहने का सलीक़ा नहीं जानते। बीमारियाँ लाते हैं, लोगों में फैलाते हैं। (पहला गिरमिटिया, पृ. 323)

श्रेष्ठता के दावेदार यूरोप और अमेरिका में रंगभेद बर्बर रूप में मौजूद रहा है। निर्मल वर्मा जब 'लंदन की रात' कहानी लिखते हैं, तब अंग्रेज़ की आदिम बर्बरता साफ़ नज़र आती है। महेन्द्र भल्ला ने इंग्लैंड प्रवास पर दो उपन्यास लिखे। 'दूसरी तरफ़' (1976) और 'उड़ने से पेशतर' (1987)। अश्वेत लोग जो रोज़ी-रोटी की चिन्ता में वहाँ गये हैं, ख़ून को सर्द कर देने वाले आतंक को झेलने को विवश हैं।

हालाँकि उनके दोनों तरफ़ आतंक है—एक तरफ़ रंगभेद और नस्लभेद से उपजा हुआ आतंक और दूसरी तरफ़ भारत वापस लौटकर आने पर बेरोज़गारी और धनाभाव में निराशा का आतंक। महेन्द्र भल्ला के उपन्यास में कोहली, केवल, मीना-बलबीर आदि सभी के रंगभेद और कुटिल व्यवहार को लेकर कड़वे अनुभव एक जैसे हैं। यदि रंगीन लोग कभी गोरों की पिटायी कर दें तो पुलिस तुरन्त कार्रवाई करती है, लेकिन गोरे लोग यदि काले (रंगीन) लोगों की पिटायी करते हैं या अपमानित करते हैं तो पुलिस कतई निष्क्रिय बनी रहती है। सुन्दर सिंह बेयलीज़ पार्क के किनारे रहता है। उसने मकान की खिड़की के शीशे लगवाना छोड़ दिया है, क्योंकि गोरे उन्हें रहने ही नहीं देते।

द्रोणवीर कोहली के उपन्यास 'नानी' की चेतना अमेरिका में है और हिन्दुस्तान लौटने का नाम ही नहीं लेती। इसका मुख्य कारण है भारत की बदहाली और पिछड़े होने का मीडिया द्वारा किया प्रचार।

एक अन्य स्त्री बोली—आंटी! हम तो बीच-बीच में इण्डिया चले जाते हैं। हमारे बच्चे तो वहाँ का नाम तक सुनना पसन्द नहीं करते। यहाँ की मीडिया ने उस मुल्क को इतना पिछड़ा हुआ प्रचारित कर रखा है कि घर में इण्डिया की बात छिड़ती है, तो बच्चे नाक-भौं सिकोड़ने लग जाते हैं—इण्डिया भी कोई मुल्क है। (नानी, पृ. 79)

साम्राज्यवाद, उपनिवेशवाद, उत्तर उपनिवेशवाद अथवा आर्थिक भूमण्डलीकरण में मानवीय सम्बन्धों की कोई जगह नहीं। 'नानी' उपन्यास में सरस्वती कहती है—"भाई-बहन में ख़ूब प्रेम होगा। मिल-जुलकर रहेंगे।" चेतना कहती है—"चांस ही नहीं। हिन्दुस्तान में ऐसा होता होगा। इस मुल्क में कोई किसी का सगा नहीं।" (नानी, पृ. 205)

पूँजी के शिखर पर बैठे लोग सभ्य तो हैं परन्तु क्या वे सुसंस्कृत भी हैं, इस पर सोचना ज़रूरी है। सरस्वती बोली—"सभ्य तो हैं, लेकिन सुसंस्कृत नहीं। वही हाल हो रहा है, जो अचानक बेतहाशा धन पा जाने वाले व्यक्ति का होता है। दिस कण्ट्री इज़ फ्लश विद मनी। हर तरह की सुख-सुविधा इनके पास है। तभी तो इस प्रकार के उपद्रव करते हैं।" (नानी, पृ. 287)

गाँधी जब दक्षिण अफ्रीका से भारत में जनमत तैयार करने के इरादे से आते हैं, और एक जनसभा को कुछ इस अन्दाज़ में सम्बोधित करते हैं—

गोरों की नज़र में हम लोग गन्दे हैं। दुर्व्यवहार और गाली-गुफ़्तार के काबिल हैं, दुर्गुण सम्पन्न हैं, चावल खाकर जीते हैं, तेल से सने रहते हैं, गन्धाते हैं, चिथड़ों में ज़िन्दगी बसर करते हैं, नाली के कीड़े हैं। उनकी पुस्तकों में भारतीयों के अर्थ-वर्ग और एशियायियों को असभ्य जातियों के लोग क़रार दिया गया है। उन्हें सबसे ज़्यादा अफ़सोस किस बात का है आपको मालूम है? "सब लोग चिल्लाये—नहीं, बताइये।"

मोहनदास ने तमतमाये चेहरे से कहा—"भारतीयों को खरहों की तरह गोली से नहीं उड़ाया जा सकता।" (पहला गिरमिटिया)

'पहला गिरमिटिया', 'दूसरी तरफ़', 'उड़ने से पेशतर' और 'नानी' जैसे उपन्यासों में उपनिवेशवादी दौर तथा उत्तर-उपनिवेशवादी दौर में अंग्रेज़ की जातीय श्रेष्ठता का गुरूर और रंगभेद का बर्बरता भरा व्यवहार सामने आता है।

जब उपनिवेशवादियों को यह लगने लगा कि भारत अब आज़ाद होकर रहेगा, तब उन्होंने साम्प्रदायिक शक्तियों को बढ़ावा दिया। जिसका परिणाम भारत को विभाजन के रूप में झेलना पड़ा।

भीष्म साहनी के उपन्यास 'तमस' में लीज़ा और रिचर्ड के संवाद ऐतिहासिक चेतना की बनावट हैं।

लीज़ा समझती और समझाती है—"बहुत चालाक न बनो रिचर्ड, मैं सब जानती हूँ। देश के नाम पर ये लोग तुम्हारे साथ लड़ते हैं और धर्म के नाम पर तुम इन्हें लड़ाते हो।"

रिचर्ड का जवाब है—"डार्लिंग! हुकूमत करने वाले यह नहीं देखते कि प्रजा में कौन-सी समानता पायी जाती है। उसकी दिलचस्पी तो यह देखने में होती है कि वे किन बातों में एक-दूसरे से अलग हैं।"

'तमस' में जब फ़सादी तुर्क 'अल्लाहु अकबर' का नारा बुलन्द करते हुए सैयदपुर में आते हैं, लपलपाती आग की लपटें उठने लगती हैं—ढलान पर, मकानों की दीवारों पर, गली की ईंटों के फ़र्श पर लपटों के साये नाच रहे थे। नदी के जल में लाल लपटों का साया झिलमिला रहा था, पानी अपने आप लाल होने लगा था। ...स चीत्कार में घरों के किवाड़ तोड़ने की आवाज़ें आने लगी थीं। (तमस, पृ. 218)

'झूठा सच' और 'तमस' दोनों उपन्यासों में विभाजन का बेपनाह दर्द है। साम्प्रदायिक दंगों में मनुष्य ने मनुष्यत्व खो दिया है। पशुता का इससे बड़ा सबूत क्या होगा। भीड़ के बीचोबीच चुटिया से खींचकर जवान निर्वस्त्र लड़की को नीलाम किया जा रहा है। क्रूरता की यह आख़िरी सीमा है। 'झूठा सच' में तारा की जिस भयंकर स्वप्न से आँख खुलती है, वहाँ तीन स्त्रियाँ आपस में लड़ रही हैं। एक के शरीर पर कोई कपड़ा नहीं था, एक के शरीर पर केवल सलवार थी और तीसरी के शरीर पर लम्बा कुरता।

'झूठा सच' में दिखाया गया कि लोग बँटवारे के ख़िलाफ़ थे। असद कहता है कि अब क्रांग्रेस बँटवारा स्वीकार कर रही है पर हम बँटवारे के ख़िलाफ़ हैं। (झूठा सच, पृ. 99)

'आधा गाँव' उपन्यास में राही मासूम रज़ा साफ़ दिखा रहे हैं कि पाकिस्तान का निर्माण आम मुस्लिम अवाम की चाहत के विरुद्ध था।

अब्बू मियाँ ने कहा—"इनके जिन्ना साहब तो हाथ झाड़कर चले गये कि यहाँ

के मुसलमान जायें जहन्नुम में। ई अच्छी रही। पाकिस्तान बने के वास्ते वोट दे यहाँ का मुसलमान अऊर जब पाकिस्तान बने तो जिनवा कहे कि यहाँ के मुसलमान जांय चूल्हे-भाड़ में।" (आधा गाँव, पृ. 297)

'तमस' में कमज़ोर इकबाल सिंह से ज़बरदस्ती कलमा पढ़वाना अमानवीय है। रिचर्ड दंगा-फ़साद बन्द करवा सकता है परन्तु वह करवाता नहीं। लीज़ा पूछती है—"ये लोग आपस में लड़ें, क्या यह अच्छी बात है?"...उसे लगता है कि मानवीय मूल्यों का कोई महत्त्व नहीं होता, वास्तव में महत्त्व केवल शासकीय मूल्यों का होता है (तमस, पृ. 115)। एक सौ तीन गाँव जल जाते हैं। लीज़ा को पता नहीं चलता। वह सोयी रहती है। रिचर्ड से कहती है—"इतने गाँव तो जल गये रिचर्ड, अभी भी तुम्हें काम है? अब तुम्हें और क्या काम करना है?"

...रिचर्ड को अभी इराक़ में जाकर काम करना था। पीढ़ियाँ बदल गयी होंगी। रिचर्ड अमेरिका चला गया। नया चोला पहनकर उसने यूनाइटेड नेशन, नाटो तथा अन्य संस्थाओं को बातों में उलझा लिया होगा, क्योंकि लन्दन में बीस लाख लोगों को युद्ध के विरुद्ध जुलूस निकालना था। वह वहाँ क्यों होता? कुर्द-तुर्की, शिया-सुन्नी भेदभाव से रिचर्ड को लाभ उठाना था।

प्रेमचन्द ने 'रंगभूमि' उपन्यास में बहुत पहले ही जो कुछ एक पात्र से कहलवाया था, उसे यहाँ याद करना ज़रूरी लगता है—

"सरकार यहाँ न्याय करने नहीं आयी भाई, राज्य करने आयी है। न्याय करने से उसे कुछ नहीं मिलता है? कोई समय वह था, जब न्याय को राज्य की बुनियाद समझा जाता था। अब वह ज़माना नहीं है। अब व्यापार का राज्य है और जो इस राज्य को स्वीकार न करे, उसके लिए तारों को निशानाँ मारने वाली तोपें हैं।" (रंगभूमि, पृ. 397)

उत्तर-उपनिवेशवादी दौर में भी व्यापार का राज्य है। हम न्याय की उम्मीद नहीं कर सकते। अमरीका के बारे में ज्याँ पाल सार्त्र ने 1965 में ही त्रासदी का भय महसूस कर लिया था। उन्होंने कहा—"हक़ीक़त में हम पाते हैं दुनिया के सबसे करुण चेहरे, अनिश्चतताएँ, खोजबीन, भौचक्क चेहरे, याचना करती आँखें और तब हम जान पाते हैं कि इस सबसे ख़ूबसूरत पीढ़ी के पास देने को कुछ नहीं है। हमें इस सिस्टम को समझाने का मौक़ा तो मिल जाता है, लेकिन लोगों को समझाने का नहीं।"

सिस्टम पर उनका एक पैराग्राफ़ ही काफ़ी है—यह सिस्टम एक विशाल बाहरी उपकरण है। एक कठोर मशीन, जिसे यूनाइटेड स्टेट्स की आत्मा कह सकते हैं। इसे अमरीकीवाद कहा जाता है—मिथकों, मूल्यों, नुस्खों, स्लोगनों, आकृतियों और अनुष्ठानों का विशाल कॉम्पलेक्स। हालाँकि इसका भूत तमाम अमरीकियों के सिर पर सवार नहीं है। हो भी तो कैसे? दरअसल वह लोगों से बाहर की चीज़ है, जिसे उनके सामने पेश कर दिया गया। वे इसके ख़िलाफ़ संघर्ष करें या इसे स्वीकार करें,

उनका इसमें दम घुटे या वे इस पर सवार हो जायें, वे इसके आगे समर्पण कर दें या इसमें नया अन्वेषण करें, वे इसके सामने हाज़िर रहें या बच निकलें, हर हाल में यह उनके बाहर ही रहेगा, उनसे परे। क्योंकि यह इनसान है और वह वस्तु। यहाँ बड़े-बड़े मिथक हैं, ख़ुशी के मिथक, तरक़्क़ी के, आज़ादी के, विजयी मातृत्व के। यहाँ आदर्शवाद और आशावाद है। और फिर अमरीकी हैं, जो इन विराट बुतों के बीच बड़े हुए हैं और जिन्होंने इन्हीं से जीने का अपने लिए सर्वश्रेष्ठ रास्ता तलाशा है। एक ख़ुशी का मिथक है। काले-जादू का स्लोगन आपको चेतावनी देता है कि आप तुरन्त ख़ुश हो जायें, सुखान्त फिल्में थकी हुई भीड़ को शुक्ल पक्ष दिखा रही हैं, भाषा में भी अनर्गल वाक्यों के साथ आशावाद ठाठे मार रहा है—'हैव ए गुड टाइम', 'लाइफ़ इज़ फन' वग़ैरह वग़ैरह। लेकिन कुछ ऐसे भी लोग हैं, जो भले ही पारिभाषिक नज़रिये से ख़ुश दिखाई देते हों, लेकिन उनमें अजीब-सी बेचैनी दिखाई देती है, जिसे शब्दों में बयाँ नहीं किया जा सकता। उनके जीवन में त्रासदी नहीं है, लेकिन त्रासदी का भय व्याप्त है और यह भय उन्हें घेरे हुए है (शशांक दुबे का अनुवाद/प्रगतिशील वसुधा-68)। इसी लेख में उन्होंने आगे कहा है कि एक मिथक समानता का है तो दूसरी ओर एक मिथक पृथक्करण का भी। समुद्रतट के सामने मौजूद बड़े-बड़े होटलों ने बोर्ड लगा रखे हैं—'यहाँ यहूदियों और कुत्तों को ठहरने की इजाज़त नहीं है।' कनेक्टिकट में ऐसी झीलें हैं, जहाँ यहूदी नहा नहीं सकते और नस्लभेद का तो कहना ही क्या? गुलामों को सबसे निचला दरजा दिया जाता है तो 1680 के डच अप्रवासियों को सबसे ऊँचा। यहाँ आज़ादी का मिथक है और जनता की राय के नाम पर तानाशाही। आर्थिक उदारीकरण का भी मिथक है, मगर बड़ी कम्पनियाँ पूरे देश में पैर पसार रही हैं और अन्ततः वे किसी की नहीं हो पा रहीं।

जिस तरह से संस्कृति पर आक्रमण हो रहे हैं, उसे जॉर्ज लुकाच के शब्दों में यह कहना संगत होगा कि हमारी संस्कृति इस समय अँधेरी सुरंग के बीच से गुज़र रही है। 1965 में जो कुछ सार्त्र महसूस कर रहे थे, उससे भूमण्डलीकरण उर्फ़ उत्तर-औपनिवेशिक दौर कई गुणा क्रूर, बर्बर, हिंस्र और अमानवीय हो चुका है।

प्रेमचन्द ने अपने एक पात्र अमरकान्त से कहलवाया है—"मैं उन आदमियों में से नहीं हूँ, जो जीवन की ज़ंजीरों को ही जीवन समझते हैं। मैं जीवन की आकांक्षाओं को जीवन समझता हूँ।"

आज इस पतनशील व्यवस्था में जीवन की आकांक्षाओं की पहली ज़रूरत है। हिन्दी उपन्यासकारों ने विकट-से-विकट समय में इन आकांक्षाओं को वाणी दी है। और एक समृद्ध, जीवन-शक्ति से भरा हुआ संसार रचा है।

गोदान
गाँव और किसान जीवन का ऐतिहासिक उपन्यास

'गोदान' जून, 1936 में छपकर तैयार हुआ। आज 'गोदान' के इक्यासी वर्ष पूरे हो चुके हैं। इस बीच भारतीय समाज और साहित्य में बहुत-से बदलाव आये हैं। राजनीति, अपराध और धन का ऐसा मज़बूत गठबन्धन तैयार हुआ है कि हर तरह के न्याय और इनसानियत के पंख इस मज़बूत गठबन्धन से टकराकर चूर हुए हैं। वास्तविकता की विकसित व्यापक संघर्षमय दुनिया की जगह अँधेरे कमरों की अमूर्त, आरामदेह दुनिया संकल्प को घेरने लगी। विचार में व्यक्ति की जगह बाज़ार-या फ़ैशन दबाव बनाने लगे। निर्मला प्रतुल की कविता सवाल पूछने लगी—"दिल्ली के किस कोने में हो तुम?/...सेल्सगर्ल हो/या किसी हर्बल कम्पनी में पैकर.../जाती हो रात-विरात कॉलगर्ल बनकर/...दिल्ली...ऐसा श्मशान जहाँ/ज़िन्दा दफ़न होने के लिए भी लोग लाइन में खड़े हैं?" फ्रेडरिक जेम्सन ने बताया है कि वर्तमान भूमण्डलीय, किन्तु अपनी अन्तर्वस्तु में पूरी तरह अमेरिकी—उत्तर-आधुनिक संस्कृति विश्वव्यापी अमेरिकी सैन्यवाद और आर्थिक प्रभुत्व की सर्वथा नयी लहर की अन्तर्ग्राह्य अभिव्यक्ति है और इस अर्थ में वर्ग-समाज के इतिहास की तरह उत्तर-आधुनिक संस्कृति का निहितार्थ भी रक्तपात, उत्पीड़न, मृत्यु और संत्रास ही हो सकता है। (उद्धृत/रवि श्रीवास्तव का लेख)

फ्रांसिस फुकुयामा ने इतिहास के अन्त की घोषणा की, परन्तु ज़िन्दादिल कौमों ने सदा इतिहास से सबक़ सीखा है। पॉल वाइस के मुताबिक़ अपने को अतीत से जोड़ने में आनन्दानुभूति होती है। मनुष्य अपने स्रोत की चेतना से अपने को आश्वस्त कर लेता है कि वह अकेला निर्लम्ब नहीं है। इतिहास मर्मज्ञ लाल बहादुर वर्मा की मानें तो इतिहास संकीर्णता का शत्रु है... इतिहास मनुष्य की प्रगतियात्रा के शानदार महाकाव्य जैसा है, बिना नायक और खलनायक के।... इतिहास नियतिवाद पर भयानक प्रहार करता है...। फिर वह मर कैसे सकता है? (इतिहास के बारे में)

इसी तरह कविता के अन्त और उपन्यास के अन्त की घोषणाएँ हुईं। जब फूलों ने मुस्कुराना नहीं छोड़ा। पतझर में पत्तों का झरना बन्द नहीं हुआ, कविता का

अन्त कैसे हो सकता है? आधुनिक काल का दूसरा नाम गद्य काल हुआ। मनुष्य के जीवन के अनेक प्रश्नों की सृजनात्मक अभिव्यक्ति के रूप में उपन्यास तो और भी लोकप्रिय हुआ है।

'गोदान' के प्रकाशन से लेकर आज तक के इक्कासी सालों में 'गोदान' की ख्याति, पठनीयता और प्रभाव में कहीं कोई कमी नहीं आयी। किसी भी लेखक, किसी भी समीक्षक, किसी भी पाठक से आज तक के दस उपन्यासों के नाम बताने को कहिए तो 'गोदान' उनमें पहला उपन्यास होगा। 'गोदान' की रचना की समग्रता, अर्थवत्ता, पात्रों की विशिष्टता, गोदान की रचना की अन्तर्दृष्टि, जीवन की विडम्बना, जीवन-सत्य और भाषा की रवानगी 'गोदान' को कालजयी बनाती है। उपन्यास को वैसे भी परिपक्व काल की विधा कहा गया है। 'गोदान' प्रेमचंन्द की परिपक्व अन्तिम औपन्यासिक रचना है। आप 'गोदान' को अपने युग से अलग नहीं कर सकते, परन्तु वह ऐसी ख़ूबियों से भरा हुआ है कि समय की गति, रोटी कमाने की भागदौड़ से उठती रास्तों की धूल, भ्रमों की धुन्ध के बावजूद फीका नहीं पड़ा। गोपाल कृष्ण कौल ने 'गोदान' को उपन्यास की शैली में महाकाव्य ऐसे ही नहीं कह दिया। यह सिंहासन 'गोदान' को प्रायोजित चर्चायें करवाये बिना, बड़े महत्त्व की पत्रिकाओं के सम्पादकों की कृपा के बिना ही प्राप्त हुआ है। प्रेमचन्द किसी ऐसे ऊँचे, अनुत्तरदायी पद पर भी नहीं थे कि कुछ आलोचकों के लिए हवाई यात्रायें या पाँचसितारा होटल में ठहराने की व्यवस्था कर सकते। क़लम के इस मज़दूर के पास तो क़लम थी या फिर आँखों में स्वप्न थे भारत के साधारण आदमी की मुक्ति के। उन्होंने कहा था—"देहात में काम करने की मेरी इच्छा है। देहात में किसानों का काम करेंगे, जो काम उनके बीच में रहकर के साल-दो साल में हो सकता है, वह लम्बी-लम्बी स्पीचों से काफ़ी दिनों में भी होना कठिन है।" (प्रेमचन्द घर में)

यही है गोदान की रचना का तनाव बिन्दु, देहात और किसान को समझना और उसकी जीवन-गाथा को अभिव्यक्त करना। हिन्दी साहित्य के वह ऐसे पहले कथाकार हैं, जो गाँव और गाँव के साधारण तबके के समाज को उपन्यास में अभिव्यक्त करते हैं और गहरी सामाजिक, आर्थिक, राजनीतिक व सांस्कृतिक सूझ-बूझ के साथ। इसी वजह से हम गोबर, धनिया, होरी, झुनिया से ही नहीं, झिंगुरी सिंह, दातादीन, रायसाहब का पूरा परिचय पाते हैं और होरी के परिवार में ही जाकर बैठ जाते हैं और सुख-दुख के भागीदार हो जाते हैं। यथार्थ दृष्टि के इन बेलाग चित्रों, चरित्रों की विवशताओं से हम अप्रभावित कैसे रह सकते हैं?

'प्रेमाश्रम' और 'रंगभूमि' उपन्यासों में उभरा समाज कहीं से सामन्तवादी है और कहीं पूँजीवादी यानी पहले की समाज व्यवस्था अन्तिम साँसें ले रही है और नयी (पूँजीवादी) बेरहम समाज व्यवस्था दाख़िल हो रही है। तकनीकी शब्दावली में संक्रान्तिकालीन समाज व्यवस्था नज़र आती है, जबकि 'गोदान' उपन्यास के परिदृश्य

में पूँजीवादी व्यवस्था दीखती है। प्रेमचन्द की शब्दावली में 'महाजनी सभ्यता', ज़मींदार है कमज़ोर और लाचार। प्रेमचन्द की पारदर्शिता तथ्यपरक है—"कृषकों की तरह कितने ही ज़मींदार भी क़र्ज़दार हैं। छोटे-छोटे ज़मींदारों का तो कहना ही क्या, अकसर बड़े-बड़े ज़मींदार भी, जो लाखों रुपये मालगुज़ारी अदा करते हैं, कर्ज़ के बोझ से दबे हुए हैं। ज़मींदारों और काश्तकारों में अन्तर यही है कि काश्तकार मेहनत करके भी कर्ज़दार है, पर ज़मींदार केवल अपनी फ़िजूलख़र्ची ओर विलासिता के कारण कर्ज़दार है।" (ज़मींदारों की जायदाद की रक्षा, विविध प्रसंग, भाग-2, पृ. 482)

रामबक्ष ने किसानों के शोषण की प्रवृत्ति को समझते-समझाते हुए उपनिवेशवादी व्यवस्था के साथ जोड़कर देखा है—"किसानों का शोषण सामन्तवादी समाज में भी होता है और पूँजीवादी समाज में भी होता है, लेकिन उपनिवेशों में किसानों के शोषण का रूप इन दोनों से अलग होता है। उपनिवेशवादी व्यवस्था में एक राष्ट्र दूसरे राष्ट्र का शोषण करता है, सिर्फ़ वह किसान का ही शोषण नहीं करता, चूँकि उपनिवेशों में किसान बहुसंख्यक होते हैं या उनका शोषण ही मुख्य रूप से होता है, अतः किसान का शोषण राष्ट्रीय शोषण के रूप में सामने आता है।"

'गोदान' का रचनाकाल 1932 से 1936 तक का माना जाता है। 1930 के समय तक आते-आते साहूकार हावी होता चला गया है। किसान और ज़मींदार दोनों साहूकार के शिकंजे में आते चले गये। किसान की इस मन्दी दशा का ज़िक्र पण्डित जवाहरलाल नेहरू के विश्लेषण में भी मिलता है—"धीरे-धीरे छोटे ज़मींदार और मालिक-किसान दोनों के पास से ज़मीन उनके हाथ में आने लगी और साहूकार ही बड़े पैमाने पर ज़मीन के मालिक, बड़े ज़मींदार-ज़मींदार वर्गीय बन गये। मालिक-किसान, जो अभी तक अपनी ही ज़मीन पर खेती करता था, अब बनिया-ज़मींदारों या साहूकारों का क़रीब-क़रीब दास-किसान बन गया। जो केवल काश्तकार था, उसकी हालत तो और भी ख़राब हो गयी। वह तो साहूकार का भी दास बन गया था या बेदखल किये हुए भूमिहीन मज़दूरों की बढ़ती हुई जमात में शामिल हो गया।" उन्होंने लगान-वसूली की निर्दयता को भी रेखांकित किया है—"वे आमतौर पर शहर में रहने वाले थे, जहाँ वे अपना लेन-देन करते थे और उन्होंने लगान-वसूली का काम कारिन्दों के सुपुर्द कर दिया, जो इस काम को मशीनों की-सी संगदिली और बेरहमी से करते थे।" (मेरी कहानी, पृ. 327)

कर्ज़ की वजह से आज तक किसानों की आत्महत्याओं का सिलसिला थम नहीं रहा। अनिल चमड़िया बता रहे थे कि भारत में 2003 में 6,638 गाँवों के 51,770 घरों के सर्वेक्षण में पाया गया है कि चालीस प्रतिशत किसान खेती छोड़ने का इरादा रखते हैं। देश के 48.60 प्रतिशत किसान कर्ज़ में फँसे हुए हैं और हर किसान पर औसतन 12,585 रुपये का कर्ज़ है। (हरिगन्धा/किसानी जीवन: साहित्य और विमर्श)

प्रेमचन्द बख़ूबी समझ रहे थे कि उपनिवेशवादी दौर में भारत ग़रीबी की ज़ंजीरों

से बाँधा जा रहा है। वह शोषण के संस्थाबद्ध होते जाने से बेख़बर नहीं थे, इसीलिए गवर्नमेंट और सम्पत्ति आधारित समाज के बारे में स्पष्ट थे–

1. जब स्वराज्य हो जायेगा, तब क्या चूसना बन्द हो जायेगा?

2. गवर्नमेंट कोई ज़रूरी चीज़ नहीं है। पढ़े-लिखे आदमियों ने ग़रीबों को दबाये रखने के लिए एक संगठन बना लिया है, उसी का नाम गवर्नमेंट है। ग़रीब-अमीर का भेद मिटा दो और गवर्नमेंट का ख़ात्मा हो जाता है। (कर्मभूमि)

3. सम्पत्ति ने हमें अपना क्रीतदास बना लिया है।

उसकी सारी मानसिक, आत्मिक और दैहिक शक्ति केवल सम्पत्ति के संचय में बीत जाती है। मरते दम भी हमें यही हसरत रहती है कि हाय! इस सम्पत्ति का क्या हाल होगा? हम सम्पत्ति के लिए जीते हैं, उसी के लिए मरते हैं।

इतनी दूर तक देख पाने की क्षमता की वजह से 'गोदान' उपन्यास का ज़मींदार एक है, परन्तु महाजन अनेक। एक छोटे-से गाँव में एक-से-एक भरे पड़े हैं–झिंगुरी सिंह, लाला पटेश्वरी, नोखेराम, पण्डित दातादीन, मँगरू और दुलारी।

विपदा की खाई में गिरा किसान कर्ज़ को रस्सी समझकर और उसे थामकर बाहर निकलना चाहता है परन्तु जिसे वह रस्सी समझता है, वह रस्सी की जगह साँप होता है। पाँच वर्ष पहले होरी को बैलों के लिए मँगरू से साठ रुपये का कर्ज़ लेना पड़ा। होरी ने इस अर्से में साठ रुपये लौटा दिये परन्तु कर्ज़ की मूल राशि जैसे साठ रुपये सिर पर सवार रहे। तीन साल पहले आलू बोने के लिए दातादीन से तीस रुपये लिये थे। इस समय में तीस रुपये सौ हो गये, क्योंकि आलू चोर ख़ोद ले गये। बँटवारा ज़रूरी है तो बँटवारे के समय कर्ज़ भी ज़रूरी है। भाइयों को देने के लिए दुलारी से चालीस रुपये लिये थे–वे भी सौ हो गये।

"होरी कितना चाहता है कि किसी से एक पैसा भी कर्ज़ न ले। जिसका आता है, उसका पाई-पाई चुका दे। लेकिन हर तरह का कष्ट उठाने पर भी गला नहीं छूटता। इसी तरह सूद बढ़ता जायेगा, उसके बच्चे निराश्रय होकर भीख माँगते फिरेंगे।" हेगेल ने कहा है–"आत्मा का लौकिकीकरण आधुनिक युग की सबसे बड़ी ख़ासियत है।" होरी पर कर्ज़ का बोझ उसका दुःस्वप्न भी है। "होरी जब काम-धन्धे से छुट्टी पाकर चिलम पीने लगता था, तो यह चिन्ता एक काली दीवार की भाँति चारों ओर से घेर लेती थी, जिसमें से निकलने की उसे कोई गली न सूझती थी: मगर सन्तोष था तो यही कि वह विपत्ति अकेले उसके सिर न थी। प्रायः सभी किसानों का यही हाल था। अधिकांश की दशा तो इससे भी बदतर थी।" (गोदान)

गिरधारी बीस रुपये लेकर एक सौ साठ भरता है।

भारत के आर्थिक इतिहास में गहरी दिलचस्पी रखने वाले विद्वान रमेश दत्त ने भारतीय किसान की दशा का मार्मिक चित्रण किया है–

"उनके घरों पर छप्पर नहीं होता, जाड़ा और बरसात से अपनी रक्षा करने के

लिए उनके पास कोई साधन नहीं होता, उनकी पत्नियाँ चिथड़ों में लिपटी रहती हैं, उनके छोटे-छोटे बच्चे नंगे घूमते हैं। जाड़े के दिनों में एक कम्बल भी उनके लिए एक विलास की वस्तु होता है।" इस स्थिति का मूल कारण शोषण पर आधारित उपनिवेशवादी अर्थनीति बताया गया है। (डॉ. ब्रजकुमार पाण्डेय द्वारा उद्धृत)

प्रेमचन्द होरी की परम्परावादी सोच ज़ाहिर करते हैं कि भाग्य-रेखा प्रबल है। छोटे और बड़े, अमीर और ग़रीब भगवान के घर से बनकर आते हैं। परन्तु गोबर युवा है, प्रखर है, स्पष्टवादी नज़र आता है, कहता है—"यह सब मन को समझाने की बातें हैं। भगवान सबको बराबर बनाते हैं। यहाँ जिसके हाथ में लाठी है, वह ग़रीबों को कुचलकर बड़ा आदमी बन जाता है।"

धनिया को 'अपने विवाहित जीवन के बीस बरसों' में अच्छी तरह अनुभव हो गया था कि चाहे कितनी ही कतर-ब्योंत करो, कितना ही पेट-तन काटो, चाहे एक-एक कौड़ी को दाँत से पकड़ो, मगर लगान बेबाक होना मुश्किल है।

शोभा पूछती है कि कभी इन महाजनों से हमारा गला छूटेगा कि नहीं? होरी का उत्तर एक एक किसान के जीवन-संघर्ष का सारांश है—"इस जन्म में तो कोई आशा नहीं है भई। हम राज नहीं चाहते, ख़ाली मोटा-मोटा खाना और मरजाद के साथ रहना चाहते हैं। वह भी नहीं सधता।"

भला प्रेमचन्द से ज़्यादा इस हतभागे किसान को कौन जानता-समझता होगा—'भारत के अस्सी फ़ीसदी आदमी खेती करते हैं। कई फ़ीसदी वह हैं जो अपनी जीविका के लिए किसानों के मुहताज हैं, जैसे—गाँव के बढ़ई, लुहार आदि। राष्ट्र के हाथ में जो कुछ विभूति है, वह इन्हीं किसानों और मज़दूरों की मेहनत का सदक़ा है, लेकिन वही जो राष्ट्र के अन्न और वस्त्रदाता हैं, भरपेट अन्न को तरसते हैं; जाड़े-पाले में ठिठुरते हैं और मक्खियों की तरह मरते हैं।"

'गोदान में कर्ज़ की परेशान करने वाली पीड़ादायक स्थितियों पर व्यंग्य-बाण भी छोड़े गये हैं। होली के अवसर पर ठाकुर और ठकुराइन की नक़ल की गयी है। ठाकुर दस रुपये का दस्तावेज़ लिखाकर किसान को पाँच ही देते हैं तो उसका पूछना जायज़ है—

"यह तो पाँच हैं मालिक।"

"पाँच नहीं दस हैं। घर जाकर गिनना।"

"नहीं सरकार, पाँच हैं।"

"एक रुपया नज़राने का हुआ या नहीं?"

"हाँ सरकार।"

"एक तहरीर का।"

"हाँ सरकार।"

"एक कागद का।"

"हाँ सरकार।"

"एक दस्तूरी का।"

"हाँ सरकार।"

"एक सूद का।"

"हाँ सरकार।"

"पाँच नक़द, दस हुए कि नहीं?।"

"हाँ सरकार! अब पाँचों भी मेरी ओर से रख लीजिए।"

"कैसा पागल है?"

"नहीं सरकार, एक रुपया छोटी ठकुराइन का नज़राना है, एक रुपया बड़ी ठकुराइन का। एक रुपया छोटी ठकुराइन के पान खाने को, एक बड़ी ठकुराइन के पान खाने को। बाक़ी बचा एक, वह आपके क्रियाकरम के लिए।"

गोदान की इस संवाद योजना से पता चलता है कि यह उपन्यास सृजन की दृष्टि से भी अपने समय से आगे का उपन्यास है। प्रेमचन्द की पारदर्शी दृष्टि देख चुकी थी कि प्रजातन्त्र किसान, मज़दूर या मामूली आदमी को बेहतर जीवन स्तर नहीं दे सकता। मिर्ज़ा ख़ुर्शीद कहते हैं—"जिसे हम डेमोक्रेसी कहते हैं, वह व्यवहार में बड़े-बड़े ज़मींदारों और व्यापारियों का राज्य है और कुछ नहीं। चुनाव में वही बाज़ी ले जाता है, जिसके पास रुपये हैं।"

मेहता से कहलवाया—"वोट नये युग का मायाजाल है, मरीचिका है, कलंक है, धोखा है।"

प्रजातन्त्र का वर्णित चेहरा तब से और भी दाग़दार और भयानक साबित हुआ है। "अकेले दिल्ली में ही शहर को सुन्दर बनाने के नाम पर (कुछ साल पहले) सुप्रीम कोर्ट ने 168 फैक्टरियाँ बन्द करा दीं और कोई नहीं जानता कि इन फैक्टरियों के बन्द होने के फलस्वरूप कितने लाख मज़दूर भुखमरी का शिकार होकर मर गये हैं। इतना ही नहीं, झोंपड़पट्टियाँ तोड़ी गयीं, रिक्शाचालकों और छुट-पुट सामान बेचने वालों को दिल्ली की सड़कों से भगा दिया गया। पिछले पाँच दशकों में हुए तथाकथित विकास का परिणाम यह हुआ है कि असंगठित कृषि मज़दूर आज सबसे सस्ती चीज़ बनकर रह गया है।" (डॉ. एन भट्टाचार्य/सही समझ, जनवरी-मार्च, 2002)

मार्क्स ने पूँजीवाद को 'हृदयहीन दुनिया' कहा था, जहाँ जो कुछ भी पावन एवं श्रेष्ठ है, भ्रष्ट होने के लिए अभिशप्त है।

प्रेमचन्द ने 'गोदान' में होरी को महान या आदर्श नहीं बनाया। उसमें महानता का कुछ अंश है तो क्षुद्रता भी है। वह सीमाओं से ऊपर उठता है तो सीमाओं में घिरकर लघुता का प्रदर्शन भी करता है। सामाजिक रूढ़ियों से ऊपर उठकर झुनिया को अपनी बहू स्वीकार करता है और इसके लिए समाज के ग़ुस्से को भी झेलता है। दमड़ी बँसोर से मिलकर भाइयों से विश्वासघात करता है, फिर उसी भाई के परिवार

का पालन-पोषण करता है जिसने उसकी गाय को विष देकर मार डाला था। जब घर में खाना-तलाशी होने लगती है, ऐसा नहीं होने देने के लिए कर्ज़ लेकर भी रिश्वत देने को तैयार हो जाता है। अन्य जाति की अनब्याही कन्या की मर्यादा की रक्षा की ख़ातिर अपना घर गिरवी रख देता है और दूसरी तरफ़ ज़मीन बचाने के लिए अपनी पुत्री रूपा का विवाह रुपये लेकर अधेड़ रामसेवक से कर देता है। छल वह कई बार करता है। घर में दो-चार रुपये पड़े रहने पर भी महाजन के सामने क़समें खा जाता है कि घर में एक पाई भी नहीं है। सन को कुछ गीला कर देना और रूई में कुछ बिनौले भर देना उसकी नीति में जायज़ था। प्रेमचन्द कुत्सित स्वार्थ से किसान को बरी करते हैं।

"किसान पक्का स्वार्थी होता है, इसमें सन्देह नहीं कि उसकी गाँठ से रिश्वत के पैसे बड़ी मुश्किल से निकलते हैं। भाव-ताव में भी वह चौकस होता है। ब्याज की एक-एक पाई छुड़ाने के लिए वह महाजन की घण्टों चिरौरी करता है।" इसके बावजूद किसान की देन समाज नहीं दे सकता। प्रेमचन्द कहते हैं—"लेकिन उसका सम्पूर्ण जीवन प्रकृति से स्थायी सहयोग है। वृक्षों में फल लगते हैं, उन्हें जनता खाती है। खेतों में अनाज होता है, वह संसार के काम आता है। गाय के थन में दूध होता है, वह ख़ुद पीने नहीं जाती, दूसरे ही पीते हैं। मेघों से वर्षा होती है, उससे पृथ्वी तृप्त होती है। ऐसी संगति में कुत्सित स्वार्थ के लिए कहाँ स्थान है?"

यदि ज्ञानेन्द्र पाण्डेय, शहीद अमीन, पार्थ चटर्जी और उमा चक्रवर्ती जैसे विद्वानों ने किसानों एवं स्त्रियों के संघर्ष का इतिहास रचकर सामाजिक इतिहास-लेखन की धारा को शक्ति दी है तो प्रेमचन्द ने होरी और धनिया के माध्यम से साहित्य में एक इतिहास क़लमबद्ध किया है। आज विचार-गोष्ठियों में महिला सशक्तीकरण की बात बार-बार उठती है। प्रेमचन्द ने तो उस समय स्त्री तेजस्विता का ऐसा पात्र रचा कि आप उसके साहस, स्पष्टवादिता की प्रशंसा किये बिना रह नहीं पाते। होरी परम्परावादी, मर्यादा का पालन करने वाला, धर्मभीरु किसान है। धनिया सही को सही और ग़लत को ग़लत कहने वाली, सच के लिए लड़ जाने वाली स्त्री है। अमानुषिक तन्त्र के सामने तनकर खड़ी होती है। होरी धर्म और स्वार्थ के बीच डूब-उतरा रहा है, परन्तु धनिया पर कोई दबाव नहीं। होरी की गाय को विष दिये जाने के प्रसंग में दारोगा होरी के घर की तलाशी लेने की बात कहता है। होरी झिंगुरी से कर्ज़ लेकर दारोगा को देने वाला है लेकिन धनिया झपटकर आगे आ जाती है—"दारोगा तलाशी ही तो लेगा, ले-ले जहाँ चाहे तलाशी। एक तो सौ रुपये की गाय गयी, उस पर यह पलेथन! वाह री तेरी इज़्ज़त।" दारोगा हार मानने वाले न थे। पैंतरा बदलकर कहा—"मुझे ऐसा मालूम होता है कि इस शैतान की खाला ने हीरा को फँसाने के लिए ख़ुद गाय को ज़हर दे दिया।" धनिया सीधे उनके न्याय को चुनौती देती है—"हाँ, दे दिया। अपनी गाय थी मार डाली, फिर

किसी दूसरे का जानवर तो नहीं मारा...? तुम्हारी तहक़ीक़ात में यही निकलता है तो यही लिखो। पहना दो मेरे हाथ में हथकड़ियाँ। देख लिया तुम्हारा न्याय और तुम्हारी अक्कल की दौड़।"

विकट स्थितियों में भी होरी व्यवस्था का पक्षधर्मी ही रहता है। वह ढाँचे से बाहर होने की कल्पना भी नहीं करता परन्तु धनिया को इन सबका कोई मोह या डर नहीं है। वह कहती है—"बिगड़ेंगे तो एक रोटी बासी खा लेंगे।"

वक़्त पड़ने पर शेरनी हो जाती है—"तू हट गोबर, देखूँ तो क्या करता है मेरा—घर में तलाशी होने पर इसकी इज़्ज़त जाती है। अपनी मेहरिया को सारे गाँव के सामने लतियाने से इसकी इज़्ज़त नहीं जाती...।"

मेहता का चरित्र एक विचारशील पुरुष का चरित्र है, जिसे सिद्धान्तों की परवाह है। विमेन लीग में भाषण देते हुए कहते हैं—"स्त्री पुरुष से उतनी ही श्रेष्ठ है, जितना प्रकाश अँधेरे से। मनुष्य के लिए क्षमा और त्याग तथा अहिंसा जीवन के उच्चतम आदर्श हैं। नारी इस आदर्श को प्राप्त कर चुकी है। उनके मानवतवाद में यूटोपिया का पुट है—जीवन मेरे लिए आनन्दमय क्रीड़ा है, सरल, स्वच्छन्द, जहाँ कुत्सा, ईर्ष्या और जलन के लिए कोई स्थान नहीं। मैं भूत की चिन्ता नहीं करता, भविष्य की पैरवी नहीं करता। मेरे लिए वर्तमान ही सब कुछ है।" वह एक ऐसे बुद्धिजीवी नज़र आते हैं जिन्हें जीवन की कठिनाइयों का उतना गहरा अहसास नहीं है। मालती से कहते हैं—"प्रेम सीधी-सादी गऊ नहीं, ख़ूँखार शेर है, जो अपने शिकार पर किसी की आँख भी नहीं पड़ने देता।" मालती की धारणा यह है कि विवाह मनुष्य को क्षुद्र स्वार्थ, संकीर्ण मोह में बाँध देता है।

रायसाहब और मिल मालिक खन्ना पूँजीवादी दौर के नये ढंग के शोषण के प्रतिनिधि नज़र आते हैं। उनके व्यक्तित्व का उदारपन ज़ाहिर है। सविनय अवज्ञा आन्दोलन में रायसाहब जेल हो आये हैं, परन्तु डाँड और बेगार में कोई कमी नहीं होने देते। खन्ना अपने को जनता का आदमी समझते हैं, लेकिन हक़ीक़त इसके उलट है। जनता की शिकायत सुन सकते हैं, परन्तु अधिकार या मुनाफ़े में कमी नहीं कर सकते। उनकी पत्नी गोविन्दी मानती है कि जीवन का सुख दूसरों को सुखी करने में है, उनको लूटने में नहीं।

होरी में एक गाय रखने की लालसा है। दरवाज़े पर बँधी गाय शान और सम्मान का हिस्सा भी है। यह लालसा भी सध नहीं पाती। उसे गाय रख सकने की परीक्षा से गुज़रना पड़ता है और असफल रहता है। होरी का जीवन संग्राम भारतीय किसान का जीवन संग्राम है। रायसाहब से प्रेमचन्द ने कहलवाया है—"किसी को भी दूसरे के नाम पर मोटे होने का अधिकार नहीं है। परजीवी होना घोर लज्जा की बात है। समाज की ऐसी व्यवस्था, जिसमें कुछ लोग मौज करें और अधिक लोग पिसें और खायें कभी सुखद नहीं हो सकते।" होरी किसान से 'मजूर' बन गया। मजूरी करते

हुए लू लगने से वह इस संसार से विदा होता है। गोदान की माँग रखे जाने पर प्रेमचन्द की निम्न पंक्तियाँ पाठक को अपने साथ बहा ले जाती हैं–

"धनिया यन्त्र की भाँति उठी, आज जो सुतली बेची थी, उसके बीस आने पैसे लायी और पति के ठण्डे हाथ में रखकर सामने खड़े दातादीन से बोली–महाराज, घर में गाय है, न बछिया, न पैसा, यही पैसे हैं, यही इनका गो-दान है।

और पछाड़ खाकर गिर पड़ी।"

जिसे आर्थिक शोषण की मार पड़ती है, धर्म के पाखण्ड की मार भी उसी को ज़्यादा झेलनी पड़ती है।

निराला ने कहीं कहा था कि अच्छी पुस्तक वह होती है, जिसको पढ़ने के बाद आप वही नहीं रहते जो पहले थे। धनिया के पछाड़ खाकर गिरने के बाद यह पुस्तक जिसका नाम 'गोदान' है, थोड़ी देर आपकी गोद में पड़ी रहती है। इतने वर्षों बाद भी कोई पढ़ता है तो अगर उसकी सूनी आँखों में नमी नहीं आती तो वह कुछ पल के लिए आँखें बन्द कर धनिया और होरी के बारे में सोचता ज़रूर है।

'गोदान' को गोपालकृष्ण कौल ने अपने युग का प्रतिबिम्ब ही नहीं माना बल्कि 'आने वाले युग की प्रसव व्यथा' भी कहा। सो इन बीते वर्षों में अभी तक इसकी कीर्ति में कमी नहीं आयी। जैनेन्द्र कुमार ऐसी किसी ख़ूबी को देखते हुए 'चित्र की भाँति असमाप्त' कह गये। मदान साहब (इन्द्रनाथ) ने गोदान को एक त्रासदीय व्यंग्य रचना मानते हुए गोदान को आलोचकों के लिए चुनौती कहा–"एक आलोचक इसे कविता की आँख से देखता है, दूसरा व्यष्टि-समष्टि की दृष्टि से, तीसरा आधुनिकता के स्वीकार और अस्वीकार के धरातल पर, चौथा महाकाव्य के रूप में, पाँचवाँ गाँधीवाद से मोहभंग के स्तर पर, छठा धन की दुश्मनी को लेकर, नवाँ करुण रस के आधार पर और दसवाँ युग की पुण्य गाथा और आने वाले युग की प्रसव पीड़ा के रूप में आँकता है।" यह सिलसिला चलता रहने वाला है, क्योंकि यह 'बड़ा' उपन्यास है।

बूँद और समुद्र
नैतिकता का मुकुट, दलदल में पाँव

उपन्यासकार अमृतलाल नागर ने 'बूँद और समुद्र' उपन्यास के रचनाकाल के सम्बन्ध में कहा है कि उन्होंने इस उपन्यास की रचना नवम्बर, 1953 में आरम्भ की थी और कभी रुक-रुककर और कभी नियमपूर्वक लिखकर जून, 1955 तक उपन्यास-लेखन चलता रहा और 1956 में प्रकाशित हुआ। रचनाकाल के साथ ही मक़सद के बारे में जान लें, क्योंकि अमृतलाल नागर आधुनिक भारतीय जीवन और समाज के बड़े उपन्यासकारों में से एक हैं, इसलिए ऐसा हो नहीं सकता कि वास्तविक जीवन की रचना में आग्रहशील उन जैसे उपन्यासकार की सकारात्मक मूल्य और यथार्थ निर्मात्री शक्ति अन्तर्व्याप्त प्रदीप्ति में बनते-बिगड़ते भारतीय परिवार में मामूली लोगों की परवशता से बेख़बर बनी रहे। नागर साहब कहते हैं—"इस उपन्यास में मैंने अपना, आपका और अपने देश के मध्यवर्गीय नागरिक समाज का तनाव-खिंचाव, संस्कार-विचार, असंगति-विसंगति, सीमा-उपलब्धि, गुण-दोष भरा चित्र ज्यों-का-त्यों आँकने का यथामति, यथासाध्य प्रयत्न किया है।" साथ ही यह भी कहा है कि यह कहना भी अत्यावश्यक प्रतीत होता है कि पात्र या पात्री के रूप में किसी एक विशेष, अविशेष व्यक्ति का ज्यों-का-त्यों चित्रण उन्होंने नहीं किया है। किसी के प्रति असम्मान की तनिक-सी भी भावना इसमें नहीं है। इसमें आयी छोटे पात्रों की कहानियाँ भी उनके वर्षों के प्रयत्न से जाने कहाँ-कहाँ से बटुर कर जमा हुई हैं, किसी एक नगर या मुहल्ले की नहीं हैं यानी चौंक (एक मुहल्ले) की घटनाएँ होते हुए भी उपन्यास का क्षेत्र नागरिक सभ्यता की परम्परा में देखने का क्षेत्र है।

राजेन्द्र यादव ने 'बूँद और समुद्र' के यथार्थ को आधी शताब्दी का सामाजिक यथार्थ तो माना ही है और गोदान के बाद भारतीय जीवन का दूसरा महाकाव्य भी। यथा—"गोदान के बाद 'बूँद और समुद्र' को उत्तर भारतीय जीवन का दूसरा महाकाव्य कहा जा सकता है और इसमें भी कोई अत्युक्ति नहीं है कि औपन्यासिक माइक्रोस्कोप से बूँद की ऐसी 'सामुद्रिक विराटता' शायद ही कभी मिली है।" 'वार एण्ड पीस' उपन्यास के बारे में उन्होंने कहा कि पाँच सौ प्रमुख-अप्रमुख नाना वर्ग

और वंश के पात्रों के माध्यम से पूरी एक शताब्दी बोलती है, एक शताब्दी तो नहीं, हाँ आधी शताब्दी निश्चित रूप से 'बूँद और समुद्र' में भी बोलती मिलेगी। (अठारह उपन्यास, पृ. 69)

जेम्स मिल ने अपनी पुस्तक 'हिस्ट्री ऑफ इण्डिया' में यह कहते हुए कोई भूल नहीं की थी कि कोई समाज कितना सभ्य है, इसका पता उस समाज में स्त्रियों की दशा को देखकर चलता है।

'बूँद और समुद्र' में सभी वर्गों के पात्र हैं, जो परम्परागत जीवन पद्धति, रीति रिवाजों के बीच आधुनिक, सामाजिक, आर्थिक, राजनीतिक परिस्थितियों के दबाव के सामने नवीन चेतना का टकराव लेकर जी रहे हैं और साथ ही इसी परिप्रेक्ष्य में उभरती है महिलाओं की दासता भरी विडम्बना। इन महिलाओं को प्रतिक्रियावादी कूढ़मगज़ लोगों का ही सामना नहीं करना पड़ता, अपितु 'अपनों' का अविश्वास, कमज़ोर निश्चय और कठोरता भी झेलनी पड़ती है। नयी ज़िन्दगी की आहटें पाने वाली बड़ी का पति उसका 'चाहा हुआ पति' नहीं बन पाता। परन्तु उसका साक्षात्कार हो रहा है 'नयी दुनिया' से। इस नयी दुनिया में पड़ोसी तारा वर्मा हैं, देवर-देवरानी हैं, सिनेमा की चमकदार और भड़कीली ज़िन्दगी है जो उसे चुपचाप सभी कुछ बरदाश्त नहीं करने देती।

धर्म की बार-बार व्याख्या की गयी। समाज वैज्ञानिकों ने कई बार चेतावनी दी परन्तु समाज की क्रूरता में कमी नहीं आयी। ऊबे हुए, थके हुए लोगों की प्रतिक्रिया कुछ इसी तरह रहती है—कभी-कभी तो आप सच मानिएगा सज्जन साहिब, इस पुलिस पेशे में रहकर यह विश्वास होने लगता है कि इंसानियत-विंसानियत कोई चीज़ नहीं। पुलिस का रोज़नामचा उठाकर देखिए, यह अनुभव होता है कि सत्य तो यह है कि बाक़ी वे सब मन्दिर-मस्जिद, धर्म-कर्म—ये तमाम अच्छी बातें और आपका ये आर्ट-कल्चर वग़ैरह ढोंग है। हज़ारों बरसों में भी ये ख़ूबियाँ इनसान पर कोई प्रभाव न डाल सकीं। (बूँद और समुद्र, पृ. 31)

वनकन्या की भाभी को लोकलाज से डरकर आत्महत्या करनी पड़ी। सद्य जात शिशु बादशाही नाले के पास फेंक दिया गया। वनकन्या सत्य का सामना करती है और किसी को क्षमा नहीं करना चाहती। वह साफ़ कहती है—"हत्या मेरे पिता ने की है, मैं जानती हूँ, मैं कहती हूँ। मेरी भाभी का अपराध सिर्फ़ यही है कि वह औरत हैं और आर्थिक दृष्टि से स्वतन्त्र नहीं हैं।" (बूँद और समुद्र, पृ. 71)

परन्तु न तो समाज स्थिर रहता है, न सामाजिक व नैतिक मानदण्ड। 'बूँद और समुद्र' के रचनाकाल के बाद के भारतीय समाज में स्त्रियों की स्थिति और परिवार की सोच में काफ़ी बदलाव आये हैं। 'मुझे चाँद चाहिए' उपन्यास की वर्षा वशिष्ठ को चाँद चाहिए। मात्र 'परिवार बचाओ' के नाम पर शहीद होते रहने की स्थिति पर स्त्री को पचासों सवालों से टकराना पड़ता है। विवाह संस्था पर सोचना

पड़ता है कि क्या वह मात्र रोटी-कपड़ा और सुरक्षा की गारण्टी ही दे रही है या और कुछ? कहीं इसके बदले जीवन भर की मेहनत क़ुर्बानी और 'आत्म' हर लेने वाला संस्कार और परम्परावाद के सात ताले लगाने वाली तो नहीं? घर स्वतन्त्रता भी देता है या बाहर दिखने वाली इज़्ज़त और भीतर अपमान के अनगिन बरस? क्या समानाधिकार के नाम पर एकाधिकार की आरी चलती है? कविता की भाषा में यह भी कहा गया है कि "जितना बड़ा होता है घर/उतना ही छोटा होता है स्त्री का कोना।" वर्चस्ववादी व्यवस्था का रूप-रंग समाज को प्रभावित करता है। हिंसा और क्रूरता वर्चस्ववादी व्यवस्था का ताना-बाना है, लिहाज़ा पुरुष की मानसिकता हिंसा और क्रूरता से प्रभावित होती चलती है। घरेलू हिंसा हमारे सभ्य समाज का एक हिस्सा बनती चली गयी है। दूसरी तरफ़ इसे मिथ तो बनाया जा रहा है कि आज सभी क़ानून लड़कियों के हक़ में हैं या लड़कियों को ख़ूब संरक्षण मिल रहा है परन्तु हक़ीक़त कुछ और ही है। भारत सरकार के नेशनल क्राइम रिकॉर्ड ब्यूरो के ही मुताबिक़ स्त्री को न्याय बहुत विलम्ब से मिला है या मिला नहीं। 1999 में दहेज हत्या के जो मामले दर्ज हुए हैं, उनमें से 17.1 प्रतिशत मामलों का निपटारा हुआ, 82.9 प्रतिशत लटके रहे। पति और परिजनों की क्रूरता के एक लाख बयानवे हज़ार पाँच सौ पचहत्तर मामलों में मात्र तीन हज़ार चार सौ को ही सज़ा दी गयी।

'बूँद और समुद्र' की वनकन्या कहती है—"मरते-मरते भी भाभी की देह से एक और सेवा ली गयी, स्टेटमेंट पर उनके हाथ पकड़कर दस्तख़त कराये गये।... उस दिन मैंने जो अनुभव किया वह कभी नहीं भूलूँगी। एक मजिस्ट्रेट, पुलिस, सब इंस्पेक्टर, एक डॉक्टर और एक राष्ट्रीय नेता—ये हमारे न्याय के प्रतीक सरासर न्याय का गला घोंट रहे थे।" (बूँद और समुद्र, पृ. 77)

कहा जाता है कि देश की राजधानी दिल्ली में पुलिस मुख्यालय के निगरानी केन्द्र में क़रीब पाँच हज़ार शिकायत केस रोज़ आते हैं। एक साल में जब लगभग पचास हज़ार शिकायतें मिलीं, तब लगभग साढ़े चार सौ मामलों में ही सुनवायी हो पायी। बाक़ी मामले योग्य कार्यवाही के लिए सम्बद्ध राज्यों को भेज दिये गये। पुलिस हिरासत में 1990 में 79 मामले दर्ज हुए और 1991 में 84। पुलिस वीमेन सेल भी ग़रीब निराश्रित लड़की को वापस उसी नर्क में भेजने को तैयार मिलती है। क़ानून की धारा 498ए अक्सर महिलाओं के हक़ की संवेदनापूर्ण व्याख्या नहीं करती।

अमृतलाल नागर ने पति के रूप में मनिया और मार सहती बड़ी का चित्रांकन चेतावनियों, प्रतिबन्धों और फ़तवों के बीच किया है। मनिया के लिए विश्वास और विश्वासघात एक हो रहे हैं। बड़ी एक पशु की तरह पिट रही है। वह गरजता हुआ बाहर निकलता है—"कहाँ है हरामज़ादी?" बड़ी उस वक़्त गुसलख़ाने में नहा रही थी। नंदो के इशारा करने पर गुसलख़ाने के दरवाज़े पर धक्के मारकर मनिया गरजा..."खोल छिनाल, हरामज़ादी! तेरे..."

उसे अधनहाई अवस्था में गीली धोती पहने ही दरवाज़ा खोलना पड़ा। "मनिया ने बेतहाशा उसका हाथ खींचकर आँगन में घसीट लिया और ज़मीन पर धक्का देकर कहनी-न-कहनी सैकड़ों बातें सुनाते हुए, घूँसे-लातों और थप्पड़ों से बड़ी की सहन-शक्ति को बेतहाशा चीख़ने पर मजबूर कर दिया। गली, पास-पड़ोस में बड़ी की चीख़ें और मनिया की गरज और गालियाँ पहुँचने लगीं।" (बूँद और समुद्र, पृ. 201)

आँगन भर में मार-मारकर, घसीट-घसीटकर बड़ी की दुर्दशा बना दी गयी। उसकी भीगी साड़ी कीचड़ में इस तरह लथपथ हो रही थी कि लाज बचाना मुश्किल हो रहा था। बेशर्मी से रोकने का तरीक़ा था या बेशर्म करने का?

मनिया की गरज-तरज और बड़ी की चीख़ों के बीच दो तरह के लोग खड़े हो जाते हैं—कुलजुग की दुहाई देने वाले और सुराज तथा आधुनिकता को गाली देने वाले। दूसरे हैं कर्नल जैसे आधुनिक सोच वाले जो मानते हैं कि मनिया को मारने का कोई अधिकार नहीं। उसे अगर वह बदचलन लगती है तो कोर्ट में जाकर दावा करते।

मनिया औरत को जरख़रीद वस्तु ही समझता है—"मेरी औरत है। मैं मारूँगा। और बचाने जो आवेगा, उसे भी मारूँगा।" (बूँद और समुद्र, पृ. 205)

कीचड़ में सनी, मुँह छिपाये सिकुड़ी हुई एक नारी अनेक को अनेक प्रकार से नये ज़माने के विरुद्ध उकसाने में प्रेरणा दे रही थी...नयी भीड़ आती रही, पुरानी भीड़ जाती रही।

बड़ी यों ही तमाशा बनी बैठी रही। (बूँद और समुद्र, पृ. 202)

द्रोपदी के चीर-हरण के समय अनेक महारथी मौजूद थे परन्तु द्रोपदी को सहायता नहीं मिली। स्त्री के लिए एक भूमिका तय है। भूमिका से विचलित होते ही वह अस्वीकृत हो जाती है। पुरुष के साथ ऐसा नहीं होता। महिपाल के डॉ. शीला के साथ सम्बन्ध हैं। पत्नी के अतिरिक्त वह इन सम्बन्धों को चला रहा है। सज्जन के सम्बन्ध हैं। परन्तु दोनों में से कोई पत्नी के हाथों नहीं पिटता।

प्रेमचन्द की कहानी 'मनोवृत्ति' साबित करती है कि पार्क में बेंच पुरुष के लिए सार्वजनिक है, स्त्री के लिए नहीं। स्त्री सन्देहों से घिर जाती है, लांछित होती है।

पति के त्याग देने पर बड़ी का दामन विरहेश को थमा दिया जाता है परन्तु उस वक़्त बड़ी 'पत्थर जैसी' क्यों खड़ी है?

विदा होते हुए भर्राये स्वर में कहती है—"मुन्ना को अम्मा जी सम्हाल लेंगी। मेरी बिट्टी को सम्हालना! मेरी बिट्टी...बी-ट्-टी..."

कहते-कहते बड़ी की दत्ती भिंच गयी; उसे गश आ गया।

लड़की ही बोझ है, अभिशाप है, अत्याचार का केन्द्र है। उसे कभी भी कलुषित किया जा सकता है। सत्ता के सामने तनकर खड़ी होने को तैयार है तो उसे कुचल दिया जाये। कुचल दिये जाने से बच निकले तो बदनामी के बीच में लथपथ कर दो।

वनकन्या स्थिति को सँभालने के लिए खड़ी होती है तो उसे 'कम्यूनिस्ट' कहकर नकारा जाता है। वह पुरुषों से आस छोड़ चुकी है। अपने घर का कच्चा ब्योरा देते हुए वनकन्या ने लिखा था—"पुरुष समाज से मुझे कुछ भी नहीं कहना। जिसको लूटने की बान पड़ गयी है, वह आसानी से अपनी आदत नहीं छोड़ सकता। बात कहनी है मुझे अपनी बहनों से। वे बहनें जो स्कूलों और कॉलेजों में पढ़ती-पढ़ाती हैं, वे जो घरों की चारदीवारी में क़ैद हैं, उन सबसे मेरा सत्याग्रह भरा निवेदन है कि 'प्रेम' शब्द के साथ फैली हुई नारी-विरोधी जिस गन्दी तस्वीर को जन-समाज आज अपनाये हुए है, उससे साँप के फन की तरह दूर रहें। अपना गुलाम बनाकर अत्याचारी जिस पर राज करना चाहते हैं, उसका नैतिक बल वे पहले तोड़ देते हैं। हज़ारों वर्षों के इतिहास में अधिकतर समाज ने नारी के साथ हर तरह से खेलकर, रस लेकर सदा उसे पैरों से रौंदा है, जीते-जी जलाया है...।"

यहाँ बरबस अनिल मंगल की कविता की चन्द पंक्तियाँ याद आती हैं जो कि भारतीय महिला की विडम्बना कहती हैं—

"प्रेम के बग़ैर ही वह औरत/हर बरस करती थी करवाचौथ/प्रेम के बग़ैर ही धारण करती थी/सुहाग की टिकुली और बिछुये/प्रेम के बग़ैर ही सजाती थी माँग में सिन्दूर।"

वनकन्या ने आगे लिखा था—"विवाह के मन्त्रों में दिया गया नारी का अधिकार अर्द्ध-नारीश्वर के प्रतीक में दी गयी समता—ये महान जनतान्त्रिक आदर्श महज़ पोथियों की वस्तु बने आज भारत से अधिक भारत से बाहर पूजा पा रहे हैं।" (बूँद और समुद्र, पृ. 89)

पुरुष वर्चस्व को लेकर वनकन्या बिल्कुल स्पष्ट है—"जहाँ नारी की पूजा होती है, वहाँ देवताओं का निवास रहता है"—इस महान उक्ति को झुठलाकर भारतीय पुरुष समाज व्यावहारिक क्षेत्र में नारी का स्थान ढोल, गँवार, शूद्र और पशु के साथ मानता आया है। इसी को वे धर्म मानते हैं। धर्म, न्याय, राज सब पुरुषों का है। पुरुष अपनी इच्छा की साँकलों में नारी को धोखे से या ज़बर्दस्ती बाँधकर अपनी दासी बना ले तो वो बेबस बेचारी क्या कहे? देवता बनकर यह ठग-जगत् यदि उसका सर्वस्व हरण कर ले तो वह क्या करे? लेकिन हमें अब झूठे धर्म का भय और झूठी आबरू का मायाजाल तोड़कर कहना भी होगा और लड़ना भी होगा।"

यदि स्त्री को भी मनुष्य ही मानें तो लेखक का विचार जानना ज़रूरी है जो मनुष्य के बारे में दर्ज है—"मनुष्य का आत्मविश्वास जागना चाहिए, उसके जीवन में आस्था जागनी चाहिए। मनुष्य को दूसरे के सुख-दुख में अपना सुख-दुख मानना चाहिए। विचारों में भेद हो सकता है, विचारों के भेद से स्वस्थ द्वन्द्व होता है और उससे उत्तरोत्तर उसका समन्वयात्मक विकास भी। पर शर्त यह है कि सुख-दुख

में व्यक्ति से व्यक्ति का अटूट सम्बन्ध बना रहे, जैसे—बूँद से बूँद जुड़ी रहती है, लहरों से लहरें। लहरों से समुद्र बनता है—इस तरह बूँद में समुद्र समाया है।" उन्हें आत्मविश्वास और जीवन में आस्था अनिवार्य लगती है।

वनकन्या ने जब अपने पिता द्वारा होने वाले अत्याचारों के ख़िलाफ़ कुछ कहना चाहा तो उसकी भाभी ने ही रोकर रोक लिया था। लाख कोशिश करने पर भी वह उन्हें समझा न पायी कि इस हैवानियत के ख़िलाफ़ जनमत तैयार करने में आबरू नहीं जायेगी।

जया जादवानी की एक कविता की चन्द पंक्तियाँ उल्लेखनीय हैं—

'कैसे मैं पाऊँगी
आत्मा का अभिमान
खुद को पाये बिना
कैसे देखूँगी अपना चेहरा
अपने आईने में
नहाये बिना समय की नदी में।'

वनकन्या का मानना है कि आबरू तो तब जाती है, जब अपनी मर्ज़ी के ख़िलाफ़ निरीह पशुओं की तरह स्त्री का इस्तेमाल होता है। स्त्री की आबरू तो तब जाती है, जब 'प्रेम' शब्द का लुभाने वाला मायाजाल फैलाकर स्त्री की मर्ज़ी को पुरुष बड़ी ख़ूबसूरती के साथ झुठला लेता है। बेचारी भोली-भाली स्त्री समझती है कि पुरुष उससे प्रेम कर रहा है, जीवन भर दुख-सुख में वे दोनों एक-दूसरे के सच्चे आधार बनेंगे...पर मैं अपनी बहनों से पूछती हूँ, क्या यही प्रेम है जो आज अमृत और कल हलाहल बन जाता है? क्या यही प्रेम है जो हमारी एक-एक साँस में बिन्धकर ख़ून को आँसू का खारा पानी बना देता है। (बूँद और समुद्र, पृ. 90)

यदि स्त्री शक्ति का अर्थ है—स्त्रियों का आत्मनिर्णय तो वह पितृसत्तावादी समाज का क्या करे?

महिपाल कल्याणी का पति है, परन्तु उसके डॉ. शीला के साथ प्रेम-सम्बन्ध हैं। लेखक होने के नाते घर में आर्थिक अभाव का होना स्वाभाविक है। कल्याणी ददुआ से बिना महिपाल से पूछे कुछ रुपये मँगवा लेती है। महिपाल का तड़ से तमाचा कल्याणी के गाल पर पड़ता है। दरवाज़ा बन्द है। बच्चे कान लगाकर सुन रहे हैं। पिता की यह घुड़की भी—"चुप! ख़बरदार जो बाहर आवाज़ गयी तो...।"

बच्चों के सामने वह शर्मिन्दा हुआ। कल्याणी से क्षमा भी माँगी परन्तु मन सूने चौराहे-सा साँय-साँय करता रहा।

इस परम्परावादी, रूढ़िग्रस्त, पिछड़े समाज का गहरे रंगों से चित्रित चरित्र है ताई। नागर जी ने ताई के रेखांकन में अद्भुत औपन्यासिक रचना का प्रमाण दिया है। ताई ने अपने प्रारम्भिक जीवन में अपमान, अवमानना और उपेक्षा झेली है।

अब उसे सारी दुनिया से शिकायत है। हरदम शिकायत है। बेटी के मर जाने पर पति के द्वारा दो सौ रुपया मासिक ख़र्च के सहारे वह पुरानी हवेली में अकेली छोड़ दी गयी है। इस अभिशप्त जीवन में उसके पास दुनिया भर के लिए घृणा ही है। अशुभ क्रियायें करने में उसे सन्तोष मिलता है। अब उसे 'लड़ाका', 'टोनही' और 'मनहूस' जैसी उपाधियों से विभूषित किया जाता है। उसके जादू-टोने के अनेक क़िस्से प्रचलित हैं। 'काले डोरे की करघनी में छोटा-सा चाक़ू और कैंची बाँधकर उन्होंने जात-बिरादरी और मुहल्ले-टोले के घरों में ग़ज़ब ढाये हैं—किसी के पलंग की पाटी पर सेंदुर मला है, किसी के तकिये में सवा गज़ लम्बा काला डोरा पिरोकर सुई खोंस आयी है, कहीं साही का काँटा खोंस आयी है, किसी के ब्याह की चुनरी चौकोर काटी है, कहीं नन्हे-मुन्ने के चँटोवे में तेल का टपका लगाकर मारक-मन्त्र चलाया है, किसी लड़की की बीच माँग के बाल काटकर उसे बाँझ बनाया है, किसी के दरवाज़े पर चालीस दिन तक शाम को दीया जलाकर रखा है, किसी के लिए चौराहे पर उतारे रक्खे हैं।' (बूँद और समुद्र, पृ. 5)

वह कई बार टोना करते पकड़ी गयी है। अनेक बार लड़ाइयाँ हुई हैं, कई बार उन्हें मार पड़ी है। घरों के दरवाज़े उनके लिए बन्द कर दिये गये, लेकिन उनकी कुचेष्टाओं में कोई कमी नहीं आयी।

राजेन्द्र यादव ने ताई के चरित्र को 'भारतीय उपन्यास की विशेष उपलब्धि' माना है। (अठारह उपन्यास)

'बूँद और समुद्र' उपन्यास में स्वतन्त्रता के बाद की राजनीतिक स्थिति भी नुमायाँ है। स्वतन्त्रता प्राप्ति के बाद राजनीति की रचनात्मकता तिरोहित होती नज़र आती है। "राजनीति जिस रूप में आज प्रचलित है, वह तनिक भी प्रगतिशील शक्ति नहीं है। राजनीति केवल दाँव-पेंचों का अखाड़ा है; मानव हित के आदर्श से हीन, व्यक्तिगत अहंकार के कारण राजनीति के खिलाड़ियों की बौद्धिक चतुराई और कार्य-कुशलता बहक गयी है। वर्तमान राजनीति का जन्म साम्राज्यवाद से हुआ है। इसी साम्राज्यवादी नीति से औद्योगिक पूँजीवाद को शक्ति प्राप्त हुई है। उस शक्ति और जनहित का देर स्वाभाविक है। साम्राज्यशाही चाहे पूँजीवाद की हो, राष्ट्रवाद, जातिवाद, धर्मवाद की हो सर्वथा ग़लत है।" (बूँद और समुद्र, पृ. 375)

आज़ादी के बाद सामन्तीय भूस्वामित्व को ख़त्म नहीं किया जा सका, इसलिए सामन्तीय मूल्य वर्चस्वी बने रहे। जनता को आकृष्ट कर रहे हैं चुनाव। लोग भ्रम में हैं कि चुनाव के माध्यम से कुछ बदल जायेगा। चुनाव तो शक्ति प्राप्त करने का एक माध्यम है इसलिए सत्ता-पक्ष और विपक्ष दोनों कीचड़ उछालकर, मार-पीट कर, षड्यन्त्र रचकर सत्ता पाने को व्याकुल हैं। "इलेक्शन की महज़ एक चाल के लिए इंसानियत के ख़िलाफ़ इतना बड़ा षड्यन्त्र रचा गया! यह हमारी सभ्यता का ताज़ा नमूना है।" (बूँद और समुद्र, पृ. 76)

वनकन्या का मानना है कि राजनीतिक दल जनता के साथ खिलवाड़ करते हैं, उसे ठोकरें देते हैं और अपना उल्लू सीधा करते हैं।

"आज एकाएक मुझे ऐसा लगा कि जैसे फुटबाल का मैच होता है न, राजनीतिक पार्टियों का संघर्ष भी हू-ब-हू वैसा ही है। जनता फुटबाल है; मैच उसी के नाम पर हो रहा है, पोलिटिकल पार्टियों के खिलाड़ी ठोकरें भी उसी को लगा रहे हैं। ये इलेक्शन हमारी जनतान्त्रिक समाज-व्यवस्था का यही रूप दरसा रहे है।" इसकी वजह है कि जिस व्यक्ति की पीड़ाओं का सामूहिक रूप में दर्शन करके ये राजनीतिक सिद्धान्त बने हैं, उसकी अनुभूति, उसकी तड़प भी अब हमारे मन से निकल गयी है। हमारी नज़र अब सिर्फ़ पोलिटीकल रह गयी है–सिर्फ़ पोलिटीकल–कोल्हू के बैल की तरह आदत के कारण चक्कर काटते चले जा रहे हैं, काम कुछ भी नहीं रहा। (बूँद और समुद्र, पृ. 79)

सुविधापरस्त राजनीति में जनता के प्रतिनिधि घोर स्वार्थी, बगुला भगत, व्यक्तिगत हितसाधक के तौर पर ही सामने आये। द्वारकादास की कोठी में एक समारोह में इन चाटुकारों के राजनीतिक आदर्श बेपर्दा हो रहे हैं–"हर छोटा अपने से बड़े की ख़ुशामद कर रहा है। बड़ा ख़ुशामद करवा रहा है। हर एक के चेहरे पर चाटुकारिता की बाँछें खिली जा रही है और राजवैभव पैसे के वैभव की चाटुकारिता कर रहा है और पैसे का वैभव राज-वैभव की।"

ऐसी परिस्थितियों में पुलिस व्यवस्था और न्याय व्यवस्था वैसी ही हो सकती है, जैसी 'बूँद और समुद्र' में उभरती है। यह पुलिस का दरोगा है–

"क्या करें साहब, हमारा पहला मालिक अंग्रेज़ जो था। वह भी गालियाँ देता था और ये नये कांग्रेस आक़ा भी देते हैं।"

वनकन्या की भाभी की आत्महत्या के बाद चुनाव में जीतने के लिए पुलिस, डॉक्टर, नेता, न्यायाधिकारी सभी न्याय का गला घोंटने को तैयार हैं। मरते-मरते उसकी देह से एक और सेवा ली गयी। एक स्टेटमेंट पर हाथ पकड़कर हस्ताक्षर करवाये गये।

जिस व्यवस्था में न्याय पाना कठिन है, वहाँ स्त्री को सम्मान कैसे मिल सकता है। सज्जन अपने पिता से इसलिए नफ़रत करता है, क्योंकि वह उसकी माँ को कभी इज़्ज़त नहीं दे पाये। वह बेबात की बात पर उसकी माँ से झगड़ा किया करते थे, भद्दी-भद्दी गालियाँ देते थे। अकसर हाथ भी उठा बैठते थे। माँ ने उसके पैर पकड़ लिये थे। आँखों में आँसू भरकर कहा था–"बेटा, एक भीख माँगती हूँ–अपने बापकी राह पर न चलना। जनम भर मेरी आत्मा कलपते ही बीती है–तुम मुझे मत सताना।" (बूँद और समुद्र, पृ. 45)

उधर महिपाल को बेटी की शादी की चिन्ता सता रही है–सवाल दहेज के

लिए धन का है। पत्नी कहती है—"हम ज़हर खाय तयाब जो सकुनतला का कहूँ ऐसे-वैसे कुल में देहौ।"

"मगर रुपया कहाँ से लाऊँगा?"

उसकी व्यथा है—"यह छाती पीटने वालों की दुनिया ही असली दुनिया है, और वो इस समय लड़खड़ा रही है। जानती हो लोग शादी-ब्याह कैसे करते हैं? जीवन के मंगल-संस्कार और उत्सव कैसे मना रहे हैं? उधार लेकर। अपने को चिन्ता, अपमान और आँसुओं में पूरी तरह डुबोकर। मेरे पास इतना दिल और दिमाग़ नहीं है कि आज की हज़ार चिन्ताओं को लेकर मैं किसी सूदख़ोर, महाजन के अत्याचार का बोझ सिर पर लादूँ।" (बूँद और समुद्र, पृ. 62)

आज नारीवादी सोच रहे हैं कि मार्क्सवाद में नारी शक्ति के प्रश्न को दोयम दर्जे का प्रश्न समझा गया। इस सवाल को यह समझकर टाला गया है कि इसका निपटारा आर्थिक आधार के रूपान्तरण के बाद ही किया जायेगा, परन्तु मार्क्स ने स्पष्ट कहा था कि पूँजीवादी समाज में 'शादी' निश्चित रूप से मर्दों के लिए 'एकनिष्ठ निजी जायदाद' का एक स्वरूप ही है।

वनकन्या को कहा गया कि जब पार्टी जीतेगी तो समाज भी बदलेगा। उसे इस पर तसल्ली नहीं होती। उसे लगता है कि समाज को बड़े जनरल टर्म्स में देखा जा रहा है।

मार्क्स और एंगेल्स इस बात पर ज़्यादा स्पष्ट थे कि पूँजीवाद ने किस तरह औरतों और मर्दों दोनों ही को शोषण की चक्की में पिसते चले जाने के लिए विवश कर रखा है। उन्हें दीख रहा था कि परिवार को स्नेह का सूत्र नहीं बाँध रहा, निजी स्वार्थ बाँध रहा था जो सामूहिक स्वामित्व से होकर आता था। मार्क्स ने लिखा है कि आदमी से आदमी का सीधा स्वाभाविक और ज़रूरी सम्बन्ध है औरत से मर्द का सम्बन्ध। यहीं से दिखता है कि पुरुष का स्वाभाविक व्यवहार कितना मानवीय हो पाया है।

महिपाल का आत्महत्या का नोट सामाजिक फासिज़्म का खुलासा है—

"जो समाज व्यवस्था मेरे जैसे जागरूक व्यक्ति को अभावग्रस्त बनाकर यों जीते-जी मार सकती है, वह अधिकतर अचेतनावस्था में, जड़ संस्कारों में पलने वाले समाज को क्यों न पतन के उस गर्त में गिरा दे जिसकी भयानकता से भरे विविध समाचार आप अपने पत्र में छापते हैं।" (बूँद और समुद्र, पृ. 373)

अमृतलाल नागर ने कथा कहने के लिए एक ऐसे मुहल्ले का चयन किया है, जहाँ सूरज की रोशनी से सदा परहेज़ करने वाली गन्दी और सँकरी गलियाँ हैं। इस मुहल्ले को हिन्दुस्तान का प्रतिनिधि मुहल्ला माना जा सकता है। "मुहल्ला है, इतने मन हैं; रात हो जाने में भला जीवन की गति थोड़े ही रुक जाती है...चारदीवारों के अन्दर बन्द होकर न जाने कितने मनों की कहानियाँ सोती या जाग रही

होंगी!... कोठरी में बिछी पुआल और टूटी कमज़ोर खटोलियों से लेकर उम्दा पलंगों तक के ऊपर, फटी कथड़ी गुदड़ी और टाटों से लेकर रेशमी पर्दों तक में गर्मायी लेते हुए मुहल्ले की अस्पष्ट झलक उसे दिखाई देने लगी।... यह जीवन भी अजब समस्या है। यह मुहल्ले अब सब समस्याओं को लेकर गलियों, सड़कों, बाज़ारों की लीकों और इतिहास की गयी-गुज़री सदियों के जटिल जाल से घिरे हुए हैं। इनमें इनसानों और हैवानों को एक साथ, और बिना किसी भेद-भाव के सदा पनाह मिली है। रईसों और नगर-सेठों की ऊँची हवेलियों से लेकर कमतरीन ज़िन्दगी बसर करने वाले इनसानी चूहों के बिल जैसे घर तक इन मुहल्लों के नाम और पते के साथ बराबर के हकदार रहे हैं।" (बूँद और समुद्र, पृ. 54)

डॉ. रमेश कुंतल मेघ ने कहा था—"इतिहास हमारे लघु जीवन तथा उसके नन्हें अनुभवों को मानव जाति के अनुभव तथा एक विशाल काल-प्रवाह से एकतान कर देता है। यह एक और हमें वर्तमान तक ले जाता है तो दूसरी ओर भविष्यवाणी कम करते हुए भी भविष्य का निर्देश कर सकता है।" (क्योंकि समय एक शब्द है) 'बूँद और समुद्र' में कहा गया है—"सदियाँ गुज़रती हैं, समस्याएँ बदल जाती हैं; घर खण्डहर होते हैं, नये बनते हैं...मुहल्ला उजाड़खण्ड में सदा नयी आस लेकर जीता है। यह इनसान का कभी न ख़त्म होने वाला अफ़साना है। इसके दिल में इनसान का घर है।" (पृ. 54)

शेखर : एक जीवनी
प्रश्नाकुल व्यक्ति, आधुनिकता की पातें

हिन्दी उपन्यास के विकास-क्रम में लगभग चार दशक बाद ही अज्ञेय 'शेखर : एक जीवनी' के रूप में एक ऐसा उपन्यास भारतीय समाज को देते हैं जो बनावट और बुनावट में एक बड़ी रचना के रूप में तो सामने आता ही है, हिन्दी उपन्यास के क्षेत्र में एक श्रेष्ठ शास्त्रीय (क्लासिक) औपन्यासिक रचना का बोध भी करवा जाता है। 'शेखरः एक जीवनी' को फिर से पढ़ना एक ऐसे जीवन्त अनुभव खण्ड से होकर निकलना है जो व्यक्ति समाज स्वप्न और आकांक्षा, जीवन संघर्ष, समाज की महिला दृष्टि, साहित्य की अर्थगर्भित परन्तु बेसहारा दुनिया, स्वतन्त्रता के मूल्य, सत्ता संरचनाओं के बीच मनुष्य जैसी अनेकार्थी कथा को अद्भुत अभिव्यक्ति देता नज़र आता है। मुद्दत पहले की कही मान्य समीक्षक विश्वम्भर मानव की बात को याद करें तो शेखर व्यक्ति से परिवार, परिवार से समाज, समाज से देश की और बढ़ा है और अपने चिन्तन में तो वह इन सबसे बढ़कर देशकालातीत हो गया है। (आलोचना-13) और श्रीलाल शुक्ल की मानें तो 'शेखरः एक जीवनी' इस सदी का पहला उपन्यास है जिसमें मृत्यु, प्रेम, देशभक्ति, दर्शन इन सबको संश्लिष्ट रूप में जीते हुए तेजस्वी पात्र के रूप में शेखर को सामने रखा गया है। 'शेखरः एक जीवनी' उपन्यास के अध्ययन में मुख्यतः निम्न सूत्र उभरकर आते हैं और सम्प्रेषण कला की बारीकियों के साथ गहरे रूप में सोचने को विवश करते हैं—समाज, सामाजिक परिवर्तन और विद्रोह, प्रश्नाकुल व्यक्ति उसका राजनीतिक और सांस्कृतिक परिवेश, स्त्री की युग-युग की पीड़ा और प्रेम, रचनाधर्म और लेखन के आसपास का तेज़ाबी माहौल और शोषण। दो भागों में रचे गये इस उपन्यास का कैनवास काफ़ी बड़ा है, इसलिए यहाँ हम अज्ञेय जी को पूरे युग को वाणी देते हुए पाते हैं। शेखर कश्मीर, लाहौर, अमृतसर, लखनऊ, मद्रास-मलाबार, दिल्ली तक की यात्रायें करता है, पाठकों को इन तमाम जगहों की जीवन-धारा के अमृत की कुछ बूँदें मिलती ही हैं। कैनवास की बात करें तो वह प्रथम विश्वयुद्ध के बीच और बाद की परिस्थितियों से परिचित करवाता है—महँगाई, भुखमरी, बीमारी, पंजाब का साम्प्रदायिक विभाजन, भगत सिंह

की फाँसी, गाँधी का आन्दोलन, क्रान्तिकारियों का मिशन आदि तक विस्तृत है।

शेखर की प्रश्नाकुलता उसे आधुनिक बोध से जोड़ती है। हेगेल को मनुष्य की ठोस ऐतिहासिक परिस्थितियों का अध्ययन पसन्द था। जर्मनी में सामन्ती व्यवस्था के ख़ात्मे और पूँजीवाद के उदय पर काफ़ी सोचा, एंगेल्स ने हेगेल के महत्त्व को स्वीकार किया 'मानव जाति का इतिहास हिंसात्मक कृत्यों का निरर्थक समूह रह गया।' मनुष्य का परिपक्व विवेक जिसकी भर्त्सना करता, वरन वह मानकता के ही विकास का क्रम सिद्ध हुआ (नयी कविता और अस्तित्ववाद/रामविलास शर्मा) किर्केगार्द की धारा अलग और विपरीत रही—'केवल व्यक्ति सत्य है। ज्ञान को देखने की नज़र आत्मपरक रही और लगा कि अपने को जानना ही वास्तविक ज्ञान है।'

अज्ञेय पर बहुत-से आरोप लगे। 'कांग्रेस फॉर कल्चरल फ्रीडम' के बहाने 'अमरीका का दलाल' तक कहा गया। उन्हें अहंवादी, व्यक्तिवादी लेखक कहा गया। 'शेखर: एक जीवनी' के माध्यम से जो अज्ञेय हमें दीख रहे हैं, वह व्यक्ति से समाज की तरफ़ जाने वाले हैं और समाज के मूलभूत तनाव से निरपेक्ष नहीं हैं। वैसे भी ऐसे ठप्पों से हमने पाया कम है, गँवाया ज़्यादा है।

'शेखर: एक जीवनी' में कहा गया है—'मेरा यह अभिप्राय नहीं कि कार्ल मार्क्स ही उत्पन्न हुआ था कि शैली ने संसार से कुछ नहीं सीखा था या कि त्रात्सकी अपने संसार द्वारा उतना ही निर्मित नहीं हुआ, जितना कि उसने संसार को बनाया। विद्रोही हृदय की एक विशेषता यह है कि वह अपने विकास में फैलते हुए नूतनतम विचारों को अपनाकर भी विद्रोही ही रह जाता है, क्योंकि वह अपने काल के अग्रणी लोगों से भी आगे ही रहता है। इसीलिए तो प्रतिक्रियावादी जर्मनी में उत्पन्न होकर और पलकर भी आइंस्टाइन विद्रोही है और संसार की सबसे विराट, सबसे अधिक आग्नेय घोरतम युग-प्रवर्तक रूसी क्रान्ति की गोद में पलकर भी स्टालिन विद्रोही नहीं हो पाया, जूठन बीनने वाला ही रह गया... ।' (शेखर : एक जीवनी/भाग-1, पृ. 27)

हम 'शेखर: एक जीवनी' से 'माँ' (मैक्सिम गोर्की), 'आदि विद्रोही' (हावर्ड फास्ट) की आकांक्षा नहीं कर सकते, परन्तु वह 'शेखर : एक जीवनी' तो है ही जो बड़ी तैयारी और चमक के साथ आता है और लम्बे समय तक हिन्दी के गिने-चुने उपन्यासों में बना रहता है। 'कृत्रिम योग्यताओं' (प्रायोजित चर्चा) के आधार पर नहीं, अपनी 'आन्तरिक शक्ति' के आधार पर ही। विद्वान शेखर के विद्रोह को ख़ारिज कर दें, परन्तु उसके रोष को ख़ारिज नहीं किया जा सकता। भले ही उसका विद्रोह रोमांटिक धुन्ध में डूबा नज़र आता हो, परन्तु उसकी प्रश्नाकुलता ज्ञान में डूबने की आकांक्षा, चीज़ों को समझने की तीव्र इच्छा, ज़िन्दगी को अलग अर्थ देने की ख्वाहिश, उसकी ईमानदारी अर्थ रखती है। इस सबसे बढ़कर उपन्यास की पठनीयता जो कई दफ़े सिद्धहस्त कथाकारों से भी छूट जाती है, उपन्यास के पाठक को बाँधे रखती है। इसी उपन्यास के प्रेमानुभव का विरोध हुआ, अज्ञेय पर अनैतिकता के आरोप

लगे, कवि मैथिलीशरण गुप्त का कोप सहना पड़ा। उपन्यास की प्रतियाँ जलाई गयीं और अनैतिकता का बिल्ला लगा दिया गया।

'शेखर : एक जीवनी' में कहा गया है—"मैंने अनेक व्यक्ति ऐसे देखे हैं, जो कहते हैं और समझते हैं कि किसी विशेष मानसिक प्रतिक्रिया ने उन्हें क्रान्तिकारी बना दिया, जैसे तिलक की अन्येष्टि ने या मार्शल के दृश्यों ने या जतीनदास की भूख हड़ताल ने। वे झूठ बोलते हैं। या तो उन्होंने इतनी गहरी आत्मविवेचना ही नहीं की, जिससे इस बाह्य कारण के पीछे अपनी सच्ची विद्रोहेच्छा को देखें या फिर उनमें इच्छा है ही नहीं, और वे विद्रोही ही नहीं हैं।" (शेखर : एक जीवनी, पहला भाग, पृ. 28)

साहित्य को शुद्धतावादी दृष्टि या मार्क्सवाद की मैकेनिकल दृष्टि से देखने पर साहित्य और मार्क्सवाद दोनों का नुक़सान हो सकता है। तब चीज़ें प्रभामण्डल के सन्दर्भ में ही नज़र आती हैं और अन्तर्ध्वनित सत्य अनदेखा रह जाता है।

'शेखर : एक जीवनी' में कहा गया है—मैं सोचता हूँ कि यद्यपि हमारा सिद्धान्त इस बात को स्वतः मान लेता है कि मानव की प्रत्येक प्रेरणा किसी भौतिक ज़रूरत से उत्पन्न होती है, तथापि हम इस बात में भी अखण्ड विश्वास करते हैं कि मानव में कोई ऊर्ध्वगामी शक्ति है, कोई नैतिक सत्प्रेरणा। इन दो परस्पर विरोधी मूलतत्त्वों को हल करना ही हमारी सबसे बड़ी समस्या है। (शेखर : एक जीवनी, पहला भाग, पृ. 35)

'शेखर: एक जीवनी' पढ़ते हुए उपनिवेशवादी शासन के अत्याचार स्वदेशी आन्दोलन, उपनिवेशवादी दौर की न्याय व्यवस्था, पुलिस और जेल अधिकारियों का दुर्व्यवहार, क्रान्तिकारियों की जीवन-शैली के साथ शिक्षा के ढाँचे, विद्यार्थियों की फैशनपरस्ती, छुआछूत, स्त्री की सामाजिक स्थिति, वेश्याओं का पीड़ादायक जीवन जैसी समस्यायें भी सोचने को विवश करती हैं। शेखर जब आत्मरक्षा के लिए भाग रहा होता है तो एक छोटी जात वाले व्यक्ति से पानी माँगता है, परन्तु वह इनकार कर देता है। मद्रास में उसे जात-पाँत, छुआछूत का सामना करना पड़ता है, इसलिए वह हॉस्टल छोड़कर अस्पृश्य कहे जाने वाले छात्रों के हॉस्टल में चला जाता है। अछूतों के लिए पाठशाला चलाता है। "वहाँ है केवल दैन्य, सम्पूर्ण दासत्व, वहाँ माता-पिता अपने बच्चों को बोध कराते हैं, अवज्ञा के लिए नहीं, स्वीकृति के लिए झुकना सिखाते हैं, अभिमान से नहीं दासत्व-भाव से। आत्मा इस सम्बन्ध में इस तरह जकड़ी गयी है कि वे स्वयं नहीं जानते कि वे किस शृंखला से बँधे हैं और स्वयं उसकी कड़ियाँ पक्की करने में सहायक होते हैं...।"

शेखर उपनिवेशवादी अत्याचार के विरुद्ध और स्वतन्त्रता पाने के लिए अंग्रेज़ सरकार के विरुद्ध लड़ रही संस्था पार्टी कांग्रेस के अधिवेशन में स्वयं सेवक का कार्य करता है। असहयोग आन्दोलन में भाग लेता है। व्रिदेशी कपड़ों की होली

जलाता है। स्वतन्त्रता सेनानियों पर गोरों के अत्याचार का पता शेखर को जेल में भी मिलता है। बाबा मदन सिंह कहते हैं—"चटगाँव हमारे राष्ट्रीय चरित्र पर कलंक है।" (शेखर: एक जीवनी/भाग-2, पृ. 97) शेखर ने सुना कि वहाँ सैनिक मनमानी कर रहे हैं, गाँव के लोगों को पीट-पीटकर सलामी कराई जाती है, स्त्रियों पर बलात्कार किया जाता है। (वही, पृ. सं. 96)

जेल का वातावरण दम घोंटने वाला है ही, अधिकारियों का जानवरों जैसा व्यवहार, डण्डा बेड़ी, खड़ी हथकड़ी, तेल में भिगोकर रखे कोड़े, टाट-बोरियों का जाँघिया और बहरे कान—ब्रिटिशकाल का नर्क साफ़ नज़र आता है।

शेखर ईमानदार तो है। अज्ञेय कहते हैं—"कौन जाने, आज के युग में जब हम, आप सभी संश्लिष्ट चरित्र हैं, तब आप पायें कि आपके भीतर भी कहीं पर एक शेखर है, जो बड़ा नहीं; अच्छा भी नहीं, लेकिन जागरूक और स्वतन्त्र तथा ईमानदार है, घोर ईमानदार।" (भूमिका, पृ. 12)

अज्ञेय शेखर को लेकर कुछ और भी कहते हैं—"शेखर निःसन्देह एक व्यक्ति का अभिन्नतम निजी दस्तावेज़, (A record & personal suffering) है। वह साथ ही उस व्यक्ति के युग संघर्ष का प्रतिबिम्ब भी है।" फिर ज़ोर देकर कहा—"मेरा आग्रह है कि उसमें मेरा समाज और युग बोलता है कि वह मेरे और शेखर के युग का प्रतीक है।" (भूमिका, पृ. 10)

सार्त्र ने कहा है कि मनुष्य जब पैदा होता है, तब वह तुरन्त मानवीयता प्राप्त नहीं कर लेता; वह मानवीयता अर्जित करता है, स्वतन्त्र इच्छा से उद्देश्य निश्चित। मानवीयता नाम की कोई ईश्वर-निर्मित वस्तु नहीं है, ईश्वरहीन संसार में मनुष्य अपनी मानवीयता स्वयं गढ़ता है। वह जब अपना उद्देश्य निश्चित करता है, तब उसके द्वारा अपना हित भी नहीं करता वरन् उद्देश्य का निश्चय मानव मात्र के लिए हितकर होता है। शेखर जब लेखक होने का निश्चय कर लेता है, तब समाज चिन्तन की तरफ़ ही जाता है।

शेखर का भाई कॉलेज से भाग गया था। भाई ने कलकत्ता में कॉलेज का पता तो दिया था, पर माँ-बाप का नाम ग़लत बताया था। कॉलेज में जाँच होने पर वहीं से पिता को तार आया। पिता को इस बात का आघात पहुँचा था कि पुत्र ने अपनी वल्दियत ग़लत बतायी। माँ कहती है कि ऐसे लड़के का कोई क्या विश्वास करे। माँ फिर कहती है—"और सच पूछो तो मैं इसका भी विश्वास नहीं करती।" अँगूठा शेखर की ओर उठा हुआ होता है। (शेखर : एक जीवनी, भाग 1, पृ. 25)

शेखर रोटी छोड़कर उठ जाता है, फिर पत्थर-सा बैठा रहता है। माँ ने कोसा। पिता ने डाँटा। परन्तु उसने कुछ नहीं खाया-पिया। चारपाई पर बैठा सुलगता रहा। डायरी में लिखा—'अच्छा होता कि मैं कुत्ता होता, चूहा होता, दुर्गन्धमय कीड़ा-कृमि होता—बनिस्बत इसके कि मैं वैसा आदमी होता, जिसका विश्वास नहीं है...।' (वही)

समय पाकर शेखर के सामने प्रश्न होता है—'क्या है मेरे इस जीवन की सिद्धि? मैं क्या हूँ? मेरा मतलब क्या है? जिसके अन्त के लिए इतनी शक्ति व्यय की जा रही है, इतना आयोजन हो रहा है, उस जीवन की सत्यता क्या थी? वायु में उड़ती धूल पर खिंची रेखा और बस?' (पृ. 36)

प्रश्नों का एक सिलसिला और उत्तर पाने की छटपटाहट भी—

"मैं अपने पहले बीते असंख्य युगों का निचोड़—...मैं किसी अत्यन्त प्राचीन ग्रन्थ का एक नया संशोधित, संवर्धित और सटीक-सटिप्पण संस्करण हूँ, जिसके मूल लेखक का पता नहीं। ...मैं एक नयी वस्तु हूँ, एक नयी प्रतिज्ञा हूँ, जिसे भविष्य पूरा करेगा, एक शिक्षा हूँ जो भविष्य के लिए रह जाएगी...।"

शेखर के बाल-मन, किशोर मन का चित्रण गहरा है। वह सोचता है। पिता कहते हैं कि बड़े होकर ये बातें सोचना। ग़लत सोचता है—"अगर बड़ा होने पर ही सोचना होता है, तो मैं आज ही सोचकर बड़ा क्यों न हो जाऊँ..." (पृ. 58)

शेखर को लगा कि उसके संसार के अलावा एक और संसार है, जिसमें पक्षी रहते हैं, जिसमें स्वच्छन्दता है, जिसमें विश्वास है, जिसमें स्नेह है, जिसमें एकमात्र नियम है—वही होओ जो कि तुम हो।

वह मृत्यु, ईश्वर और जन्म के प्रश्नों से टकराता है। बीमार होने पर वह सरस्वती से पूछता है—

"तुम मरने से नहीं डरती?"

"नहीं।"

"मरना बहुत डरावना होता है?"

"नहीं।"

"सब लोग क्यों डरते हैं?"

"इसलिए नहीं डरते कि मरना बहुत ख़राब है, इसलिए डरते हैं कि जीना अच्छा लगता है।" (पृ. 89)

मृत्यु को एक हल न होने वाली पहेली कहा। "शायद मृत्यु का ज्ञान और जीवन की कामना एक ही चीज़ है, यह बहुत बार सुनने में आता है कि जीना वही जानता है, जो मरना जानता है...लोग समझते हैं, जो जीवन से प्यार करते हैं, वे मृत्यु से डरते हैं। बिल्कुल ग़लत। जो मृत्यु से डरते हैं, वे जीवन से प्यार कर ही नहीं सकते।" (पृ. 128)

युद्ध के बाद लोग बीमार पड़ने लगते हैं।

माँ कहती है घबराओ नहीं, ईश्वर सब अच्छा करेंगे। तब वह चाहता है, फट पड़े, पूछे कि क्या युद्ध अच्छा हुआ है? भूख अच्छी हुई है?... इतने लोग बीमार पड़े, अच्छा हुआ? मरे, अच्छा हुआ है? (पहला भाग, पृ. 88)

शेखर को रात इतनी सुन्दर लगती है कि वह इसके अतिरिक्त कुछ सोच नहीं

पाता। उसकी इस अवर्णनीय सुन्दरता ने, विशेषणहीन रात्रिता ने यह प्रमाणित कर दिया है कि ईश्वर नहीं है, क्योंकि भूख और लड़ाई बनाने वाला कौन-सा ऐसा ईश्वर हो सकता है, जो इतनी सुन्दरता बना सके? और यदि ईश्वर ने नहीं बनायी तो बाक़ी संसार ही क्यों उसकी कृति है?... (पृ. 90)

वह परिवार के साथ मन्दिर जाता है। सब लोग मन्दिर की प्रदक्षिणा करते हैं। वह खड़ा रहता है। पिता के बुलाने पर भी नहीं जाता। पिता का कहना न मानने पर डाँटने पर कहता है—"मैं ईश्वर को नहीं मानता। मैं प्रार्थना भी नहीं मानता।" शेखर के भाई का जन्म होता है। कई प्रश्न इसके मन में उठते हैं—सब कोई ऐसे ही आते हैं। निन्निया से पूछता है—"बच्चे क्यों आते हैं?" जवाब मिला—"ईश्वर की जो मर्ज़ी होती है, वही होता है...।" माँ कहती है दाई ने लाकर दिया। दाई कहती है—"मैं नहीं लायी, डॉक्टर अपने बैग में रखकर लाया।" वह पूछता है—डॉक्टर चिड़ियों के पास भी जाते हैं?"

"नहीं तो क्यों?"

"तब चिड़ियों के बच्चे कहाँ से आते हैं?"

"अण्डों में से निकलते हैं।"

यहाँ तक तो माँ सच बोल रही है। शेखर ने फिर कुछ अधिक आशा से पूछा—"और अण्डे कहाँ से आते हैं?"

"ईश्वर भेज देता है।"

फिर वही दीवार-ज्ञान के पथ में सबसे बड़ा विघ्न—ईश्वर! (पृ. 131)

वह सरस्वती से कहता है कि बच्चे कैसे आते हैं, इस प्रश्न के जो उत्तर मिले हैं—दाई लाती है, डॉक्टर लाता है, ईश्वर देता है। यह सब वह सुन चुका है, यह मत बताना। यह सब मत झूठ हैं, उसे सही जवाब चाहिए। सरस्वती हिम्मत कर कह जाती है—"माँ के शरीर में से निकलते हैं।"

शेखर मानो अपने ही व्यक्तित्व के ज़ोर से अपने को छत पर टाँगकर उससे कहता है—'शेखर, तू सोच। किसी से पूछ मत, तू सोच। तू बता कहाँ से आया? कैसे आया?' इससे पूर्व किसी हिन्दी उपन्यास में किसी नायक ने या मुख्य पात्र ने अपने प्रतिरूप से प्रश्न नहीं किया।

जब 'शेखर: एक जीवनी' लिखा जा रहा था, तब साहित्यिक माहौल में स्त्री विमर्श अथवा दलित विमर्श की गूँज-अनुगूँज नहीं थी। शशि के माध्यम से करुणा से ओत-प्रोत, उदात्त मन की परन्तु परिस्थितियों से घिरी जिस स्त्री का जीवन सामने आता है, वैसा जानदार चित्रांकन स्त्री आन्दोलन के बड़े पैरोकार भी शायद ही कर पायें। विवाह जैसे जीवन के महत्त्वपूर्ण निर्णय पर अपनी राय देना इस समाज में लड़की के अधिकार क्षेत्र से बाहर है। शशि की सम्पूर्ण अनिच्छा है। "पर क्या मुझे अनिच्छा का, अनिच्छा के बाद अस्वीकृति का अधिकार है?" शशि-रामेश्वर प्रसंग से

विकृत सम्बन्धों का पता चलता है। विवश शशि कहती है—"मैंने ब्याह किया नहीं, मेरा तो ब्याह हुआ है।" (दूसरा भाग, पृ. 157)

मार्क्स ने कहा था कि पूँजीवादी समाज में शादी निश्चित रूप से मर्दों के लिए 'एकनिष्ठ निजी जायदाद' का एक स्वरूप है (आर्थिक और दार्शनिक पाण्डुलिपियाँ)। यह भी कहा कि स्त्री को पुरुष हथियाने और सामाजिक वासना को पूरा करने के लिए सुलभ नौकरानी के रूप में देखता है।

शशि की माँ इसी विश्वास में पली हैं कि स्त्री का पति ही सब कुछ है। स्त्री भी पति की कुछ है, वह जानती हैं। परन्तु जिस तरह अधिकार देना सीखा था, उसी तरह लेना नहीं सीखा।

पति से मार खाकर शेखर के पास आकर शशि फिर उसी नर्क में नहीं जाने का निर्णय करती है। लौटने का रास्ता पति बन्द कर चुका है। उसके निर्णय में माँ के पास लौट जाना नहीं है। "क्योंकि मेरा जो भोग है, उसमें माँ क्यों फँसे?"

वह शेखर को बनाने, सँवारने और प्रेरित करने की कोशिश करती है। वह कहती है—"स्त्री हमेशा अपने को मिटाती आयी। परन्तु अब वह जीवन को अर्थ देना चाहती है शेखर के कर्म को सार्थक बनाकर। मैं अपने को मिटा नहीं रही—जिस शेखर को मैं देखती हूँ, उसके बनाने में मेरा भी बराबर का साझा होगा।" (भाग दो, पृ. 218)

शेखर भी उसके प्रेम को कोई नाम देने में हिचकिचाता है। कब से तुम्हें बहिन कहता आया हूँ, पर बहिन जितनी पास होती है, उतनी पास तुम नहीं हो, इसलिए वह जितनी दूर होती है, उतनी दूर भी तुम नहीं हो। (पृ. 166)

शशि हर पल शेखर में आशा की ज्योति जलाती है। शेखर जब कहता है कि जिसके जीने का कोई स्पष्ट उद्देश्य नहीं है, उसका मर जाना तो स्वतः सम्मत है। फिर कहता है—"पाने के लिए न जियो, देने के लिए जियो। पर क्या दो? अगर साध्य एक है जनमात्र का सुख तो देय भी एक है सुख...।" शशि कहती है—"क्या स्नेह ही देय नहीं है...सुख से बढ़कर देय...।"

शशि की मृत्यु के क्षण पाठक के लिए भी पीड़ादायक हैं। जेल-जीवन में शेखर की मुलाक़ात मदन सिंह से होती है जिसने 'पढ़कर नहीं' 'सहकर' जाना है। शेखर की पहली मुलाक़ात उसे चकित कर देती है कि इक्कीस साल जेल में रहकर भी कोई हँस सकता है। तभी वह कहते हैं—"ग़रीब की साँस वह धोंकनी होती है, जो लोहा गला दे।" उसी कोठरी की दीवार पर लिखा शेखर ने पढ़ा—"दासता क्या है? अप्रिय तथ्य का ज्ञान नहीं, असत्य का ज्ञान भी नहीं, दासता है: सत्य या असत्य की जिज्ञासा को शान्त करने में असमर्थ होना।" (भाग-2, पृ. 65)

बाबा की बातों के पीछे गम्भीर वैचारिक शक्ति है। इस विचार की प्रामाणिकता यह है कि वह अनुभव से निकला है। उन्हें मनुष्य के भविष्य में गहरा विश्वास है। इस संहारकारी युग में भी जो तब से आज तक और भी संहारकारी

हुआ है, क्योंकि पूँजीवादी और उत्तर-आधुनिक परिस्थितियों में मूल्यों की गिरावट पर कोई नियन्त्रण नहीं है।

हिंसा-अहिंसा के प्रश्न पर वह कहते हैं—हिंसा नकारात्मक है, निरा संहार, उससे सृजन नहीं हो सकता, बिल्कुल ठीक। पर आप यह कैसे जानते हैं कि जिस चीज़ से सृजन नहीं होता, वह ग़लत ही है और यह भी आप कैसे मानते हैं कि सृजन करना आप ही के हाथ में है?" 'अहिंसा क्या है' के प्रश्न पर कहते हैं—यह तो स्पष्ट है कि निष्क्रियता वह नहीं है...अगर आत्म-पीड़न, आत्म-बलिदान अहिंसा है तब हम इस परिणाम पर पहुँचते हैं कि अहिंसात्मक रक्पात भी हो सकता है। (दूसरा खण्ड, पृ. 76)

अहिंसा के लिए सुदीर्घ साधना और आत्मबल ज़रूरी है। अज्ञेय की दृष्टि में आत्महिंसा सबसे घातक है। 'शेखर: एक जीवनी' में ज्ञान की प्यास अमिट और निरन्तर है। वहाँ ईश्वर भी कहते हैं—"मेरी सृष्टि सफल हुई, लेकिन विजय मानव की। मैं ज्ञानमय हूँ। पूर्ण हूँ। मैं कुछ खोजता नहीं। मानव में जिज्ञासा है; अतः वह विश्व को चलाता है, गति देता है...।" (पृ. 89)

मूल्य-निर्णय कर सकने का वरदान कहाँ से आता है? ऑस्कर लॉरके से जाने—'मूल्य-निर्णय कर सकने का वरदान रचना कर सकने के वरदान से ज़्यादा दुर्लभ है।' (पहल-69)

ज्ञान की राह के कुछ सूत्रों को देखें—

अभिमान या अहंकार एक सामाजिक कर्तव्य भी हो सकता है। (पृ. 57)

राजनीति क्यों है? यह प्रश्न राजनीति का नहीं, जीवन का था।

शासन क्या है? क्या वह स्वाधीनता में बाधक नहीं है?

वीर कभी अपराधी नहीं होते। (पृ. 60)

प्रेम अन्ततः एक वासना है।

जो रो नहीं सकता, अवश्य विश्वासघात करता है। (पृ. 64)

हार में तो प्रत्येक बार आदमी अपने को कुछ अधिक निर्बल, कुछ पतित अनुभव करता है।

नया हमेशा प्रश्नों से भरा होता है।

हमारी सभ्यता मानव को शैशवावस्था को बढ़ाने का अनन्त प्रयास है। वह चाहती है सुरक्षा, पुरुषत्व माँगता है साहस।

शान्त न बैठ सकने से ही तपस्या शुरू होती है। (पृ. 65)

अहंकार स्वाभाविक होता है, विनय सीखनी पड़ती है। विश्ववाणी में अज्ञेय का लेख 'चेतना का संस्कार' छपा था जिसमें वह इस बात के लिए फ़िक्रमन्द थे कि व्यक्तिगत आचार मनुष्य के क़ाबू में नहीं हैं और कहा था कि यह शंका होने लगती है कि शायद भौतिक विकास के साथ-साथ हमारा आध्यात्मिक ह्रास होता गया है।

अज्ञेय अरविन्द दर्शन के प्रति भी आकर्षित रहे हैं। कविता में कहा था—“दामन हमेशा पाक रखना, पंकज-सा पंक में, कंजपत्र में सलिल-सा।” (इन्द्रधनु रौंदे हुए ये)

शेखर अपने जीवन की दिशा और आजीविका के लिए लेखन-कार्य अपनाता है। शुरू में उसे लगता है कि लेखन क्रान्ति का एक हिस्सा होगा—“कुछ करुणा, जिसे क्रान्ति कहते हैं। सब चीज़ उलट-पलटकर रखूँगा, कुछ टूट-फूट जायेंगी तो कहूँगा कि पुरानी सड़ी हुई है।” उसे बाबा मदन सिंह की बात याद रहती है—“तोड़ना ही धर्म है, बनता तो अपने आप है।” शेखर का मक़सद समझकर शशि की आँखों में जो दीप्ति जागती है—“तुम्हारा लिखना एक उद्देश्य के लिए होगा—विनाश के लिए और पुनर्निर्माण के लिए।” शेखर सोचता है कि साहित्य जो क्रान्ति को प्रेरणा दे और क्रान्ति? एक पक्षीय नहीं, सर्वतोन्मुखी क्रान्ति!' (भाग दो, पृ. 117) वह जिस विषय पर काम करता है, विषय है—हमारा समाज।

मैक्सिम गोर्की ने कहा—“पूँजीवादी समाज में कुल मिलाकर मनुष्य अपने अद्‌भुत सामर्थ्य को निरर्थक लक्ष्यों की प्राप्ति के लिए बरबाद करता है। अपनी ओर ध्यान आकर्षित करने के लिए उसे गली में हाथों के बल चलना पड़ता है, द्रुतगति के ऐसे रिकॉर्ड स्थापित करने पड़ते हैं जिनका बहुत कम या कुछ भी व्यावहारिक मूल्य नहीं है। एक ही वक़्त में बीस विरोधियों के साथ शतरंज के मैच खेलने, अद्‌भुत कलाबाज़ियाँ खानी और काव्य-रचना के झूठे चमत्कार प्रदर्शित करने पड़ते हैं। और साधारणतया हर प्रकार की ऐसी बेसिर-पैर की हरकतें करनी पड़ती हैं जिनसे उकताये तथा ऊबे हुए लोगों को पुलकित किया जा सके।” (लेखन कला और रचना कौशल, पृ. 29)

शेखर जब 'हमारा समाज' पुस्तक छपवाने के लिए प्रकाशकों के यहाँ चक्कर काटता है, तब उसे सलाह दी जाती है कि वह क्यों नहीं 'छायावादी काव्य में नारी की कल्पना' या स्त्री कवियों का 'नारी रूप वर्णन' या 'संस्कृत और हिन्दी काव्य में नायिका भेद' जैसे विषयों पर लिखते।

शेखर के पिता को हिन्दी में लिखना ही पसन्द नहीं। वह पूछते हैं कि हमारे जीवन में हिन्दी की हैसियत ही क्या है? (पृ. 139) वह उपनिवेशवादी दौर था, परन्तु आज उत्तर-औपनिवेशिक दौर में सवाल वही है। शेखर का यह उत्तर आज भी अधूरा-सा लगता है कि हिन्दी जन-भाषा है। करोड़ों व्यक्तियों के प्राण इसमें बोले हैं। इसलिए अधूरा है, क्योंकि सत्ताधारी वर्ग की मानसिक गुलामी ने इसे भविष्य की भाषा बनने ही नहीं दिया।

जब सामर्थ्य के नाम पर शेखर के पास 'हमारा समाज' की पाण्डुलिपि थी, कोई उसे प्रकाशित तक करने को तैयार न था। अन्ततः साठ रुपये पर उसे वह पाण्डुलिपि प्रकाशक के रहम पर छोड़नी पड़ी और कहना पड़ा—“मैंने तो पुस्तक कुएँ में डाल दी और मुँडेर पर पड़े हुए साठ रुपये उठा लिये।” (दूसरा भाग, पृ. 202)

वह लेखन से उदासीन होने लगता है तो शशि उसे पुनः लेखन में मन लगाने

को कहती है—“बात बड़ी नहीं चाहिए। बात का अनुभव बड़ा चाहिए, आदमी की पकड़ बड़ी चाहिए—बात को वश में करने की लगन और साहस। ताप लकड़ी में नहीं होता, आग में होता है, और तुम अपने अन्तर के सच की बात लिखोगे तो उसमें ज़रूर आग होगी—ऐसी आग जिसके आगे कुछ नहीं टिकेगा।” (पृ. 216)

अज्ञेय ने ‘भवन्ती’ में कहा था—“जब राजनीति केवल सत्ता की साधना है और अर्थशास्त्र केवल वैध लूट, तब क्या ज़रूरी है कि दर्शनशास्त्र भी इस स्थिति की समर्थन-संहिता बनकर रह जाये? सीमाओं का अतिक्रमण ही मानव का चरम कर्तव्य नहीं है? तब फिर दर्शन का धर्म यही नहीं हो जाता कि मानव की अपनी सीमाओं का अतिक्रमण कर सकने की क्षमता पर प्रत्यय दिलाये? मानव मात्र की आज की दीनावस्था क्या यान्त्रिकी की विजय का परिणाम है या कि दर्शन की पराजय का? मानव क्या दर्शन को फिर उबार सकता है कि दर्शन मानव को उबार सके?”

सृजन की पृष्ठभूमि समाज और संस्कृति ही रहेगी और दोनों के निर्माण का केन्द्र है मनुष्य, जो एक-दूसरे के दुख और परदुखकातरता से बँधा हुआ है। विश्वम्भर मानव ने ‘शेखर : एक जीवनी’ को अधूरा ताजमहल क्यों कहा? इसलिए नहीं कहा होगा कि उपन्यास के दो भाग ही सामने आये, तीसरा नहीं। अपितु सम्भव है कि इसलिए यह धारणा बनी हो कि शशि जिस साहित्यिक उद्यम को या जिस प्रतिष्ठा को शेखर में देखना चाहती थी, वह उसे नज़र आया नहीं। रामकृष्ण भी शेखर से एक प्रतिबद्ध लेखक की उम्मीद करता है, ताकि अवसरवादी लेखक और रेडिकल लेखन के बीच का फ़र्क़ स्पष्ट हो। हालाँकि जिन परिस्थितियों में वह साठ रुपये में अपनी पाण्डुलिपि प्रकाशक को दे देता है, उतने में उसे अवसरवादी लेखक घोषित नहीं किया जा सकता। कलाकृति के सच को भौतिक दुनिया के सच से टकराना ही होगा। ‘शेखर: एक जीवनी’ की चमक आज भी कम नहीं हुई। हम उसकी भीतरी दुनिया को ठीक से समझें। जितना वह है, उससे कहीं ज़्यादा की उम्मीद भी न करें।

बाणभट्ट की आत्मकथा
संस्कृति विमर्श का वामा चिन्तन

दूर रहकर उदासीन भाव से किसी भी संस्कृति के लोक-व्यवहार और मूल्यबोध तथा संवेग को जाँचना-परखना सम्भव नहीं। विमर्श के लिए ज़रूरी है कि कोई भी विमर्शक व्यक्तिगत दोस्ती, भावनात्मक लगाव और सहानुभूतिपूर्ण समझ का विकास करे। (प्रभा खेतान, प्रगतिशील वसुधा-65)

साधारणतः जिन स्त्रियों को चंचल और कुलभ्रष्टा माना जाता है, उनमें एक देवी शक्ति भी होती है, यह बात लोग भूल जाते हैं। मैं नहीं भूलता। (बाणभट्ट की आत्मकथा, द्वितीय अध्याय, पृ. 28)

मैं तो सृजन के उन प्रकाश-तत्त्वों के प्रति निष्ठावान हूँ जिनकी उपस्थिति में विकृति अन्धकार के समान विलीन हो जाती है। जब तक प्रकृति व्यक्त नहीं होती, तब तक विकृति के ध्वंस में अपनी शक्तियों को उलझा देना वैसा ही है, जैसा प्रकाश के अभाव में अँधेरे को दूध से धो-धोकर सफ़ेद करने का प्रयास। वास्तव में अन्धकार स्वयं कुछ न होकर आलोक का अभाव है। इसी से तो छोटे-से-छोटे दीपक भी उसकी महानता नष्ट कर देने में समर्थ हैं। (महादेवी वर्मा, शृंखला की कड़ियाँ)

आचार्य हजारी प्रसाद द्विवेदी की भारत की पुरानी संस्कृति में गहरी निष्ठा नज़र आती है और संस्कृति को उन्होंने मनुष्य की विविध साधनाओं की सर्वोत्तम परिणति माना है। (भारतवर्ष की सांस्कृतिक समस्या) वह पुराने साहित्य के इतिहास को खँगालते हैं और कुछ मोती खोज लाते हैं। 'बाणभट्ट की आत्मकथा' भी ऐसा ही मोती है जिसकी शेड सांस्कृतिक संकट पर पड़ती है, जहाँ महामाया या निउनिया सामाजिक अन्याय की वजह से पीड़ित, अपमानित और लांछित है। औरत के लिए क्षुब्ध हैं। अपहृत युवती (भट्टिनी) की बाधाओं से मुक्ति और पिता से पुनर्मिलन की कोशिश कहानी का आधार है, जिसे पाखण्ड के विरुद्ध आन्तरिक सत्य की स्वीकृति के तौर पर भी समझा गया है। (नामवर सिंह)

बाणभट्ट कोरा भावुक कवि होता तो आत्मकथा आर्द्र होती और परिणति करुणा की तरफ़ जाकर हमारी उँगलियों तक को गीला कर देती, परन्तु वह कर्मशील व

संघर्षशील जीवन संग्राम को लड़कर परिणाम बदलने की चाहत रखने वाला योद्धा है। यह बात ज़रूर रही है कि सत्य के लिए किसी से भी न डरना, गुरु से भी नहीं, मन्त्र से भी नहीं, लोक से भी नहीं, वेद से भी नहीं। (पृ. 81) बाणभट्ट का विवेक, साहस, संकल्प, दायित्व और न्याय के लिए प्राणों का उत्सर्ग करने का बल द्विवेदी जी की इसी मान्यता से उत्पन्न हुआ है। ऐसा बल यदि अपनी ही रक्षा के लिए है तो उसका एक अर्थ है, परन्तु वही बल यदि किसी पीड़ित को बचाने के लिए ख़र्च होता है तो वह उपकार है। मानव जाति ऐसे मानवीय उपकारों की कर्ज़दार है क्योंकि संस्कृति उन्हीं को बचाये रखने से बच पायी है। उपन्यास में बाणभट्ट ने भट्टिनी की सुरक्षा जी-जान से की है। वह लोक का आत्यन्तिक कल्याण ही कर रहा है।

कुमार कहते हैं—"तुम झूठ से घृणा करते हो, मैं भी करता हूँ। परन्तु जो समाज-व्यवस्था झूठ को प्रश्रय देने के लिए ही तैयार की गयी है, उसे मानकर अगर कोई कल्याण-कार्य करना चाहो तो तुम्हें झूठ का ही आश्रय लेना पड़ेगा। सत्य इस समाज-व्यवस्था में प्रच्छन्न होकर वास कर रहा है। तुम उसे पहचानने में भूल न करना। इतिहास साक्षी है कि देखी-सुनी बात को ज्यों-का-त्यों कह देना या मान लेना सत्य नहीं है। सत्य वह है जिससे लोक का आत्यन्तिक कल्याण होता है।" (हजारी प्रसाद द्विवेदी, ग्रन्थावली-1, पृ. 97)

आचार्य द्विवेदी ने साहित्य को मनुष्य की दृष्टि से देखने का पक्ष रखा है। वह कहते हैं—"जो वाग्जाल मनुष्य को दुर्गति, हीनता और परमुखापेक्षिता से बचा न सके, जो उसकी आत्मा को तेजोदीप्त न बना सके, उसे साहित्य कहने में मुझे संकोच होता है।" (मनुष्य ही साहित्य का लक्ष्य है, अशोक के फूल, पृ. 166)

लिहाज़ा वह मनुष्य जाति को सबसे ऊपर मानते हैं। मनुष्य के लिए जीवन जीने का नाम ही होगा। फिर क्या वैराग्य के नाम पर जीवन का बलिदान दे दिया जाये? 'बाणभट्ट की आत्मकथा' की सुचरिता के माध्यम से जीवन की इस पहेली की उलझनें खुल जाती हैं।

"मानव-देह केवल दण्ड भोगने के लिए नहीं बनी है, आर्य! यह विधाता की सर्वोत्तम सृष्टि है। यह नारायण का पवित्र मन्दिर है।" (पृ. 165)

वस्तुतः कल्मष भी मनुष्य का अपना सत्य है, उसे स्वीकार करके ही वह सार्थक हो सकता है। (पृ. 192)

जीवन के यथार्थ के स्वीकार के साथ सुचरिता कहती है—वैराग्य क्या इतनी बड़ी चीज़ है कि प्रेम के देवता को उसकी नयनाग्नि में भस्म कराके कवि गौरव अनुभव करे।" (चतुर्दश उच्छ्वास, पृ. 185)

जब वह कहती है कि वह ऐसी ही है, अच्छी या बुरी, निन्दिता या अवमानिता तो उसे उत्तर मिलता है कि वह सार्थक है। उसका शरीर और मन सार्थक है। उसे प्रणाम करके भवसागर में निर्लक्ष्य बहने वाले अकर्मा जीव भी सार्थक होंगे।

वह सतीत्व की मर्यादा है। पातिव्रत्य की काष्ठा है और स्त्री धर्म का अलंकार है। यह मात्र नारी की महिमा नहीं है, जिसे भावुक होकर कहा गया हो, स्त्री सुलभ वे सद्‌गुण हैं जो आज के दिन भी असम्भव नहीं। पितृसत्तात्मक समाज ने उसको हदों में बन्द किया। सामन्तवाद ने साहस हर लिया और ग़ुलामी दी। पूँजी ने उसे चीज़ बना दिया। नव-उपनिवेशवाद उसकी स्वतन्त्रता को नग्नता में तब्दील कर वस्त्रहीन होने की आज़ादी देकर मुनाफ़ाख़ोरी का परिचय दे रहा है। घर बसाने, शादी करने, बच्चों को जन्म देने से भूमिका बदलकर देह-केन्द्रित भूमिका देना चाहता है। सिमोन द बोउआ के माध्यम से समझा कि आदमी ख़ुद को मानक बनाता है और स्त्री को अपना अन्य। ऐसे में औरत महिमामण्डित तो क्या साधारण भी कैसे रह पायेगी? जिसे सुचरिता कहती है कि वह ऐसी ही है, अच्छी या बुरी।

व्योमकेश शास्त्री का कथन है कि सारी कथा में स्त्री-महिमा का बड़ा तर्कपूर्ण और ज़ोरदार समर्थन है। उपन्यास पढ़ते हुए लगता है कि मानवतावादी मूल्यों का निर्धारण इन स्त्रियों की पुकार है अथवा द्विवेदी जी के स्त्री पात्र मानवता का समाज में पुनर्निर्धारण चाहती हैं। जहाँ भी अवसर मिला है पुरुष आधिपत्य वाली इच्छाओं, अपेक्षाओं का प्रतिकार नज़र आता है। इतिहास का एक-एक पृष्ठ साक्षी है कि सामन्तीय वातावरण में कन्या-हरण कोई बड़ी बात नहीं थी। वीर गाथाकाल में प्रचलित उक्ति बेवजह नहीं है—जाही की बिटिया सुन्दर देखी ताही पे जाय धरे हथियार। 'बाणभट्ट की आत्मकथा' इस भयंकर सत्य का साक्षात्कार भी करवाती है—

"नाना देशों की अपहृता, लांछिता अन्तःपुरिकाएँ वर्ष में एक दिन आनन्द का उत्सव मनाती हैं। हाय, आज वह भी बन्द होगा। मैंने एक भट्टिनी का उद्धार किया है सही, पर मुझे क्या मालूम है कि इस अन्तःपुर में और कितनी भट्टिनियाँ हैं। ऐसे अन्तःपुरों की संख्या यहीं तो समाप्त नहीं हो जाती।... सत्य यह है कि दोनों ही जगह इस सृष्टि की सबसे बहुमूल्य वस्तु अपमानित हो रही है। क्यों ऐसा हो रहा है? क्या स्त्रियों ने स्वयं यह जाल बुना है और अब स्वयं उलझ गयी हैं?" (पृ. 93)

यह सब क्यों हो रहा है? यह क्या धर्म है? क्या न्याय है? मेरा चित्त कहता है कि कहीं-न-कहीं मनुष्य-समाज ने अवश्य ग़लती की है। (पृ. 94)

स्त्रीत्व की कहानी ही 'बाणभट्ट की आत्मकथा' में संस्कृति की कहानी हो जाती है। भट्टिनी को बचाना बाणभट्ट का उद्देश्य हो जाता है। इस कर्मक्षेत्र को सम्भव करने में सहायक निउनिया है। सुचरिता और महामाया सांस्कृतिक भूमि को सँवारने के लिए अन्य दो नारी पात्र हैं।

द्विवेदी जी स्त्री को प्रकृतिरूपा चित्रित कर उन उपन्यासकारों से स्त्री-सम्बन्धी दृष्टिकोण को अलग कर लेते हैं जो प्रेम कम वासना ज़्यादा अभिव्यक्त करने के लिए मनोविश्लेषण के कोने खोज लेते हैं।

"स्त्री प्रकृति है। वत्स, उसकी सफलता पुरुष को बाँधने में है, किन्तु सार्थकता पुरुष की मुक्ति में है...भोले! तू क्या अपने को पुरुष समझ रहा है और मुझे स्त्री? यही प्रमाद है। मुझमें पुरुष की अपेक्षा प्रकृति की अभिव्यक्ति की मात्रा अधिक है, इसलिए तू पुरुष है। यह लोक की प्रज्ञाप्ति प्रज्ञा है, वास्तविक सत्य नहीं। ऐसी स्त्री प्रकृति नहीं है, प्रकृति का अपेक्षाकृत निकटस्थ प्रतिनिधि है और ऐसा पुरुष प्रकृति का दूरस्थ प्रतिनिधि है। यद्यपि तुझमें तेरे ही भीतर के प्रकृति तत्त्व की अपेक्षा पुरुष तत्त्व अधिक है; पर वह पुरुष तत्त्व मेरे भीतर के पुरुष तत्त्व की अपेक्षा अधिक नहीं है। मैं तुझसे अधिक निःसंग, अधिक निर्द्वन्द्व और अधिक मुक्त हूँ।" (पृ. 86-87)

यह निर्द्वन्द्वता और मुक्ति स्त्री की वह जीवन-शक्ति बनती है जिसके चलते वह जीवन की कठिन पहेली को सहजता से खोलने की क्षमता पा जाती है। अनिश्चित भविष्य से उतना भयभीत नहीं होती क्योंकि यह चुनौती देना पा जाती है कि "लम्बी है ग़म की शाम, मगर शाम ही तो है।" (फ़ैज़)

देखने में महामाया और निउनिया गैर-बराबरी को जीने और समझने वाली स्त्रियाँ हैं। दोनों के भीतर एक चिंगारी है, जो सुलग रही है। निउनिया कहती है—"मैंने नारी का शरीर पाया है, पर न उसे सफल बना सकी, न सार्थक। (पृ. 89) जबकि महामाया कहती है—"जहाँ कहीं दुख-सुख की लाख-लाख धाराओं में अपने को दलित द्राक्षा के समान निचोड़कर दूसरे को तृप्त करने की भावना प्रबल है, वहीं 'नारी-तत्त्व' है या शास्त्रीय भाषा में कहना हो तो 'शक्ति तत्त्व' है।"

यही महामाया चण्डी की तरह प्रगट होती है, मैं संन्यासिनी हूँ—"मैंने स्वेच्छा से दुख और क्लेश का मार्ग स्वीकार किया है। मैं मृत्यु से नहीं डरती, आप मेरी गरदन उड़ा सकते हैं; परन्तु मुझे रोक नहीं सकते।" (पृ. 174)

नारी के अपमान ने उसके भीतर की चिंगारी को प्रचण्ड कर दिया है। वह उँगली उठाकर कहती है—"आप लोगों में से कौन नहीं जानता कि महाराजाधिराज स्वयं युद्धशील होकर भी सैकड़ों ऐसे सामन्तों को आश्रय दिये हुए हैं, जिनका एकमात्र प्रताप कन्या-हरण में ही प्रकट होता है।"

इस चिंगारी ने एक को भीतर-ही-भीतर जलाया है (निउनिया) और दूसरी की चिंगारी पूरी सभा को ललकार रही है, आँखों से स्फुल्लिंग बन झड़ती है। छह वर्ष के भटकाव, जुल्म करने वाली सामाजिक-सांस्कृतिक स्तर पर दोगले मापदण्डों से लैस दुनिया की कठोरता को झेलने वाली निपुणिका बाणभट्ट को प्रेरित करने में सबल है—"भट्ट, मुझे किसी बात का पछतावा नहीं। मैं जो हूँ, उसके सिवा और कुछ हो ही नहीं सकती थी। परन्तु तुम जो कुछ हो, उससे कहीं श्रेष्ठ हो सकते थे, इसलिए कहती हूँ कि तुम वहाँ मत रुको। मैं पश्चात्ताप करूँ तो जिस नरक में पड़ी हूँ, वहाँ भी स्थान नहीं मिलेगा। तुम सँभल जाओ तो जिस स्वर्ग में स्थान पाओगे, उसकी

कोई कल्पना मेरे मन में नहीं है, तुम्हारे मन में भी नहीं है। मैंने दुनिया कम नहीं देखी है। इस दुनिया में तुम्हारे जैसे पुरुषरत्न दुर्लभ हैं।" (पृ. 32)

इस बहाने प्रश्न यह है कि वह एक कुलभ्रष्टा के रूप में जानी गयी है। उसके सद्गुण भी इसी ऐनक से ही देखे जायेंगे। दुर्गुणों की जगह तो निकल ही आती है।

आचार्य द्विवेदी ने भट्टिनी के प्रेम की बनिस्बत निपुणिका के प्रेम को अधिक वस्तुवादी, उदार और मानवीय उकेरा है। क्या यहाँ देह-कामना की कतई गैर-हाज़िरी है? नहीं, हरगिज़ नहीं क्योंकि वह दीर्घ विश्वास के साथ कहती है—"निर्दय, तुमने बहुत बार बताया था कि तुम नारी-देह को देव-मन्दिर के समान पवित्र मानते हो, पर एक बार भी तुमने समझा होता कि यह मन्दिर हाड़-मांस का है, ईंट-चूने का नहीं। जिस क्षण मैं अपना सर्वस्व लेकर इस आशा से तुम्हारी ओर बढ़ी थी कि तुम उसे स्वीकार कर लोगे, उसी समय तुमने मेरी आशा को धूलिसात कर दिया।" (पृ. 32)

अघोर भैरव चिन्तित हैं कि राजाओं और सामन्तों की हठधर्मिता की चक्की में रहा-सहा उपाय भी पिस जायेगा। वह रक्तस्नान को रोकना चाहते हैं। वहीं तो नर-कंकालों की राशियों से मार्ग दुर्लंघ्य हो उठेंगे। विकराल काल का ताण्डव आर्यावर्त को घृणित हाहाकार में पटक देगा। उनकी चिन्ता मानववादी मूल्यों की चिन्ता है। परन्तु सारा जीवन नारी की उपासना करने पर भी उन्हें लगता है कि उनकी साधना अधूरी रह गयी। विशुद्ध नारी ही उनका उद्धार कर सकती थी। (पृ. 203) यह 'विशुद्ध नारी' क्या है? कैसे समझा जाये विशुद्ध नारी को? 'घृणा और जुगुप्सा' के जगत् को सुन्दर बना देने की भूमिका निभाने वाली ही विशुद्ध नारी है। 'कहाँ है रुद्राणी, वह तुम्हारा दक्षिण मुख, वह सुकुमार भाव, वह शामक हास्य, वह मनोरम भंगिमा जो कातर जगत् को शान्ति दे सके, जो व्याकुल विश्व को सान्त्वना दे सके, जो धरती को रक्तस्नान से बचा सके।' जो पूरी मानवता को बिना किसी भेद-भाव के स्नेह और करुणा से अभिभूत कर सके, वही विशुद्ध नारी है और मानवीय साधनाओं को सम्पूर्णता तक ला पाने का सामर्थ्य रखती है।

समय पड़ने पर नारी मानव जाति के कल्याण के लिए, न्याय के लिए, धर्म के लिए प्राणों का उत्सर्ग करने की प्रेरक भी बनती है—"न्याय के लिए प्रार्थना व्यर्थ है। अमृत के पुत्रो, धर्म की रक्षा अनुनय-विनय से नहीं होती, शास्त्र-वाक्यों की संगति लगाने से नहीं होती; वह होती है अपने को मिटा देने से। न्याय के लिए प्राण देना सीखो, सत्य के लिए प्राण देना सीखो, धर्म के लिए प्राण देना सीखो। अमृत के पुत्रो, मृत्यु का भय माया है।" (पृ. 175)

द्विवेदी जी पूरे आर्यावर्त को एक समाज, एक प्राण, एक धर्म समझते हैं। महामाया इसी आर्यावर्त की रक्षा हेतु जीने के लिए मरने और मरने के लिए जीने का सन्देश सुनाती है।

द्विवेदी जी सत्य और धर्म की व्याख्या उपन्यास में कई जगह करते हैं। स्त्री पात्र इस संस्कृति से बाहर नहीं हैं।

"धर्म के लिए प्राण देना किसी जाति का पेशा नहीं है, वह मनुष्य मात्र का उत्तर लक्ष्य है। अमृत के पुत्रो, न्याय जहाँ से भी मिले, वहाँ से बलपूर्वक खींच लाओ। यदि तुम नहीं समझते कि न्याय पाना मनुष्य का धर्मसिद्ध अधिकार है और उसे न पाना अधर्म है तो भारतवर्ष का भविष्य अन्धकार से आच्छन्न है।" (हजारी प्रसाद द्विवेदी, ग्रन्थावली-5, पृ. 176)

क्या छोटा सत्य बड़े सत्य का विरोधी होता है? ऐसा ही तो देख रहा हूँ। सामान्य मनुष्य जिस कार्य के लिए लांछित होता है, उसी कार्य के लिए बड़े लोग सम्मानित होते हैं। (पृ. 208)

सत्य अविरोधी होता है। (पृ. 207)

वह धर्म को मनुष्य के लिए मानते हैं, मनुष्य धर्म के लिए नहीं है। इसका अन्दाज़ा इन पंक्तियों से सहज ही लगता है—

"यह दो प्रतिद्वन्द्वी स्वार्थों का संघात है। आर्य, हम लोग तो निमित्त बने हैं...सनातन धर्म को पुनः प्रतिष्ठित करके ही दम लेंगे, मनुष्य ज़ाये भाड़ में, इन्हें अपने धर्म-मत का डिंडिम पीटना है।" (पृ. 191)

सत्य का एक और रूप है जो हमारी तरतीब को बदलने वाला है—

"कल्मष भी मनुष्य का अपना सत्य है। उसे स्वीकार करके ही वह सार्थक हो सकता है। दबाने से वह मनुष्य को नष्ट कर देता है।" (पृ. 191-192)

आत्मकथा में भट्टिनी के प्रेम और सौन्दर्य के लिए आचार्य जी को अलग तूलिका और रंग का चयन करना पड़ा है। यों संयम और मर्यादा की रेखा को निपुणिका ने भी कहीं नहीं तोड़ा परन्तु भट्टिनी की आभिजात्य मानसिकता तथा मौन मिलकर प्रेम-भावना को भीतर-ही-भीतर रख पाने में सफल होती है।

"भट्टिनी स्नान कर एक अत्यन्त मामूली वस्त्र धारण करके बैठी थी। मामूली वस्त्र की पृष्ठभूमि में उनकी शोभा सम्पत्ति शतगुण समृद्धिशालिनी दिख रही थी...ध्यान-स्तिमित नयनों को देखकर जान पड़ता था कि महावराह की अपूर्व शोभा से विस्मय-विमूढ़ होकर दो चपल खंजन शावक चित्रलिखित से स्थिर हो रहे हैं। भट्टिनी के चारों ओर एक अनुभाव-राशि लहरा रही थी।" (पृ. 59)

भट्टिनी बाणभट्ट में वह मोह जगा देती है, जो निउनिया नहीं जगा पायी।

"मोह भी कैसी विचित्र वस्तु है। इस टूटे प्रांगण-गृह के प्रति मेरा आकर्षण इस समय कुछ बढ़-सा गया था। सूना तो वह सदा से था; लेकिन भट्टिनी के निकल जाने के बाद वह विकट सूना हो गया था। उसकी दीवारें मानो बार-बार चिल्लाकर कह रही थीं कि आज हम यथार्थ में सूनी हैं।" (पृ. 72)

"मेरे मन में बार-बार यह प्रश्न उठता रहा कि इतनी पवित्र रूप-राशि किस प्रकार इस कलुष धरित्री में सम्भव हुई। निश्चय ही यह धर्म के हृदय से निकली हुई है मानो विधाता ने राख से खोदकर, मुक्ता से खींचकर, मृणाल से सँवारकर, चन्द्र-किरणों के कुचक्र से प्रक्षालित कर, सुधाचूर्ण से धोकर, रजत-रज से पोंछकर, कुन्द और सिन्धुवाद पुष्पों की धवल कान्ति से सजाकर ही उसका निर्माण किया था।" (हजारी प्रसाद द्विवेदी, ग्रन्थावली-1, पृ. 42)

सच तो यह है कि प्रेम का प्रभाव ही बाण को उत्तरापथ के उद्धार की तरफ़ ले जाता है। वह आवारा था। भटकन में नाट्य मण्डली गठित करता या पुतलियों का नाच दिखाता, परन्तु लम्पट नहीं था। निपुणिका मिली तो स्त्री-शरीर को किसी अज्ञात देवता का मन्दिर समझता रहा, परन्तु वह बाण को जीवन-साधना में उतरने के लिए प्रेरित करती रही। उसे नारी-उद्धार और राष्ट्र-उद्धार के लिए प्रेरित किया गया। भट्टिनी की प्रेरणा मलेच्छ कही जाने वाली जाति के लिए संवेदनात्मक स्पर्श देने को तत्पर हुई। वह जितनी भाव-प्रबल कविता कह सकता है, उतना ही संघर्षधर्मी और जीवट का आदमी है।

इतिहास को हमने देखा नहीं होता, इतिहास आधारित चीज़ें हमें अतीत का अहसास करवाती हैं। आज इतिहास आधारित उपन्यासों में पाठक की दिलचस्पी कम होती जा रही है। बाणभट्ट उस तरह का ऐतिहासिक उपन्यास भी नहीं जैसे वृन्दावनलाल वर्मा का 'गढ़ कुण्डार' या 'बिराटा की पद्मिनी' है। पाठ के तौर पर आम पाठक के लिए 'बाणभट्ट की आत्मकथा' एक मुश्किल रचना है। आज आम पाठक तक पहुँचने के लिए ज़्यादा पठनीय औपन्यासिक कृतियों की ज़रूरत है। कालखण्डों का अन्तराल ग्राह्यता में चुनौती बन जाता है। परन्तु यदि कोई गहरी आकांक्षा लेकर साँस रोककर अतीत के ताने-बाने में उलझने का दम-ख़म दिखाता है, वह मनुष्य जाति के संघर्ष को देख पाता है और उन साधनाओं को भी जो बराबर अहसास करवाती हैं—सत्य के लिए किसी से न डरना। बाणभट्ट वैसे भी कर्मशील योद्धा है।

जब इतिहास और संस्कृति को 'असभ्यों का इतिहास' अथवा पिछड़ेपन की संस्कृति कहा जायेगा, तब हमें उत्तर ढूँढ़ने के लिए 'बाणभट्ट की आत्मकथा' की तरफ़ जाना पड़ेगा। नयी पीढ़ियाँ पिछली पीढ़ियों की सुध इसी तरह ले पाती हैं। इस आत्मकथा में राजशाही के विस्तार और शौर्य की जगह मनुष्यत्व की प्रकार और खोज है। मध्यकालीन समाज का विशेष अध्ययन करते हुए द्विवेदी जी धर्म की मान्यता मानवतावादी बनाये रखते हैं।

"जितने बँधे-बँधाये नियम और आचार हैं, उनमें धर्म अँटता नहीं। वह नियमों से बड़ा है। मैं जिनको धर्म समझता रहा, वे सब समय और सभी अवस्था में धर्म नहीं थे तथा जिन्हें अधर्म समझता रहा, वे सब समय और सभी अवस्था में अधर्म ही नहीं कहे जा सकते।" (पृ. 246)

'बाणभट्ट की आत्मकथा' उपन्यास का काल सामन्तीय है, जहाँ नारी निरन्तर गरिमा खो रही है (मेरा अहंकार मर चुका है, अभिमान नष्ट हो गया है, मैं धर्मिता, अपमानिता, कलंकनी सौ-सौ मानवियों की भाँति सामान्य नारी हूँ।) परन्तु द्विवेदी जी ऐसी सांस्कृतिक मनोभूमि देना चाहते हैं, जहाँ शरीर केवल भार नहीं है।

"भट्ट की वाणी सुनने के बाद मैंने पहली बार अनुभव किया कि मेरा शरीर केवल भार नहीं है, केवल मिट्टी का ढेला नहीं है, वह सबसे बड़ा है। विधाता ने जब उसे बनाया था तो उनका उद्देश्य मुझे दण्ड देना नहीं था। उन्होंने मुझे नारी बनाकर मेरा उपकार किया था।"

'बाणभट्ट की आत्मकथा' पढ़ते हुए एक ज़रूरी प्रश्न बना रहता है कि क्या बाणभट्ट की आत्मकथा 'प्रेमकथा' ही है या फिर यह सन्देह कि बाणभट्ट की आत्मकथा इतिहास-कथा क्यों नहीं हुई? या फिर आत्मकथा ही? द्विवेदी जी के सामने चुनौती बड़ी थी। जिस झोले से कोई पोथी निकालकर चौंका सकते थे, वहाँ कादम्बरी और हर्षचरित से उपलब्ध आधी-अधूरी सूचना के सिवा क्या था? ऐसे में लक्ष्य 'बाणभट्ट की आत्मकथा' का आधार खिसक जाता है और आत्मकथा मध्यकालीन यथार्थ से वर्तमान की समस्या तक टकराने की चुनौती देती है। व्योमकेश शास्त्री के इस कथन पर ध्यान दें—"सारी कथा में स्त्री-महिमा का बड़ा तर्कपूर्ण और ज़ोरदार समर्थन है।"

द्विवेदी जी की उदार, मानवतावादी, स्त्री-पक्षीय सामाजिक धारणा को कोई क्योंकर काटेगा? वह लिखते हैं—"जब तक तुम पुरुष और स्त्री के भेद को नहीं भूल जाते, तब तक तुम अधूरे हो, अपूर्ण हो, आसक्त है।... देखो, न तो प्रवृत्तियों को छिपाना उचित है, न उनसे डरना कर्तव्य है और न लज्जित होना युक्तियुक्त है...किसी से भी न डरना, गुरु से भी नहीं, मन्त्र से भी नहीं, लोक से भी नहीं, वेद से भी नहीं।"

झूठा सच
विखण्डित होता मानवतावाद

हिन्दी उपन्यास की बात आज भी प्रेमचन्द के बिना नहीं हो सकती। जीवन के अन्तिम कुछ सालों में रचनात्मक स्तर पर प्रेमचन्द का सेवासदनों, 'प्रेमाश्रमों' से मोह भंग हो चुका था। पूरे देश में बदलाव के लिए उन्हें यह सपना ज़रूर अधूरा लगा होगा। यशपाल (1903 से 1976) अपना औपन्यासिक संसार यहीं से बुनना शुरू करते हैं। जीवन की साँसों को घुटन में तब्दील शोषण तन्त्र, पत्थर बना देने वली विषमता और विकट कठोर परिस्थितियों के विरुद्ध संघर्ष का स्वर यशपाल के उपन्यासों की कथा से उठते ऐसे अहसास हैं, जिनसे कोई भी अप्रभावित नहीं रह पाता। आज उपन्यास की परख के लिए बदले हुए इल्म की माँग की जा रही है। जीवन-मूल्यों और सामाजिक सरोकारों की तलाश आज भी अप्रासंगिक नहीं हैं।

'गोदान' को उपन्यास की शैली में जीवन का महाकाव्य कहा गया है। 'झूठा सच' विभाजन के दिल दहला देने वाले दिनों का महाकाव्यात्मक उपन्यास है, जो सामाजिक-राजनीतिक परिस्थितियों का यथार्थवादी चित्रांकन करता है।

स्वतन्त्रता के लिए लड़ी गयी लड़ाई में भारत की जनता ने जहाँ आत्मचेतना में आँखें खोलीं और स्वाभिमान तथा संघर्ष का पाठ पढ़ा, वहाँ उन्हें साम्प्रदायिकता की विषबेल को भी झेलना पड़ा।

यशपाल के रचनात्मक व्यक्तित्व को समझने के लिए उन सरोकारों और तनावों को समझना ज़रूरी है, जो उनके कथा-रचाव में अपनी भूमिका निभाते हैं। वह गतिशील समाज की जीवनधर्मिता को पहचानने और टटोलने वाले कथाकार हैं। एक ऐसे कथाकार जो शोषण-मुक्त व्यवस्था पर आधारित एक नयी जीवन पद्धति की तलाश हर वक़्त करते रहते हैं। कहा जाता है कि उनके भीतर का कथाकार एक सांस्कृतिक फ्रेम वर्क स्वीकार कर चुका था। अगर यह एक फ्रेम वर्क ही था तो पूरी तरह मानवीय मूल्यों से समन्वित था। बद्धमूल होकर कोई रुकावट देने की जगह एक ग्रहणनीय, वास्तविक रचना संसार का ऐसा सरस ख़ाका खींच लाता है कि सभी पाठकों को आकर्षित करता है। अगर यह फ्रेम वर्क रचना की रुकावट बनता

तो धर्मयुग में धारावाही रूप में छप रहे उपन्यास की प्रशंसा में सैकड़ों की संख्या में पत्र यशपाल को प्राप्त न होते। मार्क्सवादी दर्शन के प्रभाव से उनके मानवीय आग्रह (समता, समानता और परिवर्तन) प्रबल हो उठे थे, परन्तु कथा के स्तर पर जटिल यथार्थ और द्वन्द्व भरी स्थितियों को सामने लाते हुए वह जीवन संग्राम की कमज़ोरियों, रूढ़ियों और जीवन-चक्र को उल्टा घुमाने वाली शक्तियों पर भी बराबर निगाह रखते हैं। सामाजिक विघटन और नवनिर्माण की भूमिका में बदलाव तो आता ही है। यशपाल ने कला की बाबत ठीक ही कहा था कि सुघढ़पन और सौन्दर्य की भूख कला को जन्म देती है।

यशपाल मुक्ति संग्राम के सिपाही थे, इसलिए बुनियादी तौर पर मानवतावादी थे। क़लम उन्होंने इसलिए थामी थी कि जो काम बुलेट (शास्त्रों) से करने का इरादा था, उसे बुलेटिन (साहित्य) से कर पायें। ('झूठा सच' के संस्मरण—यशपाल) उन्होंने इसी को अपनी सभी कहानियों, उपन्यासों और 'झूठा सच' लिखने की प्रेरणा और भूमिका का सच माना है।

यशपाल भगवती चरण वोहरा, भगत सिंह, सुखदेव जैसे लोगों की संगति के थे। कांग्रेस की विचारधारा और कार्यक्रम से असन्तुष्ट थे। हिन्दुस्तानी समाजवादी प्रजातन्त्र संघ के लक्ष्य उनके जीवन के लक्ष्य बन गये। उन्होंने साफ़-साफ़ कहा है—

"हमारा लक्ष्य केवल ब्रिटिश सत्ता से मुक्ति नहीं, अपने देश और समाज की सभी प्रकार की विवशताओं, असमर्थताओं और बन्धनों से मुक्ति, सबके लिए समान अधिकार और समान अवसर देने वाली व्यवस्था का लक्ष्य था। आर्थिक, राजनीतिक और शासकीय असमर्थताओं-विवशताओं के साथ अन्ध-परम्पराओं और अन्ध-विश्वासों के कारण विवशताओं और बन्धनों से भी मुक्ति।"

उन्होंने यह बात भी अच्छी तरह से जान ली थी कि "ऊँचे साम्प्रदायिक वैमनस्य और घृणा का नशा सभी सम्प्रदायों के लोगों को हिंसक पशु से भी बदतर बना देता है।" गहरे विश्वास के साथ उन्होंने सवाल उठाया था—"अन्धी साम्प्रदायिकता के आत्मघाती उन्माद से यह देश कब मुक्त होगा!" 'झूठा सच' का कैनवास बड़ा है। उपन्यास दो खण्डों में है! पहला खण्ड है—'वतन और देश' (1958) और दूसरा खण्ड है 'देश का भविष्य' (1960) जिसमें विभाजन से पूर्व साम्प्रदायिक दंगों की छाया को महसूस किया जा रहा है। एक शहर में हुए साम्प्रदायिक दंगे दूसरे शहर के लोगों को कैसे प्रभावित करते हैं? अफ़वाहों का बाज़ार गर्म होकर किस तरह का प्रभाव छोड़ता है, यह देखते बनता है, साम्प्रदायिकता प्रगतिशील तबके के युवकों को भी अपने पाश में लपेट लेती है। 'झूठा सच' के जयदेव पुरी और असद के माध्यम से बख़ूबी देख पाते हैं। पुरी 1943 में एम.ए. के दूसरे वर्ष में पढ़ रहा था, युद्ध-विरोधी आन्दोलन में भाग लेने के कारण गिरफ़्तार हो गया। उसका विश्वास था कि देश के दुख दूर होने से उसके अपने दुख भी दूर होंगे।

परन्तु वह छोटी-छोटी बात में साम्प्रदायिकता की रंगत देखकर खिन्न हो उठता है। असद भी प्रगतिशील है। फेडरेशन का सदस्य है, परन्तु तारा को उसका प्यार पाने के लिए शर्त बाँध जाती है कि वह पाकिस्तान में रहे और पाकिस्तान में रहने की शर्त है इस्लाम ग्रहण करना।

अगस्त, 1946 में कलकत्ता में साम्प्रदायिक दंगे होते हैं। लाहौर में अफ़वाहें फैलती हैं और प्रचार किया जाता है कि मुसलमानों ने कलकत्ता में हज़ारों हिन्दुओं को मौत के घाट उतार दिया। मुसलमान कहते हैं कि पाकिस्तान बनायेंगे, इसी की तैयारी चल रही है। ईश्वर कौर दृढ़ता से मुट्ठी बाँधकर कहती है—"पंजाब हमारा है तो पंजाब में रहने के लिए मुसलमानों का मुक़ाबला करना होगा। तुम सबने देखा था न। 6 तारीख़ को मुसलमानों ने कितना बड़ा जुलूस निकाला था। बंगाल में तो लड़ाई शुरू हो गयी, अब पंजाब में होगी।" स्वर धीमा कर उसने बताया—"मुसलमान ख़ूब तैयारी कर रहे हैं। पानी के नल कटवा-कटवाकर बन्दूक़ें बना रहे हैं। मुसलमानियों ने भी छुरे रख लिये हैं। हमीं लोग सोये हुए हैं। तुम्हें चाहिए कि अपने घर के सब मर्दों को अखाड़े भेजो। सब लोग लाठी, तलवार, बन्दूक़ चलाना सीखें नहीं तो तुम्हारी जायदादें कहाँ बचेंगी?" (पृ. 63, स. 1996)

भीष्म साहनी के उपन्यास 'तमस' में एक पात्र मार-काट की अफ़वाहों का निराकरण करते हुए कहता है—"आपको किसी ने ग़लत ख़बर दी है।" सोहन सिंह फिर बोल पड़ा—"खालसा स्कूल पर हमला ज़रूर हुआ था, लेकिन गाँव के मुसलमानों ने हमला नहीं किया, ढोक इलाही बख़्श से कुछ गुण्डे आये थे। पर मीर दाद और हमारा साथी तो शहर से आया है। वह वक़्त पर पहुँच गया, उसने और गाँव के दो और लड़कों ने बीच-बचाव करके हालात को बिगड़ने से बचा लिया। चपरासी को केवल चोट आयी है। वह मरा नहीं है और उसकी बीवी को भी अगवा करके कोई नहीं ले गया। वह भी स्कूल में मौजूद है।"

अफवाहें आत्म-बलिदान के जज़्बे को हवा दे रही हैं और विरोध तथा नफ़रत जगा रही हैं। धर्म की चेतना नहीं, धर्म का उन्माद सिर चढ़कर बोलने लगता है। 'झूठा सच' में हिन्दू रक्षा कमेटी की ओर से महिलायें चन्दा इकट्ठा कर रही हैं—"बंगाल के बेईमान मुसलमानों ने गाँवों में हिन्दुओं को ऐसे लूट लिया है कि औरतों के कपड़े उतारकर ले गये हैं। बहू-बेटियाँ शरीर पर कपड़ा-धोती न होने के कारण घड़ा भर पानी लाने के लिए घर से नहीं निकल सकीं और भूखी-प्यासी मर गयीं।" (पृ. 61)

पाकिस्तान से विस्थापित लोगों के भीतर लाहौर शहर कहीं दिल के क़रीब ज़िन्दा है। लाहौर के अनारकली बाज़ार की बात करते-करते वे आज भी स्मृतियों में गहरे डूब जाते हैं। विभाजन से पूर्व राजनीतिक दलों की सरगर्मियाँ तेज़ हो गयी थीं। अनारकली की भीड़ में प्रति सन्ध्या "अल्लाहु अकबर! मुस्लिम लोग ज़िन्दाबाद!

क़ायदे-आज़म ज़िन्दाबाद! खिजर मिनिस्ट्री मुरदाबाद! लीग मिनिस्ट्री क़ायम हो। हिन्दू-मुस्लिम इत्तिहाद ज़िन्दाबाद! पाकिस्तान ले के रहेंगे।" के नारे लगाते हुए जुलूस निकलने लगे थे। (पृ. 75)

पुरी लेख लिखकर आगाह कर रहा था कि साम्प्रदायिकता की उत्तेजना से भरी राजनीति, साम्प्रदायिक घृणा और द्वेष का तूफ़ान सार्वजनिक जीवन का अन्त कर देगा और उस समय हिन्दू-मुस्लिम इत्तिहाद के नारे याद न रहेंगे। यह मानवतावादी टिप्पणी उपन्यासकार के विचारों का प्रतिनिधित्व करती है, परन्तु हालात बदल रहे हैं। मतिमन्द, विवेकहीन, बर्बर लोग अपने लिए ब्लैक आउट खोज रहे होते हैं।

यशपाल जहाँ समाज में मानवतावाद पर गहरी आस्था रखने और व्यवहार में मानवीय सलूक़ वाले लोगों को पाना चाहते हैं, वहाँ जीवन में उन्हें वैसा देख पाना कठिन लगता है। समाज के विघटन के दौर में देखा गया है कि स्थापित मूल्य जड़ और रूढ़ि होकर विकृत हो चुके होते हैं। जीवन की व्याख्या और वास्तविकता के बीच अन्तर रह जाता है। ठेठ ज़िन्दगी के विरोधाभास, जटिलता और विषमता संयोग भाव नहीं होती। यशपाल के समतावादी मानवीय मूल्यों की तरह राष्ट्रीय आन्दोलन के पास धर्मनिरपेक्षता का उत्तर था। परन्तु उपनिवेशवादी शासक भारतीय समाज के बनते साम्प्रदायिक दराज़ों को देख रहा था। अपने स्वार्थ के लिए इसका भरपूर इस्तेमाल कर रहा था। शक्तिशाली वर्ग समझ चुका था कि साम्प्रदायिकता का प्रसार ग़रीब जनता को एक मंच पर संगठित होने देने की जगह बाँटकर रखने में बहुत असरदायक साबित होगा।

मानवता और मानवतावाद के खण्डन के बीच यशपाल का सत्य, जो कि पहले ही आर्थिक भेदभाव वाली दुनिया को नकार नहीं रहा था, सामाजिक अध्ययन से बहुत कुछ सीखता है। उनकी विचारधारा उन्हें जकड़ती नहीं, विस्तार और गहराई पाती है, क्योंकि समाज विचारधारा के विपक्ष में नहीं होता। सत्य की पक्षधरता दोनों के सम्बन्ध सूत्रों को मज़बूत करती है।

'झूठा सच' में तारा कहती है—"आजकल हिन्दू-मुसलमानों के ब्याह हो रहे हैं। महात्मा गाँधी के लड़के ने ब्राह्मण की लड़की से और पण्डित जवाहरलाल की लड़की ने पारसी से शादी की है। हिन्दू, पारसी, मुसलमान में क्या फरक है, आदमी-आदमी सब एक।" (पृ. 81)

यह अब्दुल है जो अपनी ओर से कांग्रेसियों की कलई खोल रहा है—"कांग्रेसियों ने अपने झण्डों से हरा रंग फाड़ दिया है। हम तो ख़ुश हैं। अब तो कांग्रेस ने मान लिया कि मुसलमान उनके साथ नहीं हैं। क़ायदे-आज़म तो हमेशा से कहते हैं कि कांग्रेस मुसलमानों की नुमाइन्दगी नहीं कर सकती, वह हिन्दुओं की जमायत है।" (पृ. 104) पुरी 'पैरोकार' का सम्पादकीय लिखता है कि कांग्रेस और लीग दोनों ही संस्थाओं ने देश को गुलामी से मुक्त रखने के लिए जन्म लिया था। आज इन

दोनों संस्थाओं के नेता पंजाब प्रान्त का शासन गर्वनर के हाथों में सौंप देने के लिए ज़िम्मेदार हैं।

आज विद्वान मित्रों को स्वीकार करने में कोई हिचक नहीं कि हमारे सांस्कृतिक मूल्यों का ह्रास विस्थापन की पीड़ा से आरम्भ हुआ है। हिन्दू-मुस्लिम साम्प्रदायिकता को उपन्यास में उतारते हुए यशपाल के पास 'झूठा सच' लिखते हुए दो विधियाँ हो सकती थीं। पहली यह कि वह साम्प्रदायिकता के प्रसार का सारा कचरा अंग्रेज़ पर फेंक देते। अंग्रेज़ सरकार साम्प्रदायिकता को बढ़ावा देती रही है, इसमें सन्देह नहीं। परन्तु उपन्यास की रचना करते हुए यह शायद काफ़ी सरल तरीक़ा होता। यशपाल एक मुश्किल तरीक़ा अख़्तियार करते हैं। वह इसकी जड़ों की तलाश में जाते हैं और गली-मुहल्ले की साधारण महिलाओं की आपसी बातचीत से इसे पकड़ने की कोशिश करते हैं। ईश्वर कौर, ज्ञानादेवी, कर्तारो जैसी महिलाओं की आपसी बातचीत को उपन्यासकार ने इस लक्ष्य की प्राप्ति के लिए ही चुना है।

आख़िर विभाजन स्वीकार करना पड़ा। भारतीय इतिहास के पन्नों पर यह अभूतपूर्व घटना दर्ज हुई जिसके परिणाम का ज़हर अभी तक पीना पड़ रहा है। कोई मानने को तैयार न था कि दो टुकड़े कर दिये जायेंगे और बसे-बसाये घरों से लोगों को उजड़ना पड़ेगा।

असद कहता है कि अब कांग्रेस बँटवारा स्वीकार कर रही है, पर हम बँटवारे के ख़िलाफ़ हैं। (पृ. 99)

महेश फ़ोन पर स्टोरी देता है—"असेम्बली चेम्बर की सीढ़ियों पर मास्टर तारा सिंह ने मुस्लिम लीग की ललकार के मुक़ाबले में तलवार खींच ली। जिस समय मास्टर तारा सिंह कांग्रेसी, अकाली और हिन्दू सभा के मेम्बरों के साथ असेम्बली चेम्बर से बाहर निकले, चेम्बर के सामने हज़ारों की तादाद में जमा मुस्लिम लीग भीड़ के—'नारा-ए-हैदरी! या अली! पाकिस्तान ज़िन्दाबाद! मुस्लिम लीग ज़िन्दाबाद! लेके रहेंगे पाकिस्तान। ख़ून से लेंगे पाकिस्तान।' नारों से आसमान काँप उठा। (पृ. 100)

साम्प्रदायिकता की आग से बचने बचाने वाले लोग भाषण देते हैं कि आज फिर अमृतसर में भारी फ़साद हो गया है। पंजाब के व्यापार के केन्द्र अमृतसर में आग लगा दी गयी। इस आग को भड़काने वाले क़ाज़ी कोठियों में आराम से बैठ हुक्म दे रहे थे। इधर जो हिन्दू मोची जूतियाँ गाँठ रहा था, उसका क़त्ल कर दिया जाता है। विभाजन की रेखा साँप की तरह सरसराने लगती है। महेन्द्र कहता है—"लायलपुर, मिंटगुमरी, सरगोधा, और शेख़पुरा की शहरी आबादियों में सत्तर-अस्सी प्रतिशत भूमि और आबादी सिखों और हिन्दुओं की है। वे पाकिस्तान में क्यों रहें? क्या वे लोग अपनी भूमि उठाकर हिन्दुस्तान ले जायें?" (पृ. 252)

तारा के लिए इधर आग उधर कुआँ की हालत थी। इधर सोमराज का दबाव

जो अपमान का बदला लेना चाहता है, उधर हिन्दू-मुस्लिम दंगे। वह 'हिन्दनी' लड़की पकड़ ली गयी। जो पकड़कर ले जाता है, उसका इरादा है कि ख़राब करके पच्चीस रुपये में बेच दे। तारा के माध्यम से जो विभाजन झेलती औरत का दर्द लिखा गया है, वह लाजवाब है। क़त्ल, लूट, आग, जब्रजनाह ने मानवीय पुकार के सभी लफ़्ज़ों को क़ब्र में गाड़ दिया लगता है।

थका हुआ परेशान पुरी जब डेढ़ बालिश्त स्थान ख़ाली देखकर विश्राम करना चाहता है, तब विस्थापन की पीड़ा बाहर आती है—"पीढ़ियों की जायदादें, मकान, अहाते, खेत, मुरब्बे नहीं रहे तो तीन हाथ के लिए क्यों झगड़ा करते हो भाई। (पृ. 394) सभी की छाती में एक ज़ख़्म है। हर किसी की पीठ पर नुक़सान का बोझ है। सिख बूढ़े-बुढ़िया की दास्ताँ कुछ अलग नहीं। गुजरात से गाड़ी में आते हुए छापा पड़ा। जवान लड़के मारे गये, बहुओं को छीन लिया गया। बक्सा, बोरी-बिस्तर सब छीन ले गये। एक बच्चा बचा है।

पशुता का इससे बड़ा सबूत क्या होगा! भीड़ के बीचोबीच चुटिया से खींचकर जवान निर्वस्त्र लड़की को नीलाम किया जा रहा है। क्रूरता की यह आख़िरी सीमा है। जिस भयंकर स्पप्न से तारा की आँख खुलती है, वहाँ तीन स्त्रियाँ आपस में लड़ रही हैं। एक के शरीर पर कोई कपड़ा नहीं था, एक के शरीर पर केवल सलवार थी, तीसरी के शरीर पर लम्बा कुरता।

विभाजन ने दोनों भागों के लोगों को बेदख़ल होकर जलावतनी स्वीकार करने पर मजबूर कर दिया। पैशाचिक लीला का यह सफ़ा इतिहास का सबसे काला सफ़ा है।

अब गुजरात की रिपोर्ट देखकर दिल दहल उठता है। एक गर्भवती महिला जान की भीख माँगती है। दंगाइयों का काम है कि उसका पेट फाड़ दे और पेट में पल रहे आठ माह के बच्चे का गला रेत दें। इस हादसे को किस अमानवीय खाने में रखें कि उन्नीस लोगों के घर को पानी से भर दिया जाये और उसमें बिजली दौड़ा दी जाये ताकि सभी एक साथ मर जायें। अहमदाबाद के नरोदापाटिया क्षेत्र से जान बचाकर भागे परिवार की दर्दनाक कहानी। घर की बहू और तीन महीने के बच्चे को इसलिए खो दिया कि पुलिस के सिपाही ने जिस सुरक्षित स्थान पर जाने को कहा, वहाँ दंगाई पहले से मौजूद थे। मिट्टी का तेल छिड़ककर दूधमुँहे बच्चे सहित जला दिया गया।

ऐसी अमानवीय घटनायें विभाजन और विभाजन-पूर्व के वैमनस्य का एक्सटेंशन हैं। यहाँ यह तो नहीं कहा जा सकता कि 'झूठा सच' के माध्यम से इस गद्य के महाकाव्यकार ने कोई भविष्यवाणी नहीं की, परन्तु यह अहसास करवा दिया कि ऐसी परिस्थितियाँ किस विनाश को जन्म दे सकती हैं। दोनों तरफ़ के इतिहासकार दिन-रात एक करके एक क़ौम के दूसरी क़ौम पर जुल्मों की कहानियाँ कहकर

क़ब्रिस्तानों के भूतों के हाथों में तलवारें थमाते रहेंगे। तब तक तारायें जुल्म सहती रहेंगी और मण्डियों में नग्न औरतों की इज़्ज़त नीलाम होती रहेगी।

यशपाल अपने प्रश्नों का सत्य पाने के लिए व्याकुल होते हैं और कथा-क्रम में उन्हें रख पाते हैं। उसकी आकुल जिज्ञासा के साथ वह उन परिस्थितियों का बख़ूबी चित्रण करते हैं, जो मानव को मानवता के दर्जे से गिराकर अमानवीय भूमिका के लिए मजबूर करते हैं।

दूसरे विनाश भरे युद्ध के बाद की मन्दी ने सभी को चपेट में ले लिया। राशन, महँगाई और कण्ट्रोल जनता को परेशान करने लगा। जयदेव पुरी को एक रुपये की चीनी के लिए दो घण्टे क्यू (पंक्ति) में खड़े होना पड़ा। (पृ. 23) कर्तारो कहती है कि घी खाने के दिन गये, अब घी की सुगन्ध से ही सन्तोष करना पड़ेगा। (पृ. 24) मुसलमान मज़दूरों और कारीगर पेशा लोगों की हालत यह है कि किसी भी दरवाज़े पर पर्दे के लिए लटकाए हुए टाट के टुकड़े को आप साबित नहीं देख सकते। मर्दों के कुर्ते, सलवारें और तहमद कटे हुए और गन्दे होते। (पृ. 25) पुरी की माँ तारा और ऊषा की सलवारों और पहुचों के ऊपर अनेक पैबन्द और बखिए पड़ चुके थे। (पृ. 23) ऐसे में लोग अपने आपको निराश, विपन्न, ग़मगीन और अभागा समझने लगते हैं। उधर 'ब्लेक वाले माँ के खसम' लाभ के ज़माने में पत्थरों पर घास उगाना जानते हैं।

रोज़ बीस बार झूठ बोलकर, रोज़ कई बार झूठी ज़िन्दगी जीकर भी हमारी सत्य के प्रति जिज्ञासा अमिट है। 'इट इज़ इम्पॉसिबल टू लिव विथ ट्रुथ' कहते-कहते सत्य की सीढ़ियाँ छोड़ना नहीं चाहते। यशपाल को जनता की आस्था में गहरा विश्वास है। उपन्यास खुलते ही एक घोषणा है।

"सच को कल्पना से रंगकर उसी जनसमुदाय को सौंप रहा हूँ, जो सदा झूठ से ठगा जाकर भी सच के लिए अपनी निष्ठा और उसकी ओर बढ़ने का साहस नहीं छोड़ता।"

उपन्यास के दूसरे भाग 'देश का भविष्य' में बिखराव है। स्वतन्त्रता पाने के बाद का जीवन भी बिखराव भरा है। चीज़ें काफ़ी जल्दी-जल्दी विखण्डित और अराजक होती चली गयीं। सच्चे, समर्पित और संग्राम लड़ने वाले योद्धाओं को लगने लगा कि काफ़ी कुछ उनके हाथ से फिसल गया है। या तो वादों में कोई आडम्बर था या समता और स्वाधीनता का अपना ज़मीन पर पाँव रखते ही फिसल गया। विस्थापितों की जीवन जीने की अदम्य इच्छा अभी भटका रही थी। राजनीति के आँगन में अफ़सरशाही की सीढ़ी लग चुकी थी। कुशासन की नग्नता, नौकरशाही की ऐंठ, जीवन-मूल्यों की टूटन, आम आदमी की छटपटाहट कुछ नये परन्तु मटमैले चित्र दिखाने लगी। यशपाल की विवेकपूर्ण कथा-दृष्टि पूरे बिखराव को पहचान रही है। नेताओं की स्वार्थपरकता और सामान्य से अधिक अधिकारों ने मानवीय

संवेदनशीलता को रौंदना शुरू कर दिया। उखड़कर आये हुए लोगों का हाल था कि 'इक रात में सौ बार जला और बुझा हूँ। मुफ़लिस का दीया हूँ, मगर आँधी से लड़ा हूँ।' (नज़ीर बनारसी)

नौकरी का प्रलोभन दिखाकर सिन्हा कनक से सम्बन्ध बनाना चाहता है। तारा के साथ प्रसाद जी का व्यवहार आदर्श और नैतिकता के कई पर्दे हटा देता है। एक पात्र से कहलवाया है—"यह सब लोग निहायत कमीने हैं। अपनी बीवियों, लड़कियों को पर्दे में रखेंगे और दूसरों की बहू-बेटियों को खिलौना बना लेने को ललक पड़ते हैं।"

माथुर की इस उत्तेजना का कोई क्या जवाब दे—"आचार्य कृपलानी ने बिल्कुल ठीक कहा है, रेवोल्यूशन क्या हुआ, कहाँ हुआ? गाँधी जी के आदर्श कहाँ हैं? दो ही साल में 'गाँधी जी की जय' खोखली पड़ गयी है। सब शासन पुराने आई.सी.एस. लोग चला रहे हैं। उन लोगों ने सेवा करनी नहीं, शासन करना सीखा है। उन्हें डेमोक्रेसी नहीं, ब्यूरोक्रेसी की आदत है। वही क़ानून है। वही पुलिस का राज...पुलिस बिल्कुल निरंकुश हो गयी है।... अंग्रेज़ी सरकार ने अदालत में दिये भगत सिंह के बयान को जब्त नहीं किया था, पर इस सरकार ने गोडसे का अदालती बयान जब्त कर लिया...। कृपलानी ठीक कहते हैं कि रेवोल्यूशन में यह कभी नहीं होता कि पुराने ही शासक बने रहें। रेवोल्यूशन इज़ चेंज आफ़ रूलर्स रेवोल्यूशन हुआ कहाँ, आप ही बताइये।" (पृ. 329)

दुनिया को सुन्दर बनाने वाली, पुरुष को जन्म देने वाली, दुख में बराबर का कन्धा देने वाली, निष्पाप मुस्कान से पुरुष की परेशानी चुनने वाली स्त्री पुरुष-रचित समाज में किस तरह उपेक्षित है, इसका अहसास 'झूठा सच' में यशपाल बख़ूबी करवाते हैं। जिस गली में उपन्यास का पहला दृश्य खुलता है, उस गली की औरतों के लिए घर की चारदीवारी के आगे कुछ भी नहीं। रीति-रिवाज को मानना, परम्परा से आगे न सोच पाना ही उसकी जीवन-शैली है। तारा को बचपन से ही पिता के धार्मिक विश्वासों का अनुशासन झेलना पड़ा। उनके घर में सिनेमा के गीत गाना निषिद्ध था। डॉक्टर तारा से कहते हैं—"इस श्रेणी अर्थात् सम्पत्ति के आधार पर सम्भ्रान्त बनी श्रेणी की स्त्रियों का प्रयोग सेक्स के अतिरिक्त और है भी क्या?... पत्नियाँ केवल सम्पत्ति के निर्विवाद अधिकारी पैदा करने के लिए ही हैं।" (पृ. 11)

शरणार्थी कैम्प में एक स्त्री के रोने का कारण पूछा जाता है तो जवाब मिलता है कि पेक्के (माँ-बाप) इसे ले नहीं गये। कह दिया, हमने तो ब्याह दी थी, अब ससुराल वाले जानें। उन्होंने एक बार निखेड़ दिया (निपटा दिया) औरत दोनों जहाँ से गयी। मायके वाले दायित्व से छुट्टी पा गये, ससुराल वालों ने दायित्व निभाया नहीं। पाकिस्तान से अपहृत हिन्दू स्त्री को उद्धारक भारत ले आये हैं। ज़ाहिर-सी बात है कि पाकिस्तान में वह अपनी मर्ज़ी से नहीं रही थी।

विभाजन की दशा में औरत की मिट्टी पलीद पर इन पंक्तियों में अथाह पीड़ा

है—हिन्दनी हो चाहे मुसलमानी, जो अपनी इज़्ज़त के लिए मर गयी, वही अच्छी रही। औरत के शरीर की तो बरबादी है। औरत तो ढोर-बकरी है, जो चाहे छीन ले जाये। दुर्गा कहती है—"घर से निकली औरत और डाल से टूटा फल उनका फिर मेल क्या?" (पृ. 424)

नारी जगत् की दयनीय दशा और पाँवों में पड़ी भारी सामाजिक ज़ंजीरों के यशपाल ने 'झूठा सच' में अनेक स्थलों पर मार्मिक चित्र उपलब्ध करवाये हैं। पुरुष वर्चस्व वाला समाज स्वार्थ, बर्बरता और जुल्म का व्यवहार ही कर रहा है।

उपन्यास केवल नकारात्मक पात्रों से ही नहीं भरा हुआ। कनक और तारा समानता का अधिकार माँगने वाली युवतियाँ हैं। आरम्भ में पुरी का चरित्र चमकती रेखाओं से खींचा गया है। वह देशभक्त है। परिवर्तनकामी है, प्रतिभासम्पन्न है और स्वतन्त्रता के लिए संघर्ष करने वाला युवक है। स्वतन्त्रता आन्दोलन के उन पक्षों को यशपाल उभारना नहीं भूलते। स्वाधीनता की चेतना लोगों में बदलाव ला रही है। स्त्रियों का शिक्षित होना समाज के परिवर्तन के लिए अनिवार्य है, ऐसा अहसास वह करवा जाते हैं।

भूख, थकान, परेशानी और दुख के वक़्त में भी इस बूढ़े किसान की आवाज़ सुनें—

"मैं क्या अपाहिज, मँगता हूँ; फकीर हूँ? मैं किसान आदमी हूँ। मेरे हाथ-पाँव अभी टूट नहीं गये हैं। मैंने उमर भर ब्राह्मण, नाई, कमीन और फ़कीर को चुटकी देकर, दस आदमियों को खिलाकर खाया है। मैं आटे के लिए किसी के आगे हाथ पसारूँ? तेरी आँख का पानी मर गया है तो तू जाकर माँग ले।" (पृ. 404)

यशपाल उपन्यास का अन्त भी जनता की शक्ति में विश्वास के साथ करते हैं। डॉक्टर कहता है कि जनता निर्जीव नहीं है। जनता सदा मूक भी नहीं रहती। देश का भविष्य नेताओं और मन्त्रियों की मुट्ठी में नहीं है, देश की जनता के हाथ में है।

विस्थापन की पीड़ा सांस्कृतिक मूल्यों को तोड़ देती है। यथार्थ यशपाल के लिए एक तरीक़ा है जिससे वह जीवन-स्थितियों को खँगालते हैं और 'झूठा सच' के माध्यम से हमारे सामने कितना कुछ लाकर खड़ा करते हैं। विसंगतियाँ अपने आप उभरती चली आती हैं। प्रेमचन्द ने साहित्यकार को पथ-प्रदर्शक कहा है, साथ ही कहा है कि वह मनुष्यत्व को जगाता है। यशपाल की कथा के केन्द्र में मानवता है, वह समाज की नब्ज़ से अपनी उँगलियाँ हटाने वाले कथाकार नहीं हैं। इनके सामने था विभाजन। बेघर होकर जहाँ से एक क़ाफ़िला निकला जो पाँच मील लम्बा था, जहाँ अपहरण की शिकार, बलात्कार से नुची हुई औरतों की चीखें हैं, जहाँ सड़क के दोनों तरफ़ आधी खाई, धूप से जली, वर्म से सड़कर काली हो गयी लाशें हैं। 'झूठा सच' पढ़कर बहुत दिनों तक हमारे कन्धे पर एक लाश लटकी रह जाती है—मज़हब की, राजनीति की, पाखण्ड की और मानवता की।

मैला आँचल
आंचलिकता में अनुसन्धान

फणीश्वरनाथ रेणु के उपन्यास 'मैला आँचल' को पहले प्रेमचन्द की परम्परा का उपन्यास माना गया। उपन्यास के प्रकाशन के साथ ही कहा गया: "प्रेमचन्द की परम्परा में दशकों बाद यह पहला उपन्यास लिखा गया है।" फिर इसे प्रेमचन्द की परम्परा से अलग करने की कोशिश की गयी और इसे 'आंचलिक उपन्यास' कहा गया क्योंकि 'मैला आँचल' नाम ही आंचलिकता की सुगन्ध देता है। लोक-संस्कृति, लोक-विश्वास और गाँव की प्रवाहमयी भाषा भी इसे आंचलिक ठहराने से रोक नहीं पाती। प्रेमचन्द ग्रामीण जीवन के सफल कथाकार रहे हैं। भाषा सजग तौर आम फहम हिन्दुस्तानी रही, शायद एक बड़े वर्ग को सम्बोधित करने के खास तौर पर चुने गये माध्यम के तौर पर। फिर भी 'गोदान', गोदान है और 'मैला आँचल', मैला आँचल। जीवन नदी की तरह बहता चला गया—न 'गोदान' तक रुका और न 'मैला आँचल' तक, परिस्थितियाँ बदलती रहीं, चुनौतियाँ बदलती रहीं, प्राथमिकताएँ बदलती रहीं और उपन्यास-रचना के मूल तनाव भी बदलते चले गये।... यह भी कहा गया कि जहाँ से प्रेमचन्द के उपन्यासों का अन्त होता है, रेणु के उपन्यासों की शुरुआत वहीं से होती है। यानी टूटती सामन्ती व्ययस्था का स्थान पूँजीवाद ले रहा है। इसकी कहानी नज़र आती है। इससे सहमत होना दिक़्क़त पैदा नहीं करता। लेकिन जब यह कहा जाता है कि रेणु की इस कृति में व्यक्ति को नहीं समष्टि को प्रधानता दी गयी है, तब यह सवाल बेचैन करेगा ही कि क्या प्रेमचन्द व्यक्ति के कथाकार हैं, समष्टि के नहीं?

आधारभूत अन्तर यह है कि प्रेमचन्द आज़ादी मिलने से पहले की स्थितियों को उपन्यास का विषय बना रहे हैं, जबकि रेणु आज़ादी के बाद के वर्ग-संघर्ष, शोषण और कठोर जीवन-स्थितियों को। जहाँ तक परम्परा का सवाल है तो परम्परा है—ग़रीबी, ग़न्दगी और ज़हालत से दुख पाती दुनिया को सामने लाने की; अन्याय, असमानता और मुनाफ़ाखोर लोगों की वजह से भारी लूट को, उस षड्यन्त्र को सामने लाने की जिसने शोषित वर्ग को बेपनाह तकलीफ़ें दीं और हर सुविधा तथा सुख से वंचित

रखा। परम्परा उस साज़िश को रचना का हिस्सा बनाकर प्रस्तुत करने की, जिसके तहत पन्द्रह प्रतिशत लोग पचासी प्रतिशत लोगों को मुसीबतों भरे हालात में जीने के लिए विवश किए रहते हैं। पूर्णिया ज़िले के अनेक गाँवों के लोग इस उपन्यास में कठिन परिस्थितियों में जी रहे हैं। डॉ. प्रशान्त को मनुष्य के जीवन के नष्टकारी तत्त्वों का पता मिलता है–

"डॉक्टर ने इस बार आस-पास के पन्द्रह गाँवों का परिचय प्राप्त किया है, भयातुर इन्सानों को देखा है, बीमार और निराश लोगों की आँखों की भाषा को समझने की चेष्टा की है। उसे मध्यवित्त किसानों की अन्दर हवेली और बेज़मीन मज़दूरों की झोंपड़ियों में आने का सौभाग्य या दुर्भाग्य प्राप्त हुआ है।"

जो कुछ डॉ. प्रशान्त ने पाया, वह सिर्फ़ कथा का वर्णनात्मक हिस्सा नहीं है, उन ग़रीब लोगों की कठिन जीवन-दशा है–

"रोगियों को देखकर उठते समय, छींके पर टँगी हुई ख़ाली मिट्टी की हाँड़ियों से उसका सिर टकराया है। सात महीने के बच्चे को बथुआ और पाट के साग पर पलते देखा है। उसने देखा है...ग़रीबी, ग़न्दगी और ज़हालत से भरी हुई दुनिया में भी सुन्दरता जन्म लेती है।" (मैला आँचल, पृ. 151)

डॉ. प्रशान्त का आगमन मेरीगंज में वैज्ञानिक शोध के लिए होता है। वह सामाजिक चेतनासम्पन्न व्यक्ति है। मानवता के लिए कुछ कर-गुज़रने की इच्छा उनके भीतर गहरी है। उन्होंने विदेश जाने का अवसर ठुकराकर गाँव में शोधकार्य करना पसन्द किया, ताकि मलेरिया और काला ज्वर से मरने वाले हज़ारों लोगों को बचाया जा सके।

शस्य श्यामला भारतमाता ग्रामवासिनी
खेतों में फैला है श्यामल
धूल भरा मैला-सा-आँचल।

उनके सामने यह सवाल है कि क्या भूख और बेबसी से छटपटाकर मरने से बेहतर नहीं कि मैलेग्नेंट मलेरिया से बेहोश होकर मर जाना? डॉ. प्रशान्त को रोग की जड़ एनाफिलीज़ और सैण्डफ्लाई से भी अधिक ख़तरनाक और ज़हरीले कीटाणु प्रतीत होते हैं–ग़रीबी और ज़हालत।

फणीश्वरनाथ रेणु ने भी गाँव के किसान-मज़दूर के कठिन जीवन को अपना रचनात्मक प्रेरक स्वीकार किया है–"मैं यह मानता हूँ कि वे लोग नहीं–गाँवों के किसान-मज़दूर ही मुझसे लिखवाते थे, ठीक उसी प्रकार जैसे भूख लगने पर आदमी 'ऐक्शन' और 'तनाव' दोनों महसूस करता है।" और जाने-माने इतिहासकार भगवतशरण उपाध्याय पर उपन्यास का प्रभाव कुछ इस तरह लक्षित हुआ–"मैला आँचल अभी एक ही बैठक में समाप्त किया है, प्रेमचन्द की परम्परा में दशकों बाद यह पहला उपन्यास लिखा गया है, गोदान के जोड़ का है, सर्वथा प्रगतिशील गाँवों

के घिनौने वातावरण को मिथ्या कर उनके काल्पनिक चित्र उपस्थित करने वालों पर करारी चपत है...।"

'मैला आँचल' 1954 की कृति है और 'गोदान' आज़ादी (1947) से पहले की। परिदृश्य ज़रूर कुछ बदला है, परन्तु शोषण की परम्परा नहीं। 'गोदान' के राय साहब की शक्ल और रुतबा 'मैला आँचल' के तहसीलदार साहब से नहीं मिलता, परन्तु चालाकी, अभ्यास और शोषण की चाल एक जैसी ही है। डॉ. रामविलास शर्मा ने 'गोदान' पर बात करते हुए कहा—" 'गोदान' में किसानों के शोषण का रूप ही दूसरा है। यहाँ सीधे-सीधे रायसाहब के कारिन्दे होरी का घर लूटने नहीं पहुँचते, लेकिन उसका घर लुट ज़रूर जाता है। यहाँ अंग्रेज़ी राज के कचहरी-क़ानून सीधे-सीधे उसकी ज़मीन छीनने नहीं पहुँचते, लेकिन ज़मीन छिन ज़रूर जाती है।" (प्रेमचन्द और उनका युग, पृ. 103)

'मैला आँचल' में 'अनाज के ऊँचे दर से गाँव के तीन ही व्यक्तियों ने फायदा उठाया है—'तहसीलदार साहब, सिंह जी और खेलावन सिंह यादव ने।' किसान मज़दूर की दशा सुधरने की जगह बिगड़ी है—"छोटे-छोटे किसानों की ज़मीनें कौड़ी के मोल बिक रही हैं, मज़दूरों को सवा रुपये रोज़ मज़दूरी मिलती है, लेकिन एक आदमी का भी पेट नहीं भरता, पाँच साल पहले सिर्फ़ पाँच आने रोज़ मज़दूरी मिलती थी और उसी में घर भर के लोग खाते थे...तहसीलदार ने धान तैयार होते ही न जाने कहाँ छिपा दिया।" (मैला आँचल, पृ. 123)

तहसीलदार किसानों को लड़ाकर उनकी ज़मीनें हड़पने के काम में माहिर हैं। सन्थालों से गाँव के किसानों को लड़वा देते हैं। रेणु जातिगत ऋण का ज़मींदार द्वारा इस्तेमाल किये जाने का खाका बेहतर ढंग से खींच पाये हैं। वह कह रहे हैं—हाँ, नये बन्दोबस्त लेने वालों को जमा बाँध देंगे। यह तो हमारे हाथ की बात है। इसके लिए कचहरी की दौड़-धूप करने की क्या ज़रूरत है?... अरे सुखानूदास, मुक़दमे में कितना ख़र्च हुआ तुम लोगों का, ज़रा इन लोगों को बता दो...हाँ कँगरेसी और सोसलिस्ट पाटी वालों की खुराकी भी जोड़ना।... हाँ, जिसकी ज़मीन नीलाम हो गयी है, वह यदि ज़मीन पर आये तो उसकी गर्दन उड़ा दो। राज से मदद मिलेगी...।" (मैला आँचल, पृ. 173)

गाँव में सबसे कीमती है ज़मीन। 'जिसके पास ज़मीन नहीं, वह आदमी नहीं, जानवर है। जानवर घास खाता है, लेकिन आदमी तो घास खाकर नहीं रह सकता।' ज़मीन पर कब्ज़ा किसका है, देखिये—"चारों ओर तहसीलदार साहब की ज़मीन... दक्खिन में सन्थालों की ज़मीन दखल करने के बाद पिपदा गाँव तक तहसीलदार के पेट में चला आया है।'

दूसरी तरफ़ भूखे, बदहाल, ग़रीब लोग, अशिक्षा, अन्धकार, अज्ञान, जातिवाद और रूढ़ियों की ज़ंजीरों से जकड़े लोग इन कूटनीतिक चालों से कैसे लड़ें। वहाँ

सभी का अपना-अपना मज़दूर टोला है—"सिंह जी का ततमा टोला और पासवान टोला, तहसीलदार साहब का पोलिया टोला, धनुक टोला, कुर्मी टोला और कियोट टोला, खेलावन यादव का गुआर टोला और कोयरी टोला।

उधर तहसीलदार साहब को स्टेट के सर्किल मैनेजर ने बुलाकर एकान्त में कहा है—"एक साल का भी ख़ज़ाना जिन लोगों के पास बकाया है, उन पर चुपचाप नालिश कर दो। बलाय-बलाय (घूस देकर) से नोटिस 58 बी तामील करवा लो। कुर्की और इश्तिहार निकास करवाकर सरज़मीन पर चपरासी को तो जाने की ज़रूरत नहीं। कचहरी में ही बैठकर गाँव के चमार से अँगूठा टीप लेकर ढोल बजाने की रसीद बनवा लो।... गाँव के एक-दो गवाहों को भी ठीक करके रखो। स्टेट से उनको भत्ता मिलेगा।" (मैला आँचल, पृ. 67)

आपसी जातिगत विभाजन का लाभ ज़मीन के व्यवस्थापक को ही मिलना था—सोने के अनाज से भरे हुए, धरती के गुप्त भण्डार का उद्‌घाटन करने वालों पर धरती माता का कोप होना स्वाभाविक है। यही कारण है कि आज ज़मीन के मालिकों ने, ज़मीन के व्यवस्थापकों ने और धरती के न्याय ने धरती पर इनका किसी किस्म का हक़ नहीं जमने दिया है। जिस ज़मीन पर उनके झोंपड़े हैं, वह भी उनकी नहीं। (वही, पृ. 106)

जातिगत विभाजन केवल गाँव के अनपढ़, पिछड़े हुए, पुरातन पन्थी लोगों के समाज को खोखला नहीं बना रहा, अपितु शहर के सभ्य, आधुनिक और पढ़े-लिखे लोगों में भी जातिगत विडम्बना मौजूद है। डॉ. प्रशान्त से भी जाति पूछी जा रही है। डॉक्टर होना काफ़ी नहीं...'जाति बहुत बड़ी चीज़ है। जात-पाँत नहीं मानने वालों की भी जाति होती है। सिर्फ़ हिन्दू कहने से पिण्ड नहीं छूट सकता। ब्राह्मण हैं? कौन ब्राह्मण! गोत्र क्या है? मूल कौन है?' हिन्दू विश्वविद्यालय में नाम लिखाने के दिन भी प्रशान्त को कुछ ऐसी ही समस्याओं का सामना करना पड़ा था।" (वही, पृ. 50) उपन्यास लिखे जाने के छप्पन साल बाद भी जातीय कलंक प्रगतिशील तबके तक में अपनी कलुषित छाया छोड़ रहा है। कम्युनिस्ट विचारधारा के त्यागी-तपस्वी कहे जाने वाले नेतृत्व से भी इस दिशा में ज़्यादा अनुकूल प्रभाव नहीं छोड़ा जा सका। परिवर्तनवादियों के यहाँ भी आम तौर पर बेटे-बेटियों के विवाद तक में जातिगत छायाधीन ही निर्णय लिये जाते हैं। सामाजिक सर्वांगीणता के लक्ष्य के तहत और सजग होने की जद्दोजहद की ज़रूरत बनी हुई है। 'मैला आँचल' के डॉ. प्रशान्त को कोसी नदी से पाया गया। घर की नौकरानी, बाग का माली और पड़ोस का हलवाई उसके जन्म की यही कहानी बताते हैं।

चुनाव लोकतन्त्र का अभिन्न और बुनियादी हिस्सा है। पैसा ख़ूब प्रभावित करता है तो जाति भी कम प्रभावशाली मुद्दा नहीं। चुनाव का अन्तर्निहित उद्देश्य तो सत्ता पाना है। 'मैला आँचल' का बावनदास कहता है..."बीमारी ऊपर से आयी है।

यह पटनिया रोग है...। किसका आदमी ज़्यादा चुना जाये, इसी की लड़ाई है। यदि राजपूत पार्टी के लोग ज़्यादा आयें तो सबसे बड़ा मन्त्री भी राजपूत होगा...। जितने बड़े लोग हैं, मन्त्री बनने के लिए मार कर रहे हैं। देश का काम, ग़रीबों का काम, चाहे मज़दूरों का काम, जो भी करते हैं एक ही लोभ से।" यही बावनदास तस्कर व्यापारियों से जूझ जाते हैं। उनकी इस लड़ाई का अन्त गाड़ी के पहियों के नीचे कुचल जाने से होता है। यह दृश्य उपन्यास का करुणापूर्ण दृश्य है।

गाँव में महिलाओं की दशा भारतीय समाज की तरह ही है। उन्हें गुलाम समझा जाता है। मठ के माध्यम से चित्रण किया गया कि स्त्री बँधुआ मज़दूर है। मठ के महन्त अन्धे थे। अबोध बच्ची लछमी को दासिन बनाकर रखा गया। दास प्रथा की क्रूरता, संवेदनहीनता को बख़ूबी चित्रित किया गया है। महन्त तर्क प्रस्तुत कर रहे हैं कि लछमी का बाप जिस मठ का सेवक था, वह मेरीगंज मठ के अधीन था। इसलिए लछमी पर उनका हक़ होगा। महादेवी वर्मा ने समाज की दो आधारशिलाओं की बात की थी—1. अर्थ का विभाजन 2. स्त्री-पुरुष का सम्बन्ध। स्त्री-पुरुष का सम्बन्ध जहाँ व्यक्तिगत सम्पत्ति के विस्तार को सामने ला रहा है, वहाँ अधिकार भावना और पराधीनता ही रह जाती है। 'मैला आँचल' में महन्त की रखेलिन या दासिन को मठ के मामले में कुछ बोलने का अधिकार नहीं...दासिन (रखेलिन) मठ को बिगाड़ देती है। साधु-धर्म को भ्रष्ट कर देती है। (पृ. 69) यह लरसिंहादास है। लछमी उसकी छाया से भी बचकर चलती है। रात में किवाड़ मज़बूती से बन्द कर सोती है। किवाड़ में चटकनी लगाने के बाद एक ओखल किवाड़ से सटा देती है। (पृ. 65) मठ में नागा बाबा आते हैं तो लछमी दासिन को गन्दी-से-गन्दी गाली निकालते हैं 'साली, कुत्ती' के बिना बात नहीं करते। रात को लछमी के दरवाज़े तक जाते। किवाड़ नहीं खुलने पर बौखला उठते हैं। लछमी बलदेव जी से सहायता माँगती है। वह इनकार कर देते हैं।

फणीश्वरनाथ रेणु चीज़ों को ज्यों-का-त्यों नहीं रख देते, अपितु गुलामी बरदाश्त करते रहने से इनकार और समाज के भीतर सुलग रही परिवर्तन की चिंगारी को महसूस करते हैं। इतिहास बदल रहा है। जीवनयापन के मानदण्ड बदल रहे हैं। मठ में भी ज़िन्दगी की सुलगन मौजूद है। नये महन्त लछमी से कहते हैं कि अब वह उनकी दासी बनकर रहेगी, वह जवाब देती है—"चुप कुत्ता।" हाथ छुड़ाकर रामदास के मुँह पर जोर से थप्पड़ लगाती है। बालदेव के सहायता के लिए मना किये जाने पर लछमी कालीचरन को अपनी गाथा रो-रोकर सुनाती है। कालीचरन कहता है—"मठ में हम लोगों के बाप-दादा ने ज़मीन दान दी है, यह किसी की बपौती सम्पत्ति नहीं।" नागा के जवाब में गाली देने पर कामरेड वासुदेव उछलकर खड़ा होता है—"चुप रह बदमाश!"

अब नागा बाबा की हालत ख़राब है। नागा बाबा दाढ़ी छुड़ाते हैं, जटा छुड़ाते

हैं। थप्पड़ों की मार से आँखों के आगे जुगनू उड़ते नज़र आ रहे हैं। गांजे का नशा उतर गया है।... कुल्हाड़ा छोड़कर ही भागते हैं।... (मैला आँचल, पृ. 97)

9 अगस्त, 1954 के दिन प्रथम संस्करण की संक्षिप्त-सी भूमिका में फणीश्वरनाथ 'रेणु' ने इस उपन्यास के बारे में कहा—"इसमें फूल भी हैं, शूल भी, धूल भी है, गुलाब भी, कीचड़ भी है, चन्दन भी, सुन्दरता भी है, कुरूपता भी—मैं किसी से दामन बचाकर निकल नहीं पाया।"

कालीचरन कामरेड कालीचरन हो गया। सोशलिस्ट पार्टी के ज़िला मन्त्री से मिलने जाता है। उसकी झोली में दो किताबें आती हैं—'द्वन्द्वदात्मक भौतिकवाद' तथा 'समाजवाद ही क्यों?' लाल झण्डा जुल्म का नामोनिशान मिटाने के लिए है। (पृ. 93) सैनिक जी का भाषण है—जिस तरह सूरज का डूबना एक महान सच है, पूँजीवाद का नाश होना भी उतना ही सच है। मिलों की चिमनियाँ आग उगलेंगी और उन पर मज़दूरों का कब्ज़ा होगा। ज़मीनों पर किसानों का कब्ज़ा होगा। सोशलिस्ट पार्टी वालों के दम से एक दोहा प्रचलित हुआ है—

जो जोतेगा सो बोयेगा
जो बोयेगा सो काटेगा
जो काटेगा वह बाँटेगा

'लाल पताका' पत्रिका में चिंगारी जी का लेख छपा है—"...दफा 40, आधी और बटैयादारी करने वालों को ज़मीन पर सर्वाधिकार दिलाने का क़ानून है। लेकिन क़ानून में छोटा-सा छेद भी रहे तो उससे हाथी निकल जा सकता है।... जितने दफा 40 के हाकिम नियुक्त हुए हैं, सभी या तो ज़मींदार अथवा बड़े-बड़े किसानों के बेटे हैं।... उनसे ग़रीबों की भलाई की आशा बेकार है।" (मैला आँचल, पृ. 126)

कालीचरन ने बालदेव (कांग्रेसी) से अलग सुस्लिष्ट (सोशलिस्ट) पार्टी शुरू की थी, परन्तु उसके साथी खूनी डकैतों के साथ सम्बन्ध बनाये रहते हैं। जो सोशलिस्ट होता है, वह महँगे कट के कपड़े पहनता है, बीड़ी न पीकर, सिगरेट पीता है, मूँछ साफ़ रखता है, ऐसा भी उपन्यास में दर्ज है। सन्थालों को कालीचरन ने उकसाया था, इस जुर्म में वह जेल भी जाता है।

कालीचरन न तो शिक्षित है, न राजनीति की उसे गहरी समझ है। उसको कोई प्रशिक्षण भी नहीं मिला। उसके चन्दा उगाहने के ढंग पर भी प्रश्नचिह्न लगे हैं। वह जब वासुदेव, सुनरा और सनिचरा को चोर-डकैतों के साथ हिलमिल गये, पाता है तो लज्जित हो उठता है। जाते समय वासुदेव कहता है—"जिस समय सात सौ रुपये का पुलिन्दा बाँधकर सिकरेटरी साहब को देने गये थे, उस दिन क्यों नहीं पूछा कि चार दिन के भीतर कहाँ से इतना रुपैया वसूल हुआ?..." (पृ. 290)

ग़लत साधनों को चुनकर कोई आन्दोलन सफल नहीं होता। मार्क्स ने जर्मन विचारधारा की भूमिका में कहा था—"अब तक मनुष्य अपने बारे, वे क्या हैं और

क्या होने चाहिए, के सम्बन्ध में सदा ग़लत विचार बनाते रहे हैं। वे अपने सभी सम्बन्ध, ईश्वर और आम मनुष्य के बारे में, बने विचारों के अनुसार तय करते रहे हैं। उनके दिमाग़ की उपज उनके हाथों से फिसल जाती रही है। वे वो सृजक हैं, जो अपनी ही सृजना के आगे माथे रगड़ते रहे हैं। आओ, हम उनको विचारों की इस कोरी कल्पना, अन्धविश्वासों और काल्पनिक अस्तित्व, जिनके जुए में वे पिस रहे हैं, से मुक्त करवायें।"

हम इस समय उत्तर-औपनिवेशिक दौर में हैं। पूँजी के मुनाफ़े में वर्चस्वादी, तकनीकी कौशल से भरे, घोर स्वार्थी मुट्ठी भर लोगों की आज्ञाएँ ढोने को विवश। आधी-अधूरी मार्क्सवादी समझ, रूढ़िवादी मार्क्सवाद और रोमानी क्रान्ति की कल्पना से इस चंगुल से बाहर नहीं निकला जा सकता।

कालीचरन ज़िला मन्त्री से पूछता है कि कोई 'हिंसावाद' कहकर रोके तो हम क्या करेंगे? ज़िला मन्त्री सोचने लगते हैं, परन्तु कामरेड राजबल्लीजी तुतलाते हुए कहते हैं—"कह दीजिए की तुम रि-रि-रि-ऐक्शनरी हो।" (पृ. 93) परन्तु इतना मान लेने/कह देने से ज़्यादा कुछ सँभलता नहीं।

बावनदास को गाड़ी तले कुचल दिया जाता है। कालीचरन के जुझारूपन से जो आशा बँधती है, वह उसकी अधकचरी समझ से टूट जाती है। पूर्णिया के किसान भी गोलबन्द नहीं होते, फिर भी रेणु आशा का दीप जलाये रखते हैं। डॉक्टर जानवर को इन्सान बनाना चाहते हैं। ममता को लिखते हैं—"यहाँ की मिट्टी में बिखरे, लाखों-लाख इन्सानों की ज़िन्दगी के सुनहरे सपनों को बटोरकर, अधूरे अरमानों को बटोरकर, यहाँ के प्राणी के जीवकोष में भर देने की कल्पना मैंने की थी। मैंने कल्पना की थी, हज़ारों स्वस्थ इन्सान हिमालय की कन्दराओं में, त्रिवेणी के संगम पर, अरुण, तिमुर और सुणकोशी के संगम पर एक विशाल डैम बनाने के लिए पर्वततोड़ परिश्रम कर रहे हैं। लाखों एकड़ बन्ध्या धरती, कोसी-क्वलित, मरी हुई मिट्टी शस्य-श्यामल हो उठेगी।" (पृ. 184-185)

डॉ. प्रशान्त कमज़ोरियों से लड़ जाने का इरादा रखते हैं—"मैं फिर काम करूँगा—यहीं इसी गाँव में। मैं प्यार की खेती करना चाहता हूँ, आँसू से भीगी धरती पर प्यार के पौधे लहलहाएँगे।"

बालदेव बार-बार गाँधी को याद करता है। उसकी संवेदना भारत माता के छीजते आँचल को बचाने की है, परन्तु उभरती हुई भ्रष्ट, अनैतिक और क्रूर व्यवस्था के सामने विवश हो रहा है। उसकी सोच में तोड़-फोड़ की कोई जगह नहीं।

डॉ. प्रशान्त और ममता का प्रेम रेणु ने गहरी रेखाओं से खींचा है। 'शरद बाबू के उपन्यासों की यह नारी अपने विश्वास पर अडिग रहकर आज भी आगे बढ़ रही है, रूप बदल दो, नाम बदल दो, समय बदल दो, जगह बदल दो, पर यह नारी कभी नहीं बदल सकती।' (मैला आँचल, पृ. 327)

'मैला आँचल' निःसन्देह आंचलिक उपन्यास है। गाँव में चार दिन रहकर आने के अनुभव को अंकित करने या 'स्थानीय रंगत' (लोकल कलर) उपन्यास में दिखाने से कहीं आगे। यह उपन्यास गाँव की राजनीतिक, सामाजिक, आर्थिक दशा का ही चित्रण नहीं करता, अपितु वहाँ का सांस्कृतिक जीवन भी बड़ी गहराई से वर्णित किया गया है। आंचलिक उपन्यास में अंचल विशेष की भाषा, रीतियाँ, अन्धविश्वास, गीत, सुगन्ध यहाँ तक कि आत्मा का समावेश होता है। 'मैला आँचल' इस दृष्टि से सफल कार्य है। ऐसा इसलिए हो पाया कि प्रेमचन्द की तरह फणीश्वरनाथ रेणु भी गाँव के लोगों के खालिस गँवई अन्दाज़ को/उनकी जीवन शैली को प्यार करते हैं। कभी उनके अन्धविश्वास पर गुस्सा करते हैं तो कभी ग़रीबी और अशिक्षा की मजबूरी समझते हैं। लोग काली माँ के चरणों में प्रणाम करते हैं। बात-बात में काली माँ की दुहाई देते हैं। देवी के समान कमला नदी उनके लिए पूज्य है, वह खेती के लिए जल प्रदान करती है। गड्ढों में मछली और कमल मिलते हैं। यादव टोली का चित्रण करते हैं कि शरीर को पुष्ट रखने के लिए वे सजग हैं। बारहों महीने अखाड़ा चलता रहता है। ढोल की ताल पर वे पैंतरे सीखते हैं।

शोभन मोची ढोल पर लकड़ी की पहली चोट देता है कि देह कसमसाने लगती है।

ढिन्ना ढिन्ना, ढिन्ना ढिन्ना। (पृ. 70)

मेले के दिनों का गाँव देखें—

सारा गाँव महक रहा है। मेले में ठीक ऐसी ही महक रहती है। तहसीलदार साहब के गुहाल में हलवाई लोग सुबह से ही पूड़ी-जिलेबी बना रहे हैं, गाँव के बच्चे सुबह से ही जमा हैं। (पृ. 40)

यह लछमी दासिन है। नींद नहीं आ रही। लालटेन की रोशनी तेज कर बीजक लेकर बैठ जाती है—

जाना नहिं बूझा नहिं
समुझि किया नहीं गौन
अन्धे को अन्धा मिला
राह बतावे कौन (पृ. 182)

सन्थाल टोली में माँदर बज रहा है।

डॉक्टर पर यहाँ की मिट्टी का मोह सवार हो गया। माना वह युग-युग से इस धरती को पहचानता है। नदी-तालाब, पेड़-पौधे, जंगल-मैदान, जीव-जानवर, कीड़े-मकोड़े सभी में वह एक विशेषता देखता है। (पृ. 183)

गाँव के लोगों की दशा साथ-ही-साथ कहते जाते हैं—

"कपड़े के बिना सारे गाँव के लोग अर्धनग्न हैं। मर्दों ने पैण्ट पहनना शुरू कर दिया है और औरतें आँगन में काम करते समय एक कपड़ा कमर में लपेटकर काम चला लेती हैं; बारह वर्ष तक के बच्चे नंगे ही रहते हैं।" (पृ. 123)

सन्थालों की लड़ाई का 'डा डा डा डा रिं रिं रिं' और उत्सव 'टन टनाक', 'टन गुड्डम-गुड्डम' कानों में गरजती प्रतिध्वनियाँ बन जाते हैं। भूत-प्रेतों, टोना-टोटकों की भी कमी नहीं।

उपन्यास में अनेक मार्मिक चित्र हैं। ऐसे चित्र उपन्यास-रचना को देर तक नहीं भूलने वाले प्रसंग हो जाते हैं। उपन्यास की लोक-संस्कृति के दो छोर नज़र आते हैं। पहला सन्थालों का युद्ध और दूसरा बावनदास का बलिदान। 'भारत माता' का जार-जार रोना उनसे बरदाश्त नहीं होता। उसकी सत्ता को धन के लोभ में अराजकतावादी, अमानवीय और असंवेदनशील लोग रौंद रहे हैं। दुलारचन्द कापरा नेपाली लड़कियों को भगाकर लाते हुए पकड़ा गया था, कटहा थाने का सिकरेटरी हो गया। वह दण्डों से आहत है। विभिन्न जातियों के लोग लड़ रहे हैं कि किसका आदमी ज़्यादा चुना जाये। इसलिए दुखी हैं। उनके लिए मूल्यों की पवित्रता बचाये रखना बड़ा काम है। गाँधी जी की चिट्ठियाँ बालदेव के हवाले कर वे भ्रष्ट लोगों से जूझने निकल पड़े। पचासों गाड़ियाँ! कपड़े, चीनी और सीमेन्ट से लदी हुईं।

बावनदास गाड़ियों के ऐन सामने खड़े हैं—ठीक पत्थर की मूर्ति की तरह। बैल हुत्था मारकर गिरा देता है। बावनदास ठीक पहिये के नीचे।

मड़-मड़-मड़!

—बापू! माँ...!

गाड़ी पास। कट कर्रर-कट!

गाड़ियाँ पास हो रही हैं। पचास गाड़ियाँ!

बावन की चित्थी-चित्थी लाश, लहू के कीचड़ में लथपथ—नागर नदी के पास पाकिस्तान की तरफ़ फेंक दी गयी। पाकिस्तानी पुलिस ने इस पार डाल दी।

"स्रावन ने दो आज़ाद देशों की, हिन्दुस्तान और पाकिस्तान की—ईमानदारी को, इन्सानियत को, बस दो डग में ही नाप लिया।" (पृ. 312)

जीवन अन्धकार के भय से नहीं, आशा की किरण से चलता है।

"कोई रिसर्च कभी असफल नहीं होता डॉक्टर! तुमने कम-से-कम मिट्टी को तो पहचाना है। मिट्टी और मनुष्य से मुहब्बत। छोटी बात नहीं।" (पृ. 322)

"विधाता की सृष्टि में मानव ही सबसे बढ़कर शक्तिशाली है।"

1971 में रेणु ने कहा था—ज़मीन के लिए सही लड़ाई अभी बाक़ी है।

'मैला आँचल' परम्परा तोड़ते हुए स्वस्थ परम्परा को निभाता है। जड़ता और निष्क्रियता के बीच अनुसन्धान की परम्परा।

तमस
विभाजन की त्रासदी का सच

विभाजन इस मुल्क की अभूतपूर्व, विघटन भरी और दूरगामी प्रभाव डालने वाली क्रूर घटना है। इसने इस मुल्क की आर्थिक, सामाजिक, राजनीतिक परिस्थितियों को इस तरह प्रभावित किया है कि लगभग सत्तावन साल बाद भी इसकी थरथराहट को साफ़ महसूस किया जा सकता है। एक तरफ़ 'अभी शेष है' जैसे उपन्यास तक (महीप सिंह, पृ. 2004) में इसकी भयावह स्मृतियाँ हैं और दूसरी तरफ़ देश के सुरक्षा बजट (जो कि साल 2004 में 27% बढ़ाया गया) आतंकवादी कार्यवाही और शक्ति-प्रयासों तक में इसके दबाव, प्रतिक्रिया या फलागाम नज़र आ रहे हैं। विभाजन पर दो महत्त्वपूर्ण, ज़्यादा चर्चित और ज़्यादा पठित उपन्यास हमारे सामने हैं। यशपाल का 'झूठा सच' और भीष्म साहनी का 'तमस'। दोनों उपन्यासों में साम्प्रदायिक ज़हर के साथ-साथ मानवीय करुणा और भावनात्मक निर्मितियों के बेमिसाल चित्र हैं, जो मर्म को छूते हैं। यशपाल के उपन्यास 'झूठा सच' का कैनवास बड़ा है। प्रेमचन्द के शब्दों में उनके पास 'दायें-बायें' देखने का समय है, परन्तु भीष्म साहनी के 'तमस' का कैनवास छोटा है और वह दायें-बायें नहीं देख पाते। उनके सामने है साम्प्रदायिकता का अन्धकार। विभाजन की मानसिकता और उस कालखण्ड की राजनीतिक उथल-पुथल जिसके तहत मूल्य-संक्रमण को देखा-परखा जा सकता है। यशपाल के पास आकलन समय-सीमा का विस्तार है। वह विभाजन से पहले और विभाजन के बाद तक के टूटते हुए मूल्यों पर नज़रआनी करते हैं, परन्तु 'तमस' के फलक का विस्तार हफ्ता भर भी नहीं है। तमस का दूसरा खण्ड नहीं है। वह विभाजन के बाद का हिन्दुस्तान सामने नहीं रखते। 'मय्यादास की माड़ी' पर लिखते हुए लगा कि वह समय की पदचाप को पहचानने वाले उपन्यासकार हैं। 'तमस' पढ़कर सोचते हुए लगा कि वह भविष्योन्मुख उपन्यासकार हैं। 'तमस' का दूसरा खण्ड लिखा नहीं गया, परन्तु वह हिन्दुस्तान की छाती पर दहकता रहा। कभी नवम्बर चौरासी की गर्म हवा के रूप में, कभी बाबरी मस्जिद के गिरने में और कभी गुजरात के सुलग उठने में।

वह 'तमस' उपन्यास की तान लीज़ा और रिचर्ड के संवाद में तोड़ते हैं।

रिचर्ड पहले ही कह रहा था—"डार्लिंग, हकूमत करने वाले यह नहीं देखते कि प्रजा में कौन-सी समानता पायी जाती है, उसकी दिलचस्पी तो यह देखने में होती है कि वे किन-किन बातों में एक-दूसरे से अलग हैं।" (तमस, पृ. 45)

पुलिस सुपरिण्टेण्डेट की रिपोर्ट आने पर वह कहते हैं—"उसने इतना भर लिखा है कि शहर में थोड़ा तनाव पाया जाता है, हिन्दुओं और मुसलमानों के बीच। मगर यह कोई नयी बात नहीं है। हिन्दुस्तान में आजकल जगह-जगह तनाव पाया जाता है।"

"फिर तुम क्या करोगे, रिचर्ड?"

"मुझे क्या करना चाहिए, लीज़ा? मैं शासन करूँगा और क्या करूँगा?"

यही है उपनिवेशवाद की मानवहीनता। उसे लोगों के लगाव की नहीं, अलगाव की तसल्ली है। उसे साम्प्रदायिक सद्‌भाव नहीं, साम्प्रदायिक उत्तेजना सन्तोष देती है। अखण्डता में उसका विश्वास नहीं। यह मुल्क उसका अपना मुल्क होता तो वह कायदे से कुछ सोचता।

पंजाबी की एक विचार-गोष्ठी में एक मित्र ने कहा—"पाकिस्तान और इज़राइल बेशक बहुत अलग नज़र आते हैं, क्योंकि एक मुसलमानों का और दूसरा यहूदियों का देश है, परन्तु दोनों में एक बड़ी समानता है, दोनों देश ऐतिहासिक तौर पर विकसित नहीं हुए, अपितु साम्राज्य की ओर से बनावटी तौर पर थोपे गये हैं। इतिहास ने इस तथ्य की बार-बार पुष्टि की है कि थोपी हुई चीज़ें, चाहे वे थोपे हुए देश हों, थोपे हुए विकास का नमूना हरा इन्कलाब हो, लम्बे समय में असफलता ही हाथ लगती है।"

भारतीय संस्कृति को अमानवीयकरण की बड़ी चुनौती उपनिवेशवाद की वजह से मिली। नव-उपनिवेशवाद अथवा वैश्वीकरण की परिस्थितियों पर चुनौती पेचीदा और ज़्यादा कष्टप्रद होती चली गयी है।

'तमस' के कालखण्ड की साम्प्रदायिकता से जूझते हुए भीष्म साहनी अग्निबाण का ज़िक्र यों ही नहीं करते—"घूमता है, समस्त रणभूमि में घूमता है, घूमता है और चारों ओर से आग की लपटें उठने लगती हैं। वहीं किसी योद्धा के मुकुट को छू लिया, वहाँ आग की लपट निकलने लगी; किसी रथ के छत्र से जा लगा, छत्र जलने लगा। चारों ओर घूमता हुआ बाण उस समय तक घूमता रहता है, जब तक धू-धू करके चारों ओर आग नहीं जलने लगती है। फिर बाण लौट आता है, शत्रु की छावनी को जलाकर विजयी सैनिक की भाँति, उसमें से प्रकाश फूट रहा होता है, देखते ही आँखें चुँधिया जाती हैं, हवा को चीरता हुआ आता है, लगता है हवा को आग लगाता जा रहा है..." (पृ. 67)

यह अग्निबाण कहने को महाभारत का अग्निबाण है, परन्तु यह इतना भी अभिघात्मक नहीं लगता कि काल सीमा पार न कर पाये और न ही इतना स्थितप्रज्ञ कि 'अग्निबाण' ही रह जाये।

साम्प्रदायिकता के वहशी जुनून के चित्र निःसन्देह 'झूठा सच' में हैं, लेकिन साम्राज्यवादी सोच की जो गहरी चाल 'तमस' में नज़र आती है और जिस निर्ममता से वह चीज़ों को सामने लाते हैं, उन्हें अलग खड़ा करता है। ज़रा इस जुनून को भीष्म जी के कालखण्ड से आगे आकर देखें। गुजरात आदमी की पैशाचिकता और मर्माहत पीड़ितों की आवाज़ों से भरा हुआ है। ये आवाज़ें संत्रस्त करती हैं। हर्ष मन्दर जगह-जगह कहते फिर रहे हैं कि हमारे प्यारे गीतों की हत्या मत करो—"गुजरात की मार-काट देखकर चेतना-शून्य हो गया हूँ, आत्मा काँप उठी है, दिल बैठ गया है, इन्सानियत के ख़िलाफ़ ऐसी ख़ौफ़नाक हक़ीक़त देखकर शर्मिन्दगी और अपराधबोध के भार से कन्धे टूटे जा रहे हैं।" वह 29 शरणार्थी शिविरों में घूमते रहे, जहाँ 53 हज़ार दंगा पीड़ित, मर्द, औरत और बच्चे राहत सामग्रियों को बड़े जतन से समेट रहे थे।

इस घटनाक्रम को दंगा कहना मुश्किल लगता है। दंगे में एक फिरका दूसरे फिरके से टकराता है। साम्प्रदायिक जुनून की रक्त-पिपासु तलवारें लेकर दो मज़हबों के सिरफिरे आमने-सामने होते हैं। परन्तु इसे दंगे की स्थिति नहीं कहा जा सकता। सामूहिक कत्लेआम या उससे आगे प्रायोजित नरसंहार कहना चाहिए। जैसा कि सनत कुमार कहते हैं कि 1960 के बाद दंगों का संचालन किया जाने लगा। उन्नीस सौ चौरासी में भी दिल्ली में यही कुछ हुआ। दिल्ली के नरसंहार के लिए कहा गया कि पंजाब की आतंकवादी घटनाओं की प्रतिक्रियास्वरूप हुआ। गुजरात के लिए कहा गया गोधरा काण्ड की प्रतिक्रिया थी। नरोदा पाटिया में 28 फ़रवरी को एक सौ निर्दोष स्त्री-पुरुष-बच्चों को ज़िन्दा जला दिया गया। पहली मार्च को सरदारपुर के बत्तीस लोग ज़िन्दा जला दिये गये। दो मार्च को बड़ौदा के बेकरी के बारह मज़दूर तलवार से काट डाले गये और भट्ठी में झोंक दिये गये। कुल लगभग एक हज़ार निर्दोष स्त्री-पुरुष बच्चे हिंसा की भट्ठी में दग्ध हो गये। 'तमस' में जब फिसादी तुर्क 'अल्लाहु अकबर' का नारा बुलन्द करते हुए सैयदपुर में आते हैं, लपलपाती आग की लपटें उठने लगती हैं। "ढलान पर, मकानों की दीवारों पर, गली की ईंटों के फ़र्श पर लपटों के साये नाच रहे थे। नदी के जल में लाल लपटों का साया झिलमिला रहा था, पानी अपने-आप लाल होने लगा था। इस चीत्कार में घरों की किवाड़ तोड़ने की आवाज़ें आने लगी थीं।" (पृ. 218)

अपनी इज़्ज़त को दरिन्दों के हाथों लुटने से बचाने के लिए स्त्रियाँ कुएँ में कूद जाती हैं।

"सबसे पहले जसबीर कौर कुएँ में कूद गयी। उसने कोई नारा नहीं लगाया, केवल 'वाहे गुरु' कहा और कूद गयी। उसके कूदते ही कुएँ की जगत पर कितनी ही स्त्रियाँ चढ़ गयीं। हरिसिंह की पत्नी पहले जगत के ऊपर जाकर खड़ी हुई, फिर उसने अपने चार साल के बेटे को खींचकर ऊपर चढ़ा लिया, फिर एक साथ ही उसे हाथ से खींचती हुई नीचे कूद गयी। देवसिंह की घरवाली अपने दूध पीते बच्चे

को छाती से लगाये ही कूद गयी।... देखते-ही-देखते गाँव की दसियों औरतें अपने बच्चों को लेकर कुएँ में कूद गयीं।" (पृ. 219)

सैयदपुर की सांस्कृतिक सुगन्ध और परम्परा का वर्णन देखें। यह पूरा हिन्दुस्तान लगता है, जहाँ सभी जातियों के लोग मिल बैठ सकते थे। सैयदपुर का निवासी होने का सिखों को भी उतना ही गुमान था, जितना मुसलमानों को। "सभी को सैयदपुर की लाल मिट्टी पर, बढ़िया गेहूँ पर, लुकाटों के बागों पर, यहाँ तक कि सैयदपुर के कड़े जाड़ों पर और बर्फ़ीली हवा पर समान रूप से नाज था, और इसी भाँति अपनी मेहमाननवाज़ी पर, दरियादिली पर और हँसमुख स्वभाव पर भी नाज था।" (पृ. 214)

गुजरात के जल उठने पर भी खेतों से, कुओं से कई रोज़ तक लाशें निकलती रही हैं। पाशवीकरण इससे भयंकर क्या होगा? दुनिया के तमाम देशों और संगठनों की करुणाजनक अपील को ठुकराकर अफ़ग़ानिस्तान के तालिबान शासकों ने अपने प्रभाव-क्षेत्र में मौजूद कलाकृतियों पर हल्ला बोलकर सांस्कृतिक अतीत की यादगारों को नष्ट करने में कोई कमी नहीं की। बामियान स्थित भगवान बुद्ध की दो हज़ार साल पुरानी मूर्ति नष्ट करने में पूरी शक्ति लगा दी। गुजरात में एकता के स्मारक उड़ा दिये गये। 298 दरगाहें नष्ट कर दी गयीं। जहाँ हिन्दू-मुसलमान समान रूप से जाते थे। कुछ दरगाहें तीन सौ, चार सौ साल पुरानी थीं। 'तमस' में मुसलमान का तब क्षुब्ध होना स्वभाविक हो जाता है, जब सलोतरी साहिब के लिए नत्थू से मुराद अली सूअर मरवा देता है और मस्जिद की सीढ़ियों पर फिंकवा देता है।

नत्थू को सूअर मारने के पाँच रुपये मिले थे। उसने सोचा था कि पत्नी के लिए धोतियों का जोड़ा ले जायेगा। लेकिन उसकी प्रतिक्रिया है कि वह उन पैसों से धोतियाँ नहीं ले सकती, जिन पैसों ने उससे कुकर्म करवाया है। भीष्म मन की गहराइयों में झाँक लेते हैं। नत्थू को किसी गहरी अँधेरी खोह में जाते देखकर पत्नी कहती है—"तेरी कमाई के पैसे हैं, मैं क्यों नहीं लूँगी।"

नत्थू मण्डी में आग लगने का कारण यही मान रहा है कि उसने सूअर मारा, जिसे मस्जिद की सीढ़ियों पर फेंक दिया गया इसलिए सारे अमानवीय काण्ड का वही ज़िम्मेदार है।

"तुझे मालूम है मण्डी में आग क्यों लगी है?"

"मालूम है, मसीत के सामने किसी ने सूअर मारकर फेंका था। इस पर मुसलमानों ने मण्डी को आग लगा दी।"

"वह सूअर मैंने मारा था।" (पृ. 15)

नत्थू की छटपटाहट, उत्तेजना और क्षोभ उसे जीने नहीं देते।

उसकी आँखों के सामने सहसा सूअर की लाश घूम गयी। फ़र्श के बीचोबीच, चारों टाँगें ऊपर को उठी हुईं और नीचे ख़ून का ताल सा, और वह सिहर उठा। पत्नी की बाँहों में नत्थू का शरीर जैसे ठण्डा पड़ने लगा। उसके कन्धों पर पसीने

की परत आ गयी और उसकी पत्नी को लगा, जैसे उसका मन भटककर फिर दूर कहीं चला गया है। (पृ. 158)

सूअर मारने वाला नत्थू इतिहास की आँधी का एक सूखा पत्ता है। वह उन मासूम लोगों में से है, जो सत्ता की इच्छा के आगे नतमस्तक हो जाते हैं। वह बेकसूर होते हुए भी कसूरवार है, कसूरवार होते हुए भी बेकसूर! कई बार लाठियाँ खाने वाले, टाँगें तुड़वाने वाले जान नहीं पाते कि वे किस राजनीतिक, धार्मिक हथकण्डे के मोहरे मात्र हैं। भीष्म ऐसे आदमी को कितनी गहराई से समझते हैं। 'मय्यादास की माड़ी' उपन्यास में जब फिरंगी तोपें दनदना रही होती हैं, खालसा फ़ौज की गोलीबारी भरपूर जवाब नहीं देती। दुश्मन पर बिजली की चमक की तरह टूट पड़ने वाला हौसला तो है, परन्तु नेतृत्व देने वालों के हाथ अशर्फ़ियों और वजीफ़ों से बाँध दिये गये हैं। वहाँ लेखराज सैनिक कमोबेश उसी विडम्बना का शिकार है, जिस विडम्बना का शिकार नत्थू है। वैश्वीकरण, नव-उपनिवेशवाद कितने मासूम लोगों को स्वाभाविक जीवन धारा से स्थगित कर रहा है, वे नियन्त्रण का मूल स्वरूप नहीं समझ रहे, बस पिट रहे हैं। भीष्म इतिहास के हाशिए पर धकेले गये लोगों के साथ हुए छल को समझने में मदद करते हैं।

'तमस' धारावाहिक के निर्माता-निर्देशक गोविन्द निहलानी ने हरि मृदुल के साथ बातचीत (पल-प्रतिपल) में ठीक ही कहा है—"तमस की प्रासंगिकता आज भी उतनी ही है, जितनी उसके रचनाकाल के समय थी। दुर्भाग्य से साम्प्रदायिकता का मुद्दा अब सर्वकालिक हो चुका है। आज हमारे समाज में एक बार फिर धर्मान्ध ताकतें सक्रिय दिखाई दे रही हैं। असहिष्णुता काफ़ी बढ़ गयी है। वैचारिक स्तर पर लोगों में संकीर्णता घर कर गयी है। दरअसल तमस हमारी चेतना को झकझोरने वाला उपन्यास है। अतः इसका महत्त्व भी सर्वकालिक है।" उन्हें भी सीख मिली है कि धारावाहिक की शुरुआत उत्तेजना फैलाने वाले दृश्यों से नहीं होनी चाहिए। उन पर आरोप लगाया गया था कि फ़िल्मकार गोविन्द निहलानी को हिंसा ही चाहिए थी। हिंसा फ़िल्म मीडिया का उत्तेजक हिस्सा रहा है और यह भी कि एक वर्ग को ख़ुश करने के लिए विभाजन की पूरी ज़िम्मेदारी दूसरे वर्ग पर डाल देना कहाँ की कलात्मक संवेदनशीलता है?

सच्चा साहित्य यह नहीं होने देता! वह संवेदना जगाये रखता है। और संवेदना जहाँ सूखने लगती है, वहाँ धरती की छाती पर हरापन नहीं पपड़ियाँ उगती हैं। फिर भयानक मार-काट...तलवारें कभी ज़ख़्म नहीं पहचानतीं...। आग की लपटें घरौंदे नहीं जानतीं। अल्लाहु अकबर...हर-हर महादेव की बुलन्द आवाज़ें आकाश का सीना चीर देती हैं। भीष्म इस तापमान को धीरे-धीरे नापते हैं।

स्थिति में पहले से अधिक उग्रता आ गयी थी। सड़कों-की-सड़कें सूनी पड़ी थीं। न कोई दुकान खुली थी, न कहीं ताँगा-मोटर चल रही थी। अगर किसी दुकान

के किवाड़ खुले हों तो समझ लो लूट ली गयी है। अगर लाठियाँ लिये कुछ लोग खड़े हों तो समझ लो उन्हीं के सम्प्रदाय के लोगों का वह मुहल्ला है और जहाँ वे खड़े हैं, वहाँ से दूसरे सम्प्रदाय के लोगों का मुहल्ला शुरू हो जाता है। (पृ. 110)

इस साम्प्रदायिक लपट के उठने से पहले लोग साथ-साथ रह रहे थे। एक-दूसरे की खुशी-ग़म में शरीक हो रहे थे। यही उपन्यासकार कह रहे हैं–"पर सभी मुहल्ले यों बँटे हुए नहीं थे। सड़क के किनारे-किनारे के पक्के दो-मंज़िला मकान हिन्दुओं के, पीछे गलियों में कच्चे मकान मुसलमानों के।"

दो जातियों, वर्गों, धर्म के मानने वाले मिल-जुलकर रहते हैं तो परस्पर प्रेम, सौहार्द, मानवीय मूल्यों का विकास होता है। आदमी संकीर्ण दृष्टिकोण से ऊपर उठ जाता है। हृदय विशाल हो जाता है और बाँहें पूरा जहाँ समेट लेने को आतुर रहती हैं। पराजय और हताशा तन-मन पर हावी नहीं होतीं। सृजनात्मक क्षेत्र खुला रहता है।

साम्प्रदायिक शक्तियों के जाग्रत होते ही जातिगत-वैमनस्य बढ़ जाता है। जनतन्त्रीय इच्छाएँ तालाबन्दी की शिकार हो जाती हैं। समानता-सहधर्मिता कुंठित हो जाती है। इतिहास के सिरफिरे प्रतिबन्ध, अत्याचार की कहानियाँ बिल्कुल आस-पास मँडराती रहती हैं। आदमी अपनी असुरक्षा की भावना में डूब हमलावर हो उठता है। मानवतावाद विखण्डित हो उठता है।

शेख गुलाम रसूल के घर के बाहर चबूतरे पर कुछ लोग बतिया रहे हैं। चबूतरे पर बैठे मुजाहिद बाहर से आये हैं। सभी के पास कुछ कारनामे हैं–उनके गली में दाखिल होते ही लोग जान हथेली पर लेकर भागे। हिन्दुओं की एक लड़की अपने घर की छत पर भाग गयी। दस-बारह आदमियों (?) का टोला उसके पीछे। धर दबोची गयी। अमानवीय इस नरेशन को देखें–"कसम अल्लाह पाक की। जब मेरी बारी आयी तो नीचे से न हूँ, न हो। वह हिले ही नहीं, मैंने देखा तो लड़की मरी हुई।" और वह खोखली-सी हँसी हँसकर बोला–"मैं लाश से ही जना किये जा रहा था।" (पृ. 215)

वानप्रस्थी जी इस बात पर तुनक रहे हैं कि म्लेच्छ हमारी खिल्ली उड़ाता है, हमारे युवकों को 'कराड़' और 'बलिया' कहकर पुकारता है। मास्टर जी का मानना हैं कि म्लेच्छ तो गन्दे लोग होते हैं, म्लेच्छ नहाते नहीं, पाखाना करके हाथ नहीं धोते, एक-दूसरे का जूठा खा लेते हैं। रणवीय यह सब सुन रहा है। वह कई म्लेच्छों को जानता है–टाँगा हाँकने वाला, मोची, फ़कीर और उसका सहपाठी। रणवीर की दीक्षा हो रही है। मानसिक दृढ़ता का परिचय उसे एक मुर्गी काटकर देना है। वह यह नहीं कर पाता। उसे मुर्गी काट कर बतायी जाती है। उसके मानवीय अवमूल्यन का पता बेकसूर हलवाई को चोट पहुँचाने से चलता है। इत्रफ़रोश की हत्या का प्रसंग कोमलता की आड़ में घिनौनी हत्या है। इन्द्र ने चाकू को थोड़ा मोड़ भी दिया था। उसे अँतड़ियों के जाल में फँसा देने की हिदायत थी।

"चीलें अब दो की जगह चार हो गयी थीं और आकाश की नीलिमा धीरे-धीरे हिलने और धूमिल पड़ने लगी थी।" (पृ. 155)

कमज़ोर इकबाल सिंह से कलमा पढ़वाना अमानवीय है। कलमा पढ़ना मंजूर न करता तो जुनूनी पत्थर से खोपड़ी कुचल देते। उन्हें समझ नहीं आ रहा कि इकबाल सिंह को फतह की निशानी के तौर पर ले जायें या एक हकीर क़ैदी की तरह, जो भागता है परन्तु पकड़ लिया जाता है। वह इकबाल सिंह से इकबाल अहमद तो बनाया गया परन्तु उसकी छटपटाहट बरकरार है, क्योंकि यह जिगर के टुकड़े-टुकड़े होने का सवाल है। इकबाल सिंह के नहीं समूची मानवता के लिए सवाल है।

रिचर्ड दंगा-फ़साद बन्द करवा सकता है, परन्तु वह करवाता नहीं। लीज़ा पूछती है—"ये लोग आपस में लड़ें, क्या यह अच्छी बात है?"...उसे लगता है कि "मानवीय मूल्यों का कोई महत्त्व नहीं होता, वास्तव में महत्त्व केवल शासकीय मूल्यों का होता है।" (पृ. 115) एक सौ तीन गाँव जल जाते हैं। लीज़ा को पता नहीं चलता। वह सोयी रहती है। रिचर्ड से कहती है—"इतने गाँव तो जल गये रिचर्ड, अभी भी तुम्हें काम है? अब तुम्हें और क्या काम करना है।"

सिविल सर्विस ने उसे (रिचर्ड को) तटस्थ तो बनाया ही, लेकिन क्या पत्थर बना दिया? वह लाशों के बीच लार्क पक्षी की आवाज़ सुनता है।

रिलीफ कमेटी के कार्यकर्ता को केवल आँकड़ों से मतलब है, ज़ख़्मों की कहानी से नहीं।

सरदार जी बीवी की फूली हुई लाश के कड़े उतार लेने को आतुर हैं। (पृ. 239)

इस आकाश पर चीलें न दिखें तो क्या दिखें। सभी कुछ सड़-गल गया है। टुकड़े-टुकड़े हो गया है। अविश्वास, भय, भर्त्सना और घोर सत्तापक्षीय तटस्थता। सम्बन्ध टूटकर ख़तरनाक बिन्दु पर रुके हैं। बर्बरता, पैशाचिकता और क्रूरता के अलावा कुछ नहीं।

साथ जुड़ी हैं कुछ विडम्बनाएँ। मुस्लिम लीग का प्रचार है कि कांग्रेस मुसलमानों की नहीं हो सकती।

यह सब हिन्दुओं की चालाकी है, बख्शी जी, हम सब जानते हैं। आप चाहें जो कहें, कांग्रेस हिन्दुओं की जमात है और मुस्लिम लीग मुसलमानों की। कांग्रेस मुसलमानों की रहनुमाई नहीं कर सकती। (पृ. 31) उधर हिन्दुओं की समझ यह बन रही थी कि कांग्रेस मुसलमानों को सर पे बिठा रही है। समाज विकास को समझने वाले कम्युनिस्ट विषम परिस्थितियों में बेबस हैं। देवदत्त की चिन्ता है कि मज़दूरों के इलाकों में गड़बड़ को रोकने के लिए एक-एक साथी काफ़ी नहीं है...साथियों की कमी है, मगर जहाँ तक बन पड़े दोनों को रोकने का काम करना होगा। (पृ. 139) कम्युनिस्ट प्रभावी हो सकते थे। उनके पास संख्या बड़ी नहीं थी और वह दंगा रोकने के लिए प्रभावी भूमिका निभाने में असमर्थ हैं।

परन्तु सवाल उठता है कि क्या भीष्म जी के पास चित्रांकन के लिए कोरी अमानवीयता थी। शहर में उठते हुए आग के शोले, आकाश में मँडराती चीलें और मुहल्लों में अविश्वास के लपलपाते चाकू?... नहीं, भीष्म मानवीय रिश्तों की गरिमा पहचानते हैं और इसकी परख उस दहकते हुए मौसम में करते हैं, जहाँ पलों में गोलीबारी हो सकती है, आगजनी हो सकती है। इस सबके बीच बुलन्द होता मानवीय प्रेम, स्नेह और सौहार्द की पताका।

टोक इलाही बख़्श गाँव से हरनाम सिंह अपनी पत्नी के साथ दंगाइयों के मार-काट भरे हमले से कुछ पल पहले निकल आया। वे रात भर छिपते-छिपाते भागते रहे। पौ फटते ही जो गाँव सामने नज़र आया, उसी तरफ़ चल दिये और पहला ही घर पाकर दरवाज़ा खटखटा दिया। दरवाज़ा खोलने और आश्रय माँगने पर औरत, जिसने दरवाज़ा खोला है, ठिठकी रही। यह वह निर्णायक क्षण है जब मनुष्य अपने समस्त संस्कारों, विचारों, मान्यताओं के पूँजीभूत प्रभाव के आधार पर कोई निर्णय लेता है। (पृ. 191) दरवाज़ा खुल गया। लफ़्ज़ों में तसव्वुर ढल गया। दुख ने आत्मा की पवित्रता से संवाद किया।

मेहमाननवाज़ी का लस्सी का कटोरा हाथ में थामते ही हरनाम सिंह फफक-फफककर रो पड़ता है।

शरण भी मिली तो ऐसे मुस्लिम परिवार में, जिसके मर्द लूटपाट के लिए निकले हुए हैं। मुसलमान के हाथ से लस्सी का कटोरा लेते हुए पुराने छुआछूत के संस्कार विलीन हो गये। कहा—"तेरे हाथ का दिया अमृत·बराबर है बहन, हम तुम्हारा किया कभी नहीं उतार सकते।" (पृ. 191)

घर की मालकिन के सामने दुविधा ज़रूर है। एक तरफ़ डर है कि बाहर गये मर्द लौटकर न जाने इन आफत के मारों का क्या हाल करेंगे। दूसरी तरफ़ वह समझ रही है कि घर के बाहर का दरवाज़ा दिखाकर वह उन्हें सीधा प्रलय में धकेल रही है। शरणागत की रक्षा पुराने भारतीय मूल्यों से जुड़ी हुई बात है। परहित के लिए जोख़िम उठाना भी मानवीय धरोहर का मूल्य है। फ़ैसला उन्हें रोक लेता है—"न जाओ जी, रुक जाओ, साँकल चढ़ा दो। तुमने मेरे घर का दरवाज़ा खटखटाया है, दिल में कोई आस लेकर आये हो। जो होगा देखा जायेगा। तुम लौट आओ।" (पृ. 193)

रमजान के लिए भी कुल्हाड़ी बोझ हो गयी। "काफिर को मारना और बात है और अपने घर के अन्दर जान-पहचान के पनाहगज़ीन को मारना दूसरी बात।" उसका हाँफते हुए खड़े रह जाना इन्सानियत की जीत है। राजो आधी रात के वक़्त बूढ़े हरनाम सिंह और उसकी पत्नी को गाँव के बाहर तक छोड़कर आती है और उसकी बन्दूक़ के साथ उनके गहने भी लौटा देती है, ताकि आड़े वक़्त में काम आ सकें।

'तमस' में बिखराव है परन्तु घटनाओं की तेज़ी, उनके प्रभाव बिखराव पर

निगाह केन्द्रित नहीं करने देते। खुशवन्त सिंह के उपन्यास 'ट्रेन टू पाकिस्तान' की घटनाएँ ऐसी आक्रामक नहीं हैं।

'तमस' पढ़कर आदमी कुछ देर आँखें बन्द कर सोचता रहता है। अहंकार में डूबी आँखें खुलती हैं आज पर, भारत के वर्तमान पर, जहाँ आज दस करोड़ से ज़्यादा मुसलमान होंगे जिनकी मौजूदगी किसी मुस्लिम मुल्क से कम नहीं और उन्हें आप स्थगित नहीं कर सकते। सो भारत केवल हिन्दू राष्ट्र नहीं है। हिन्दूवादी तबका उठ रहा है तो सिमी और मदरसे का स्टैण्ड क्या है? आतंकवाद की घुसपैठ कहाँ है और क्यों? आगे हम क्या लाशें गिनते रहेंगे या भारत को हर प्रकार की साम्प्रदायिकता और आतंक से बचाने के लिए कुछ कारगर ढंग से करेंगे?

'तमस' बहुत कुछ सोचने पर विवश कर रहा है।

आधा गाँव
किसका गाँव, राही का, फुन्नन का या दूसरी शक्तियों का

महाकाव्य और उपन्यास पर लिखते हुए जॉर्ज लूकाच ने कहा था कि महाकाव्य और उपन्यास उत्कृष्ट महाकाव्यात्मक साहित्य के दो प्रमुख रूप हैं। ये एक-दूसरे से न केवल इस कारण भिन्न हैं कि इनके लेखकों के मूल अभिप्राय भिन्न होते हैं, बल्कि इसलिए कि जिन ऐतिहासिक-दार्शनिक वास्तविकताओं से लेखकों का सामना होता है, वे उससे भिन्न होती हैं। उपन्यास उस युग का महाकाव्य है जिसमें जीवन की विस्तृत सम्पूर्णता प्रत्यक्ष रूप से विद्यमान नहीं रह जाती, और जिसमें जीवन अर्थ की अन्तर्व्याप्ति एक समस्या बन चुकी होती है, लेकिन फिर भी जो सम्पूर्णता के अर्थों में ही सोचता है। यह केवल सतही बात होगी—मात्र कलात्मक तकनीक का विषय कि एकमात्र और निर्णायक विधा-व्याख्यायक प्रतिमान को इस प्रश्न में खोजा जाये कि कोई कृति गद्य में लिखी गयी है कि पद्य में।

उत्कृष्ट महाकाव्य साहित्य की रंजकता को एक सकारात्मक मूल्य और यथार्थ निर्मात्री शक्ति मानते हुए तभी सम्भव बताया, जब अवरोधक बन्धन वास्तव में उतार फेंके गये हों। उत्कृष्ट महाकाव्य साहित्य कभी भी ऐसे मनुष्यों के सृजन का परिणाम नहीं होता, जो एक मुक्त कल्पना की सुन्दर क्रीड़ा में अपनी परवशता को भुला देते हों अथवा अपनी दासता को भूलकर ऐसे मनोरम टापुओं पर शान्त अवकाश का आनन्द लेने चले जाते हों, जो इस नगण्य विश्व के मानचित्र पर नहीं मिलते। उनके अनुसार ऐसे कालखण्डों में, जिनमें इस प्रकार की रंजकता अब शेष नहीं रही, पद्य या तो उत्कृष्ट महाकाव्य से निष्कासित हो जाता है या स्वयं को अनपेक्षित रूप में या अनजाने गीतिकाव्य में ढाल लेता है। तब केवल गद्य पीड़ाओं और प्रशंसाओं को संघर्ष और श्री को समान सामर्थ्य के साथ समेट सकता है, केवल इसकी निर्बन्ध दृढ़ता (प्लास्टिसिटी) और इसका तयरहित अनुशासन ही समान सामर्थ्य के साथ उस क्षण के बाद से अन्तर्व्याप्त प्रदीप्ति द्वारा अर्थवान विश्व की दासताओं और स्वाधीनता को प्रदत्त गुरुता और अधिकृत रंजकता को आवृत्त कर सकते हैं।

राही मासूम रज़ा के उपन्यास 'आधा गाँव' के सन्दर्भ में महाकाव्यात्मक उपन्यास

की बात उठाना इसलिए ज़रूरी है, क्योंकि उपन्यासकार के अन्तर्मन में गाज़ीपुर पर एक 'एपिक' लिखने की हार्दिक इच्छा थी। 'आधा गाँव' गंगोली पर टिका है, इसलिए महाकाव्य की भूमिका है। उपन्यास को महाकाव्य में ढालने का स्वप्न बहुत से उपन्यासकारों में रहा है। पाठक को पहले उपन्यास चाहिए, महाकाव्यात्मक उपन्यास से उसकी गर्ज नहीं। यदि गंगोली का यथार्थ ही उसे अपनी मानसिकता, भावजगत का चित्रांकन, समय के तेज़ दबाव और व्यापक सामाजिक संवेदन को पूरी तरह ज़ाहिर कर पाता है तो वह महाकाव्यात्मक की शास्त्रीय माँग को मुकम्मल आकार न भी देता हो, कृति का गन्तव्य पा जाता है। राही मासूम रज़ा ने कहा है–

"यह उपन्यास वास्तव में मेरा एक सफ़र है, मैं गाज़ीपुर की तलाश में निकला हूँ, लेकिन पहले मैं अपनी गंगोली में ठहरूँगा। अगर गंगोली की हक़ीक़त पकड़ में आ गयी तो मैं गाज़ीपुर का 'एपिक' लिखने का साहस करूँगा। यह उपन्यास वास्तव में उस एपिक (महाकाव्य) की भूमिका है।" (पृ. 13)

रचना वैसे भी कहीं एक व्यक्तिगत प्रयास नहीं कही जा सकती, वह साामूहिक अभिव्यक्ति हो जाती है क्योंकि रचनाकार को जीवन से निरन्तर साक्षात्कार करते हुए उसे अपनी बात कहनी है। वैयक्तिक अनुभव सामाजिक अनुभव का अभिन्न हिस्सा होकर रचना में सार्थक होता है। उपन्यासकार ने कहा है–"यह कहानी न कुछ लोगों की है और न कुछ परिवारों की। यह उस गाँव की कहानी भी नहीं है जिसमें इस कहानी के भले-बुरे पात्र अपने को पूर्ण बनाने का प्रयत्न कर रहे हैं। यह कहानी न धार्मिक है, न राजनीतिक।" फिर और गहरे अहसास के साथ वह कहते हैं–"यह कहानी है समय की ही। यह गंगोली में गुज़रने वाले समय की कहानी है।" मुक्तिबोध ने कहा था–"सिर्फ़ सच्चाई आदमी को कुछ नहीं दे पाती, सच्चाई को सामने लाने के लिए ज़ोर और ताकत की ज़रूरत होती है। ऐसी सच्चाई जो आदमी में ज़ोर पैदा नहीं कर पाती, वह सिर्फ़ जानकारी बनकर रह जाती है।" (विपात्र, पृ. 129) राही मासूम रज़ा भी कहते हैं–"यह कहानी जितनी सच्ची है, उतनी ही झूठी भी। मुझे झूठ में सच और सच में झूठ की मिलावट की कला आती है।" समाज के दबावों ने रचना को रूपान्तरित किया है और रचनाकार कहते हैं–"यह कहानी है उन खँडहरों की, जहाँ कभी मकान थे और यह कहानी है उन मकानों की, जो खँडहरों पर बनाये गये हैं। क्योंकि यह शहर क्षण-क्षण जीता है, क्षण-क्षण मरता है और फिर जी उठता है।"

यही है मनुष्य की जातीय संस्कृति। मनुष्य के जीने की तीव्र इच्छा। इसलिए सौन्दर्यशास्त्र जड़ नहीं होता। बेशक गंगोली शिया-सुन्नी, सैयदों-जुलाहों, उत्तर पट्टी-दक्खिन पट्टी, हिन्दू-मुसलमान, दलित और गैर-दलित में विभाजित है, परन्तु उसमें बह रही है ज़िन्दगी की रवानगी। इस रवानगी को भंग करती है वह लकीर, जो पहले काग़ज़ पर खिंचती है और फिर एक मुल्क को दो मुल्कों में विभाजित

करती है और फिर दिलों पर खिंच जाती है। इसी लकीर की वजह से लाखों लोग विस्थापित हुए। कितनी जवान ज़िन्दगियाँ युद्ध की लपटें खा गयीं और ज़ख़्म आज तक भर नहीं पाये। विभाजन के चौंतीस साल बाद लिखा गया 'गुज़रा हुआ ज़माना' (कृष्ण बलदेव वैद) पंजाब से पाकिस्तान की यात्रा करके लौटकर लोग और पाकिस्तान के पंजाब से होकर गये लोग इस लकीर के आर-पार होने का दर्द बख़ूबी महसूस करते हैं।

हमारे त्योहार हमारे सांस्कृतिक आधार हैं। इस उपन्यास की गाथा मुहर्रम के त्योहार से आरम्भ होती है। एक तरफ़ इसकी तैयारियाँ हैं, दूसरी तरफ़ पहले आयोजन की स्मृतियाँ, साथ है अगले मुहर्रम की सोच।

एक पात्र कहता है—"यह कांग्रेस हिन्दुओं की पार्टी है। चूँकि मुसलमान ज़मींदार ज़्यादा हैं, इसलिए यह ज़मींदारी ज़रूर ख़तम करेगी।" (आधा गाँव, पृ. 45)

सकीना कहती है—"न ई मुआ पाकिस्तान बनता, न ज़मींदारी ख़तम होती। गँधिया कहिस कि अच्छा मियाँ लोग पाकिस्तान बना लिये हो तो जाओ जहन्नुम में...ज़मींदारी ख़तम!"

"त का हिन्दुवन की ज़मींदारी न ख़तम भई है?" (पृ. 307) शादाब फातमा ने कहा।

गंगोली के भोले लोगों के अपने विश्वास हैं। शिया मुलसमानों का विश्वास है कि मोहर्रम के दिनों में इमाम हुसैन हिन्दुस्तान आ जाते हैं और सितारा सोचती है कि यह मुआ जिन्ना कैसा शिया है कि हिन्दुस्तान के ख़िलाफ़ है। गंगोली की जीवन शैली में हिन्दू-मुसलमान के बीच नफ़रत का नाम भी नहीं है। फ़र्क़ उतना ही है, जितना मुसलमान मुसलमान के बीच, उत्तर पट्टी और दक्खिन पट्टी के बीच। लोगों को परेशानी है तो ज़माने को लगी आग की। "कोई चीज़ मिलती ही नहीं। अब यह ख़ुदा का ग़ज़ब नहीं तो और क्या है कि गेहूँ चार सेर का मिल रहा है! कफ़न के लिए परमिट लेना पड़ता है और परमिट के लिए रिश्वत देनी पड़ती है।" (पृ. 113)

गाँव के लोगों के सुख-दुख के क़िस्से कहते-कहते राही मासूम रज़ा अपनी इस बात को पुख़्ता तरीके से कह देते हैं कि पाकिस्तान बनवाने में या इस तजवीज पर पुरज़ोर तरीके से मुहर लगाने में गाँव के लोग नहीं हैं। पक्षधर हैं वे लोग, जो पढ़े-लिखे हैं और अलीगढ़ से बारूद भरकर आते हैं? सितारा सरवरी से पूछती है—"बा'जी यह पाकिस्तान क्या है?"

"मुसलमानों का एक मुल्क बनेगा।" सरवरी ने बड़े विद्वानों की तरह कहा।

"यह मुल्क क्या होता है बा'जी?" (पृ. 53)

उसे नहीं पता था मुल्क क्या होता है और न ही मालूम था कि पाकिस्तान से मुसलमान को क्या फायदा होगा। मूनिस जब अलीगढ़ से आते थे तो पाकिस्तान के अलावा कोई और बात न करते।

अलीगढ़ से जब पढ़े-लिखे लड़के पाकिस्तान के समर्थन का प्रचार करने आते हैं और तर्क देते हैं कि पाकिस्तान न बना तो ये आठ करोड़ मुसलमान यहाँ अछूत बनाकर रखे जायेंगे। तब जवाब मिलता है–

"ए भाई, हम्मे त अइसा लग रहा कि आप लोगन का पढ़ा-लिक्खा सब बेकार भया। काहे मारे, कि आप लोगन को त ई ही ना मालूम कि भंगी-चमार अछूत होते हैं। हम कउनो भंगी-चमार हैं? अ जो अछूत होऽबे न करीहे, ओको कोई अछूत कइसे बना रीहे साहब?" (आधा गाँव, पृ. 294)

लड़कों ने पूरी तकरीर उगल दी, परन्तु कम्मो का जवाब था–"हिन्दुस्तान के आज़ाद होने के बाद इ गयवा अहीर, इ छिकुरिया या लखना चमार या इ हरिया बढ़ई हमर दुश्मन काहे को हो जइहें यानी बिला वजहे? हुओं इहे सब पढ़ते हैं आप लोग का?" अब्बास अलीगढ़ यूनिवर्सिटी में पढ़ रहा था गफुरन बुआ से कहता है–"एक मरतबा पाकिस्तान बन गया तो मुसलमान ऐश करेंगे, ऐश।"

अलीगढ़ जैसे शहरों में अंग्रेज़ सरकार की नीति पहले पहुँच रही थी। वह नीति मुस्लिम लीग के प्रति उदार थी और हिन्दू संगठनों के प्रति भी। न आम मुसलमान उसके पार देख पा रहा था, न आम हिन्दू। दोनों को अलग परचम लहराने में भला नज़र आ रहा था। सन् 1813 में ही सर जॉन मैलकान ने पार्लियामेंट की तहकीकाती कमेटी के सामने गवाही देते हुए कहा था–"जो बड़ी-बड़ी जातियाँ इस समय अंग्रेज़ सरकार के अधीन हैं, वे सब एक-दूसरे से अलग-अलग हैं; और जातियों में भी फिर अनेक जातियाँ और उपजातियाँ हैं; जब तक ये लोग इस तरह एक-दूसरे से बँटे रहेंगे, तब तक इस बात का डर नहीं है कि कोई भी बलवा हमारी सत्ता को हिला सके।... अभी तक हमने साम्प्रदायिक और धार्मिक पक्षपात के द्वारा ही मुल्क को वश में रखा है–हिन्दुओं के ख़िलाफ़ मुसलमानों को और इसी तरह अन्य जातियों को एक-दूसरे के ख़िलाफ़।" (प्रीति सिंधी द्वारा उद्धृत)

वर्चस्ववादी सत्ता-व्यवस्था की क्रीड़ा में आकंठ डूबा 'तमस' उपन्यास का रिचर्ड बर्बरता को निर्देशित होते हुए देखकर ज़रा भी नहीं काँप उठता। वह कहता है–"डार्लिंग, हकूमत करने वाले यह नहीं देखते कि प्रजा में कौन-सी समानता पायी जाती है, उसकी दिलचस्पी तो यह देखने में होती है कि वे किन-किन बातों में एक-दूसरे से अलग हैं।" (पृ. 45) 'तमस' के आकाश में चीलें मँडराती रहती हैं, क्योंकि औपनिवेशक गुलामी के दौर में हिन्दू-मुसलमान की आपसी घृणा, मार-काट और साम्प्रदायिक तनाव अंग्रेज़ को मज़बूत कर रहा है।

उत्तर-औपनिवेशिक दौर में वर्चस्वी शक्तियाँ दुनिया का ध्यान तकनीक की उच्चता की तरफ़ खींचने में सफल हो जाती हैं। भारत जैसे मुल्क में, जहाँ ज्ञान की समृद्ध परम्परा रही है, तकनीक का आग्रह प्रबल होता है। लोग तकनीक में अपने को पिछड़ा पाकर सभी कुछ में पिछड़ापन महसूस करते हैं और तकनीक आसानी से

कठपुतली बना देती है। हथियारों की दौड़ में भारत-पाकिस्तान हक़ीक़त कम और दर्पण में दिखाया गया रूप ज़्यादा सत्य मानते हैं और सांस्कृतिक परम्परा से फिसल जाते हैं। सम्भव है उत्तर-औपनिवेशिक दौर में मानवतावाद की आड़ में डिजाइन किये दबाव में इराक के भारत-पाकिस्तान की तरह दो नहीं, तीन टुकड़े हो जायें। शिया-सुन्नी और कुर्द के रूप में चीखते रह जायें और दृश्य पटल पर चमके करोड़ों का वारा-न्यारा करता शेयर बाज़ार। विलक्षण अमानवीयता सोचने का मौक़ा भी नहीं देगी कि भारत के किसान की आत्महत्या की रस्सी देशी थी या विदेशी।

'आधा गाँव' के हकीम साहब पाकिस्तान के हक़ में इसलिए वोट देने को आतुर हैं कि 'हादी और सहन की तरक्की का सवाल है।'

मास्टर साहब हैं कि हिसाब लगा रहे हैं कि मुग़लों और पठानों ने हिन्दुस्तानी तहजीब के बदन पर कितने दाग़ लगाये हैं। यह ताजमहल, यह सीकरी, यह आसिफुद्दौला का इमामबाड़ा, यह ख़्याल गायकी, ये क़लमी आमों के लहलहाते हुए बाग—वाक़ई मुसलमानों ने हिन्दुस्तान को ज़बरदस्त नुक़सान पहुँचाया है।

काली शेरवानी बिगड़ जाती है, क्योंकि तन्नू गंगोली और मक्का को एकरेखीय बना रहा है। "आपको शर्म नहीं आती! आप मक्का-शरीफ़ से इस जटियल गाँव का मुक़ाबला कर रहे हैं?" "जी हाँ, कर रहा हूँ।" तन्नू ने कहा, "और मुझे शर्म भी नहीं आती और शर्म आये क्यों? गंगोली मेरा गाँव है। मक्का मेरा शहर नहीं है। यह मेरा घर है और काबा अल्लाह मियाँ का। ख़ुदा को अगर अपने घर से प्यार है तो क्या वह माजल्ला यह नहीं समझ सकता कि हमें भी अपने घर से उतना ही प्यार हो सकता है।" (पृ. 256)

डर और सवालात अपनी जगह हैं—क्या सचमुच हिन्दुस्तानी मुसलमान इस ज़मीन के नहीं थे? मगर दिलदारनगर और गहमर के राजपूत मुसलमान तो इसी मिट्टी के बने हुए हैं। फिर वह मुस्लिम लीग को वोट क्यों दे रहे हैं? वह क्यों एक वतन की ज़रूरत महसूस कर रहे हैं? राम की खड़ाऊँओं को क़दमे-रसूल बनाकर चूमने वाले मुसलमान पाकिस्तान क्यों बना रहे हैं? और क्या वह सचमुच पाकिस्तान बनाना चाहते हैं? क्या वह तमाम लोग जो मुस्लिम लीग को वोट देंगे, यह जानते हैं कि पाकिस्तान कैसा होगा और क्या होगा? पाकिस्तान कोई ख़ुदा तो है नहीं कि उसे भी बे-देखे मान लिया जाये!... काली शेरवानियों के इन सवालों में कोई दिलचस्पी नहीं थी। (आधा गाँव, पृ. 257)

तन्नू बेबाकी से कहता है—"नफ़रत और ख़ौफ़ की बुनियाद पर बनने वाली कोई चीज़ मुबारक नहीं हो सकती। पाकिस्तान बन जाने के बाद भी गंगोली यहीं हिन्दुस्तान में रहेगा और गंगोली फिर गंगोली है।"

छिकुरिया की समझ है कि पाकिस्तान कउनो महजिद-ओहजिद होई। अगर पाकिस्तान गाज़ीपुर में बनता तो वह भी देख सकती है।

कम्मो को जब डराया गया कि हमारी मस्जिदों में गायें बाँधी जायेंगी तो जवाब मिला—"ए साहब, जब मुसलमाने लोग पाकिस्तान चले जैयहै, तो फिर मस्जिद में घोड़ा बँधे चाहे गाय। का फ़रक पड़िहे? अब हिन्दुआ सब ओमें जाके नमाज त पढ़े से रहे। अच्छी जबरदस्ती है हम त जायेंगे पाकिस्तान, अ हिन्दू अगोरें हमरी मस्जिद।" (पृ. 245)

छिकुरिया आकिस्तान-पाकिस्तान नहीं जानते। जानते हैं तो यह कि "जो कोई पाकिस्तान कौनों बुरी चीज़ हाय, त मत बने दे ई।" मिगदाद का गहरा जुड़ाव भी अपनी ज़मीन अपने खेतों से है—"हम त किसान हैं, तन्नू भाई। जहाँ हमारा खेत, हमरी ज़मीन, तहाँ हम।"

उपन्यास का बड़ा हिस्सा पढ़ जाने के बाद उपन्यासकार का भूमिका के रूप में प्रवेश होता है। धारा यहीं से बदलती है। यहाँ रुककर टटोलना पड़ता है, क्योंकि ज़मींदारी ख़त्म होने को है तो जो हिन्दुस्तान छोड़कर चले गये, उनकी वजह समझ में मुश्किल से उतरती है। गंगोली की मुहब्बत भी अपनी जगह है। "मेरी वफ़ादारी तकसीम नहीं है। मैं केवल गाज़ीपुर का हूँ। मैं नील के उस गोदाम का हूँ जिसे गिलक्रिस्ट ने बनवाया था। मैं उस गढ़ई का हूँ जिसने गंगा की तरह गंगोली को अपनी गोद में ले रखा है। मैं पाँचवीं और आठवीं मोहर्रम के गश्त का हूँ। मैं करघों की उन आवाज़ों का हूँ जो दिन-रात चलते रहते हैं, कभी नहीं रुकते। मैं गया अहीर, हरिया बढ़ई और कोमिला चमार का हूँ।" (पृ. 297)

राही मासूम रज़ा के उपन्यास 'कटरा बी आर्जू' में भी हिन्दू-मुसलमान में कोई भेदभाव नहीं है। वहाँ शम्सू मियाँ को सभी का आदर मिलता है, पहलवान भी सभी का विश्वास और आदर पा रहे हैं। देश और बिल्लू दोनों एक-दूसरे के साथ झूठ कहकर भी महनाज़ के लिए दहेज़ का इन्तज़ाम करते हैं। राही मासूम रज़ा को कहना पड़ा कि जनसंघ का कहना है कि मुसलमान यहाँ के नहीं हैं। मेरी क्या मजाल कि मैं उसे झुठलाऊँ। मगर यह कहना ही पड़ता है कि मैं गाज़ीपुर का हूँ। गंगोली से मेरा सम्बन्ध अटूट है।

उपनिवेशवादी शक्तियाँ हों या उत्तर-उपनिवेशवादी वर्चस्वी बाज़ार केन्द्रित ध्रुवीकृत दुनिया, युद्ध एक बड़ा हथियार रहा है। कभी यशपाल ने बहुत ठीक कहा था कि पूँजीवादी प्रणाली के रहते युद्ध समाप्त नहीं हो सकते। जब तक मुनाफ़े द्वारा अधिक पूँजी समेटने का फायदा रहेगा, उसके लिए लड़ाई होगी ही। संसार भर में मेहनत से पैदा किये गये धन का मुख्य भाग युद्ध की तैयारियों में और युद्ध लड़ने में ख़र्च हो जाता है। धन का यह भाग मनुष्य समाज को क्या देता है—कष्ट, भय और अकाल मृत्यु।

'आधा गाँव' का तन्नू युद्ध लड़कर आया है, इसलिए कहता है—"मैंने लड़ाई का मैदान देखा है। लड़ाई में मरने वाले बड़ी बेकसी की मौत मरते हैं। मारने वाला

भी बड़ा बदसूरत हो जाता है। क्योंकि अपनी जान बचाने के लिए वह सामने वाले को दुश्मन मानने और उससे नफ़रत करने पर मजबूर होता है। मुमकिन है कि अगर उनमें से कोई मुझे यहाँ, गंगोली में मिलता तो मैं उसे सिगरेट पिलाता, गन्ने का रस पिलाता, उसे अपने तालाब में नहाने की दावत देता, और फिर रात को उसके लिए किसी ढोल की तरह खिंचे हुए पलँग पर नर्म और गर्म बिस्तर लगवाता और उससे उसके मुल्क की बातें करता...और उसे अपने मुल्क की बातें सुनाता। लेकिन वहाँ मैंने उसे मार डाला, क्योंकि अगर मैं उसे न मारता तो वह मुझे मार डालता।" (पृ. 255)

सम्भव है इन पंक्तियों में प्रसिद्ध कविता 'द मैन ही किल्ड' का युद्ध-विरोधी प्रभाव नज़र आता हो। परन्तु युद्ध की प्रकृति सदा मानवता-विरोधी रही है। असंख्य लोग मारे जाते हैं या अपाहिज का जीवन जीने को अभिशप्त होते हैं। लाखों विस्थापित होते हैं। विधवाओं और यतीम बच्चों का दर्द कोई नहीं सुनता। 'तोपों के साये में' (सुदर्शन मजीठिया) उपन्यासकार ने कहा है—"युद्ध के ढोल बजाने वाले, वीरता का गुणगान करने वाले, राष्ट्रीयता का दम भरके अपने झण्डे ऊँचे करने वाले, शासन और सत्ता की भूख से तड़पने वाले, यदि देखना चाहते हैं कि युद्ध क्या है? तो ट्रेनिंग सेंटरों को न देखें। वहाँ तो सैनिकों को बड़ी-बड़ी आशाएँ बँधाई जाती हैं। आशा, जो कि जीवन के बसन्त की सुनहली धूप है। बैटल फील्ड पर भी नहीं देखें। जहाँ जोश में सैनिक लड़ता है केवल वीरता के लिए। वे मुड़ें मिलिट्री अस्पताल की ओर। वहाँ देखें कि उनके युद्धों ने संसार को क्या दिया? विज्ञान और सभ्यता का नगाड़ा बजाने वाले इन अस्पतालों में आकर देखें कि मनुष्य के साथ-साथ आखिर मनुष्यता ने कितना विकास किया है।" (पृ. 53-54)

युद्ध के बाद बचता है लाशों का ढेर, गहरे ज़ख़्म, आगजनी की लपटें, इमारतों का ध्वंस और महिलाओं के जिस्मों पर बलात्कार के निशान।

'आधा गाँव' के तन्नू को लगता है कि मैदाने-जंग में भूख किस कदर बढ़ जाती है—रोटी की भूख, प्यार की भूख और बदन की भूख! उसे चालीस-पैंतालीस साल की वह बेनाम सिसिलियन औरत याद आयी, जिसके साथ उसने ज़िना किया था। रज़ामन्दी का सौदा नहीं—ज़िना! अगर इतालवी फ़ौजें गंगोली आ जायें तो यही होगा? क्यों नहीं होगा? उसके रोंगटे खड़े हो गये।

इसकी स्मृति उसके बिस्तर पर काँटे उगा देती है। इस वक़्त गंगोली के फाटक के सहदरे में सिया मिम्बर के पास नर्म और गर्म बिस्तर पर आराम से लेटने के बाद उस बुढ़िया की ज़बान ख़ूब समझ रहा था—"मैं जानती हूँ मेजर हसन, कि तुम सिर्फ़ मेजर हसन नहीं हो। तुम तन्नू भी हो, गंगोली की दक्खिन पट्टी के तन्नू। शब्बू मियाँ के इकलौते बेटे तन्नू, अकबरी बीवी के चहेते पोते तन्नू। क्या तुम्हें अपनी माँ याद नहीं आती? ज़रूर याद आती होगी। वह आज ज़िन्दा होती तो मुझसे कुछ

छोटी ही होती। जिसे तुम मेरा स्कर्ट समझ रहे हो, वह तो तुम्हारी माँ का पजामा है पगले, उतारो... उतारो।"

"चुप रहो।" वह चीखा। उसकी आँखें खुल गयीं। (पृ. 207)

'आधा गाँव' उपन्यास उपन्यासकार के कवि-हृदय का परिचय कई बार देता है। बहुत जगह ज़िन्दगी धड़कती हुई नज़र आती है–

1. युग एक बिना जिल्द की किताब की तरह एक खुले मैदान में पड़ा हुआ है। (पृ. 4)

2. विशाल वृक्ष अपनी जगह से नहीं हटते, जब तक कि उन्हें काट न डाला जाये या जब तक कि उनकी जड़ें खोखली न हो जायें। (पृ. 5)

3. शब्द की कोई हैसियत नहीं होती...शब्दों से परिचित हुए बिना भी बातें सुनी और समझी जा सकती हैं। (पृ. 13)

4. वह जिधर से टोकरा लेकर निकल जाती, उधर रास्तों की शाखों की आँखों की हज़ार कलियाँ खिल जातीं। दरवाज़े बाँहें बन जाते और वंसखटों से नब्ज़ें धड़कने लगतीं। (पृ. 102)

जीवन यथार्थ की अभिव्यक्ति के लिए वह गाँव की बोली में मिट्टी की रंगत उतार देते हैं। वह मर्म की भाषा उतार देते हैं–उनका वक़्त बेटियों को कोसने में गुज़रता था और बेटियाँ इस कमरे से उस कमरे में छिपती फिरती थीं। क्योंकि घर अब भी उतने ही बड़े थे और उनमें यादों की चुड़ैलें दिन-रात नाचा करती थीं। (पृ. 340)

तन्नू का अहसास था कि गंगोली में कोई तूफ़ान नहीं है–"ज़िन्दगी जैसी-की-तैसी है। जुलाहे सूत सुलझा रहे हैं। औरतें शिकायतें कर रही हैं और लड़-झगड़ रही हैं और हँस-बोल रही हैं, लड़के लट्टू नचा रहे हैं और इक्कट-दुक्कट खेल रहे हैं। मिग़दाद अपनी बच्ची को प्यार कर रहा है। गया अहीर उकड़ूँ बैठा बीड़ी पी रहा है।"

इस सहज ज़िन्दगी में कौन-से तूफ़ान उठे जो ज़िन्दगी को इस कद्र उलझा गये कि ताना-बाना उलझ गया? जब दुल्लन नारा लगाता हुआ घर में दाखिल होता है–"ले के रहेंगे पाकिस्तान!" तब फुन्नन मियाँ तड़ से सवाल करते हैं–"के से लेबे पाकिस्तान?" दुल्लन सोच-विचार कर कहता है–"अलीगढ़ तालान से!" बल्ली साईं के मोड़ पर नारे लग रहे हैं–"मुसलिम लीग ज़िन्दाबाद।" जो समझ रहे थे–पाकिस्तान आकिस्तान पेट भरन का खेत है। उनके देखते-देखते विभाजन हो गया। पाकिस्तान बन गया।

सवाल उठता है कि 'आधा गाँव' किसका? फुन्नन मियाँ का? तन्नू का? हकीम साहब का? शम्सू मियाँ का? या फिर राही मासूम रज़ा का? इनका होता तो आत्मीय सम्बन्ध उसी तरह बने रहते। गंगोली को पूरा मुल्क मान लें तो पाकिस्तान नहीं बनता। विभाजन नहीं होता। आधा गाँव उपनिवेशवादी सोच का भी है, जो

जाते-जाते भी खेल खेल गयी और इस तरह कि साम्प्रदायिक शक्तियों पर इल्ज़ाम जड़ा जा सके।

यशपाल ने कहा था—"उन सब अमानवीय, नृशंस काण्डों के पीछे ब्रिटिश कूटनीति तो थी, परन्तु ब्रिटिश कूटनीति ने जिन साम्प्रदायिक भावनाओं और संस्कारों को लेकर साम्प्रदायिक विरोध को तिल का ताड़ बना दिया, वह तो इस देश के सम्मिलित समाज में सदियों से चले आ रहे थे।"

विभाजन ने कई आर्थिक, सामाजिक व सांस्कृतिक प्रश्नों को जन्म दिया। 'आधा गाँव' के कुछ ऐसे युवक पाकिस्तान चले गये थे, जो विवाहित और बच्चों वाले थे। पाकिस्तान जाकर उन्होंने दूसरी शादी कर ली।

सइन को पाकिस्तान से लौट आने को कहा जाता है, परन्तु लोगों ने जिस शक्ति से पाकिस्तान बनाया है, उसी शक्ति से उस मिट्टी में मिलने लायक़ पाकिस्तान को ख़त्म कर दो।

अब स्थिति यह है कि हर घर में अंबारों बक्स थे। हर जनाने कमरबन्द में कुंजियों का भारी गुच्छा था, पर बक्स ख़ाली थे। तालों की कोई ज़रूरत न थी, पर औरतें कुंजियों के गुच्छों से चिमटी हुई थीं। क्योंकि वही उनकी ख़ुशहाली के ज़माने की यादगार रह गये थे। यह कुंजी फलां बक्स की है और यह कुंजी फलां बक्स की। यह कुंजी फला बक्स की थी और यह फलां की। 'है' और 'थी' ये दो लफ़्ज़ भी कितने अजीब हैं; एक ज़िन्दा है और दूसरा लाश की तरह भारी है। गुच्छों में फँसी हुई हर कुंजी एक लाश थी और उत्तर व दक्खिन की सैदातियाँ इन लाशों से चिपटी पड़ी थीं। इन कुंजियों का नग़मा उन्हें जिलाये हुए था, वरना उनकी आँखें बुझ चुकी थीं और कमरें बेटियों की कुँआरी जवानियों के बोझ से दुहरी हुई जा रही थीं। (पृ. 340)

विभाजन और भड़काहट के बावजूद गंगोली के सारे मुसलमान पाकिस्तान नहीं गये। उन्हें अपनी ज़मीन से गहरा लगाव है। परन्तु उपनिवेशवाद अपनी भूमिका निभा चुका है। उसके परिणाम पूरा गाँव अपनी पीड़ा, विवशता और दुखद परिस्थितियों में भुगत रहा है।

रागदरबारी
मूल्यों के पतन की कहानी

हिन्दी उपन्यास की महायात्रा पर निकलते हुए यदि आप सांस्कृतिक, राजनीतिक, आर्थिक स्थितियों का विवेचन करते हो तो आप भारतीय गाँव को नज़रअन्दाज़ नहीं कर सकते। सेमरी/बेलारी (प्रेमचन्द का 'गोदान'), मेरीगंज (फणीश्वरनाथ रेणु का 'मैला आँचल') और शिवपालगंज (श्रीलाल शुक्ल का 'रागदरबारी') को देख-समझकर आपको ज्ञानोदय की एक राह मिलती है और जो तयशुदा पूर्वाग्रह को बदलती चली जाती है। 'गोदान' प्रेमचन्द के 'प्रेमाश्रम' से आगे का यथार्थ बोध है। 'प्रेमाश्रम' का समाज संक्रान्तिकालीन नज़र आता है। सामन्ती व्यवस्था बिखरने के कगार पर है और पूँजीवादी व्यवस्था खिड़कियाँ-दरवाज़े तोड़ रही है। 'गोदान' में दोनों व्यवस्थाएँ टकरा रही हैं। महाजनी व्यवस्था हावी हो रही है। ग्रामीण संस्कृति के संस्कार चरमरा चुके हैं, पराजय की हद तक। मरजाद (मर्यादा) दाँव पर लगी है। ज़मीन बच नहीं पा रही। किसान मज़दूर में बदल रहा है। प्रेमचन्द को महसूस होता है कि भारतीय किसान की इस समय जैसी दयनीय दशा है, उसे कोई शब्दों में अंकित नहीं कर सकता। (जबरदस्ती लेख) 'गोदान' जून, 1936 में छपा लिहाजा स्वतन्त्रता-पूर्व, उपनिवेशवादी दौर की कहानी कह रहा है। 'मैला आँचल' का रचनाकाल 1950-1952 का है। अक्टूबर, 1952 में रचनाकाल पूरा हुआ। आंचलिक उपन्यास की रचना करते हुए रेणु को पिछड़े हुए गाँव के अनेक परतों वाले यथार्थ का सामना करना पड़ा। रेणु ने कहा—"इसमें फूल भी हैं, शूल भी है; धूल भी; गुलाल भी, कीचड़ भी है, चन्दन भी; सुन्दरता भी है, कुरूपता भी, मैं किसी से दामन बचाकर निकल नहीं पाया।"

'मैला आँचल' के बावनदास में कुछ मित्रों ने गाँधी की झलक देखी है। गाँधी सिद्धान्तों के लिए लड़े। उनके सिद्धान्तों ने उनके प्राण ले लिये। बावनदास की प्रतिबद्धता जनता के साथ है, वैरागी जैसा चरित्र। जुल्म के ख़िलाफ़ तनकर खड़े। होरी की ज़मीन छिन गयी तो वह मज़दूरी के लिए चला गया। परन्तु यहाँ कालीचरन लोगों के दिलों में आग लगाना चाहता है। 'ज़मीन जोतने वालों की' का नारा लगा रहा है। 1950 ऐतिहासिक संघर्ष का दौर था। नेपाली क्रान्ति की पृष्ठभूमि। भारत

में भी भूमि-संघर्ष। 'हिंसा बात' कहकर नकारा नहीं जा सकता चलित्तर कर्मकार को। रेणु को लग रहा था—"तभी 1947 मेरे मन में बात उठती थी कि जो लोग किसानों से भूमि सुधार का वादा करते हैं, वे बड़े किसान की ज़मीन कैसे छीनेंगे?" प्रेमचन्द का हृदय परिवर्तन रेणु के लेखन में भी झाँक रहा है। 'मैला आँचल' के अन्तिम अध्याय में तहसीलदार का हृदय-परिवर्तन उपन्यास का कमज़ोर पक्ष है, जबकि श्रीलाल शुक्ल 'रागदरबारी' में इसकी कोई गुंज़ाइश नहीं आने देते। कटाक्ष की चाबुक इसकी मोहलत भी नहीं देती। स्थितियों की क्रूरता गुस्सा दिलवाती है और थोड़ी पारदर्शिता और थोड़ा विवेक व्यंग्य की चाबुक लहराने का अवसर देता है। व्यंग्यकार प्रेम जनमेजय कहा करते हैं कि आक्रोश के विरेचन के लिए व्यंग्य भी एक साधन है और फिर डेविड वारसेस्टर का कथन उद्धृत करते हैं—Satire is angles of anger, rather than the direct expression of anger ('आज़ादी के बाद का हिन्दी गद्य व्यंग्य'—डॉ. प्रेम जनमेजय)

डॉ. इन्द्रनाथ मदान ने 'गोदान' को एक त्रासदीय व्यंग्य रचना कहा है। 'रागदरबारी' पूरा-का-पूरा व्यंग्य रचना की बनावट से बुना गया। हालात में गिरावट इतनी ज़्यादा हो चुकी है कि उपन्यासकार को लगने लगा है कि मात्र चिकोटी काटने से काम चलने वाला नहीं। अखिलेश के साथ हुई बातचीत में कहते हैं—"जब तक समाज के प्रति आपकी व्यापक प्रतिक्रिया न हो, इन छोटी रचनाओं के माध्यम से, चिकोटी काटने से कोई खास बात नहीं बनती। व्यंग्य लिखना है तो छोटी-छोटी चिकोटी कारगर नहीं होगी और इस स्थिति में 'रागदरबारी' की अवधारणा हुई।"

श्रीलाल शुक्ल मारक व्यंग्य क्षमता से पूरा-का-पूरा ढाँचा हिला देते हैं। यहाँ तक कि उपन्यास की परम्परागत खूबियाँ, कथारचना की परम्परा तक चरमरा उठती है। हिन्दी उपन्यास परम्परा में 'रागदरबारी' के प्रकाशन काल (1968) तक यह तौर-तरीक़ा (व्यंग्य में रचा पूरा उपन्यास) पहला प्रयोग ही है। नायकत्वविहीन उपन्यास की कहानी नायकत्व को खलनायकत्व में डुबोती हुई जान पड़ती है। वह संवेदना को सृजन की अनिवार्य शर्त मानते हैं। वह एक लेख में कहते हैं—"'व्यापार' सरकारी नौकरी या अर्थोपार्जन के ऐसे धन्धे, जो प्रत्यक्ष या अप्रत्यक्ष रूप से हमें राज-सत्ता पर आश्रित रखते हैं, सही-ग़लत के बारे में हमारी कल्पना को धीरे-धीरे पराश्रित बनाने लगते हैं। तब वे स्थितियाँ जिनसे किसी विस्फोट की सम्भावना निकल सकती थी, सिर्फ़ फ़ाइल और कॉफ़ी के प्याले पर होने वाली बहस का हिस्सा बन जाती है, कुव्यवस्था से चिपके रहने के कारण उसे व्यवस्था का सहज अंग मानने की आदत पड़ जाती है और संवेदना जो सृजन की बुनियादी शर्त है, भोंथरी पड़ जाती है।" श्रीलाल शुक्ल का व्यंग्य विनोद शाही के शब्दों में 'पाखण्ड खण्डिनी पताका' के तौर पर आता है। क्योंकि वह (शाही) भारत में व्यंग्य को बुनियादी तौर पर आत्म- विखण्डक कहते हैं।

सेमरी/बेलारी, मेरीगंज की रचनायात्रा के बाद शिवपालगंज की रचना-यात्रा में

फ़र्क़ इसलिए है कि रंगनाथ एम.ए. करने के बाद घास खोदने लगे हैं यानी रिसर्च कर रहे हैं। तन्दुरुस्ती के ख़याल से शिवपालगंज आकर पाते हैं—महाभारत की तरह, जो कहीं नहीं है, वह यहाँ है और जो नहीं है, वह कहीं नहीं है। भारत की सांस्कृतिक एकता में उसकी आस्था इसलिए मज़बूत हो गयी, क्योंकि उसने देखा कि जिसकी प्रशंसा सभी मशहूर अख़बार पहले पृष्ठ से ही मोटे-मोटे अक्षरों में चिल्लाना शुरू करते हैं, जिसके सहारे बड़े-बड़े निगम, आयोग और प्रशासन उठते हैं, गिरते हैं, घिसटते हैं वही दाँव-पेंच और पैंतरेबाजी की अखिल भारतीय प्रतिभा कच्चे माल के रूप में इफरात से फैली पड़ी है। शिवपालगंज की खूबी है 'गंजहा संस्कृति'। जैसे इक्कीसवीं सदी के पहले दशक में देश के विकास की बड़ी चिन्ता दिखाई जाती है, वैसे ही 'रागदरबारी' के आठवें खण्ड में शिवपालगंज के विकास की बड़ी चिन्ता की जा रही है। 'काम न कर काम का फ़िक्र कर। फ़िक्र न कर फ़िक्र का ज़िक्र कर' की तर्ज में। शिवपालगंज में जननायकों और जनसेवकों का आना-जाना बड़े ज़ोर से शुरू हो चुका है। वक्ता, लेक्चर और श्रोता के तिकोन की बत्तियाँ जल-बुझ रही हैं। गंजहों के लिए यह दिलचस्प है, 'क्योंकि इनमें प्रायः शुरू से ही वक्ता श्रोता और श्रोता वक्ता को बेवकूफ मानकर चलता है—लेक्चर का मज़ा तो तब है, जब सुनने वाला भी समझे कि यह बकवास कर रहा है और बोलने वाला भी समझे कि मैं बकवास कर रहा हूँ।' (रागदरबारी, पृ. 77) इस लेक्चर के साथ विज्ञापन शामिल हो चुका है, जो पहले की सादा ग्राम-व्यवस्था में नहीं था। एक तरफ़ प्रत्येक वक्ता इसी सन्देह में गिरफ़्तार है कि काश्तकार अधिक अन्न नहीं पैदा करना चाहते और दूसरी तरफ़ लेक्चरों की कमी विज्ञापनों से पूरी हो रही है। विज्ञापन द्वारा यह बताया जा रहा है कि किसान यदि अपने लिए अन्न नहीं पैदा करना चाहता तो देश के लिए करे। विज्ञापन में औरत कृषि विभाग के अफसरों वाली हँसी हँसती है। लेक्चर विज्ञापन यानी वास्तविकता से दूर की घोषणाएँ और कृषि विभाग के अफसर की हँसी यानी अवमूल्यन पर लिपटा लाल फीताशाही का खोखला दम्भ। समाज और मनुष्य के बीच ग़ायब होती हुई राजनीतिक ज़िम्मेदारी।

रुप्पन ने रंगनाथ को साफ़-साफ़ कह दिया था—देखो दादा, यह तो पॉलिटिक्स है। इसमें बड़ा कमीनापन चलता है। पूरे देश की सामाजिक व्यवस्था और जनतान्त्रिक प्रणाली शिवपालगंज और इसके परिवेश के माध्यम से उभर आती है। पूँजीवादी लोकतन्त्र की तरफ़ इशारा करते हुए श्रीलाल शुक्ल की व्यंग्य धार लोकल से ग्लोबल हो जाती है—

ईंटें-गारा ढोने वाला मज़दूर भी जानता था कि बैठक का मतलब ईंट और गारे की बनी हुई इमारत भर नहीं है। नं. 10 डाउनिंग स्ट्रीट, व्हाइट हाउस, क्रेमलिन आदि मकानों के नहीं, ताकतों के नाम हैं। (रागदरबारी, पृ. 38)

ज़रा प्रजातन्त्र का सपना देखें—

प्रजातन्त्र उनके तख़्त के पास ज़मीन पर पंजों के बल बैठा है। उसने हाथ जोड़ रखे हैं। उसकी शक्ल हलवाहों जैसी है, और अंग्रेज़ी तो अंग्रेज़ी, वह शुद्ध हिन्दी भी नहीं बोल पा रहा है। फिर भी वह गिड़गिड़ा रहा है और वैद्य जी उसका गिड़गिड़ाना सुन रहे हैं। वैद्य जी उसे बार-बार तख़्त पर बैठने के लिए कहते हैं और समझाते हैं कि तुम ग़रीब हो तो क्या हुआ, हो तो हमारे रिश्तेदार ही, पर प्रजातन्त्र बार-बार 'हजूर' और 'सरकार' कहकर पुकारता है। बहुत समझाने पर प्रजातन्त्र उठकर उनके तख़्त के कोने पर आ जाता है और जब उसे सान्त्वना मिल जाती है कि वह मुँह से कोई तुक की बात निकाल सके तो वह वैद्य जी से प्रार्थना करता है कि मेरे कपड़े फट गये हैं, मैं नंगा हो रहा हूँ। (पृ. 175-176)

यही वैद्य जी हैं जो शिवपालगंज में राजनीति की हर चाल चल रहे हैं—इधर से भी, उधर से भी। उन्हीं के सहारे बड़े-बड़े निगम, आयोग और प्रशासन उठते हैं और गिरते हैं। उनके बिना किये सभी कुछ हो रहा है जिसमें पूरा हरामीपन और कमीनापन दुबककर बैठा होता है। कच्चे माल के रूप में प्रजातन्त्र की पैंतरेबाजी/दाँव-पेंच से बनती राजनीतिक इमारत। स्वतन्त्रता प्राप्ति को लेकर भारतीय जनता ने स्वप्न बुने थे, जो आशाएँ-आकांक्षाएँ संचित की थीं और सोचा था कि गुलाम युग में जिन विवशताओं को झेला था, अब वह सब बीते दिनों की बात हो जायेगी। हम एक नयी न्यायपरक समाज-संरचना में कदम रख पायेंगे जो अंग्रेज़ काल में मुमकिन ही नहीं थी। वैसा कुछ नहीं घटा। सत्ता-परिवर्तन ज़रूर हुआ, हालात में परिवर्तन नहीं हुआ। लोकतान्त्रिक संस्था, शिक्षा का ढाँचा, न्याय की तुला सभी पर भ्रष्टाचार की जमकर धूल बरसी। नीति अभिजात वर्ग के पाखण्ड का अभिन्न हिस्सा बना रहा। एक दृष्टान्त प्रस्तुत है—

"आज़ादी मिलने के बाद इस देश में साइकिल-रिक्शा चालकों का वर्ग जिस तेज़ी से पनपा है, उससे यह साबित होता है कि हमारी आर्थिक नीतियाँ बहुत बढ़िया हैं, और यहाँ के घोड़े बहुत घटिया हैं। उससे यह भी साबित होता है कि समाजवादी समाज की स्थापना के सिलसिले में हमने पहले तो मनुष्य और घोड़े के बीच का भेदभाव मिटाया है और अब मनुष्य और मनुष्य के बीच भेदभाव को मिटाने की सोचेंगे।" (रागदरबारी, पृ. 257)

वैद्य जी की बैठक में भंग का पीसना जारी है। इस काम में 'कला है, कविता है, कार्रवाई है, करतब है, रस्म है।' वैद्य जी प्रधानमन्त्री का भाषण एक अख़बार में पढ़ चुके हैं। गाँवों का उद्धार स्कूल, सहकारी समिति और गाँव पंचायत के आधार पर हो सकता है।

वैद्य जी सनीचर से कह देते हैं कि इस बार वही प्रधान होगा, वह अपनी जानी-मानी अयोग्यता ज़ाहिर करता है। रंगनाथ सनीचर का कन्धा थपथपाकर कहते है—"लायक़-नालायक़ की बात नहीं है सनीचर! हम मानते हैं कि तुम नालायक़ हो,

पर उससे क्या? प्रधान तुम थोड़े ही बन रहे हो। वह तो तुम्हें जनता बना रही है। जनता जो चाहेगी करेगी। तुम कौन हो बोलने वाले?"

पहलवान भी रट्टा जमाते हैं—"लौंडे तुम्हें दिन-रात बेवकूफ़ बनाते रहते हैं। तब तुम क्या करते हो? यही न कि चुपचाप बेवकूफ़ बन जाते हो?" (रागदरबारी, पृ. 136)

फुको को लगने लगा था कि अब यह सामाजिकीकरण सत्तावर्चस्वी शक्तियों द्वारा मनुष्य को अनुकूलित-नियन्त्रित करने का खेल बन गया है, जिससे आदमी के सामान्य जैव-व्यवहार तक प्रभावित हो सकते हैं। वैद्य जी कहते हैं—"मैं तो प्रजातन्त्र से चलता हूँ। सबको बोलने की स्वतन्त्रता देता हूँ। तभी से अध्यापक जो मेरे गुलाम हैं—मेरा विरोध करते घूम रहे हैं।"

न्याय का आलम यह है कि लंगड़ नकल लेने के लिए अदालत के निरन्तर चक्कर काट रहा है। अब इतने चक्करों के बाद वह सन्त होता चला गया है। रंगनाथ के पूछने पर कि नकल मिल गयी? वह वैष्णव सन्तों की निरीहता से जवाब देता है—"हाँ, बापू अब मिली ही समझो। सदर से दरख्वास्त वापस लौट आयी है। वैसे सदर जाने वाली दरख़्वास्तें वहीं खो जाती हैं, पर मेरी खोई नहीं।" (पृ. 236)

एक अन्य स्थल पर खिलंदड़ेपन के साथ कहा गया—"भले आदमी आम तौर पर जमानत नहीं कराते, जेल में रह लेते हैं।" (पृ. 208)

और यह भी—

एक-एक वकील करने में सौ-सौ रण्डी पालने का ख़र्च है। न्याय माँगने के लिए गये आदमी को जल्दी यह अहसास हो जाता है कि उस शख़्स ने न्याय माँगा ही क्यों? शिवपाल की यात्रा पर निकला ट्रक भी विद्रूप की एक भंगिमा है—

(ट्रक) जिसको देखकर यकीन हो जाता है कि इसका जन्म केवल सड़कों के साथ बलात्कार करने के लिए हुआ है। पेश की जाने वाली दरख्वास्त के बारे में कहा गया—दरख्वास्त बेचारी चींटी की जान जैसी है। (पृ. 49) दीवानी की अदालत का पुनर्जन्म के सिद्धान्त के साथ जोड़ दिया गया—पुनर्जन्म के सिद्धान्त की ईजाद दीवानी की अदालतों में हुई है, ताकि वादी और प्रतिवादी इस अफ़सोस को लेकर न मरें कि उनका मुक़दमा अधूरा ही पड़ा रहा। इसके सहारे यह सोचते हुए चैन से मर सकते हैं कि मुक़दमे का फ़ैसला सुनने के लिए अभी अगला जन्म तो पड़ा ही है। (पृ. 44)

'गोदान' में प्रेमचन्द ने होरी की परम्परावादी सोच ज़ाहिर करते हुए कहा था कि छोटा और बड़ा, अमीर और ग़रीब भगवान के घर से बनकर आता है। 'रागदरबारी' में कहा गया—"आज के भावुकतापूर्ण कथाकारों ने न जाने किससे सीखकर बार-बार कहा कि दुख मनुष्य को माँजता है, बात कुल इतनी नहीं है। सच तो यह है कि दुख मनुष्य को पहले फींचता है, फिर फींचकर निचोड़ता है, फिर निचोड़कर उसके चेहरे को घुंघू जैसा बनाकर, उस पर दो-चार काली-सफ़ेद लकीरें

खींच देता है और फिर उसे लम्बे-लम्बे डगों से टहलने के लिए छोड़ देता है।" (पृ. 55)

प्रेमचन्द को 'जान' की जगह 'गोविन्द' के बैठ जाने पर स्वराज्य का कोई अर्थ नज़र नहीं आता था। उनके एक स्त्री पात्र ने कहा था—"मैं समाज की ऐसी व्यवस्था देखना चाहती हूँ, जहाँ कम-से-कम विषमता को आश्रय मिल सके।" श्रीलाल शुक्ल के रागदरबारी में कहा गया—"सारे देश की तरह शिवपालगंज में भी, किसी भी तरकीब से केवल अमीर बन जाने से ही आदमी सम्मानपूर्ण बन जाता था और वहाँ भी सारे देश की तरह किसी संस्था का फोकट में पैसा खा लेने भर से आदमी का सम्मान नष्ट नहीं होता था।" (पृ. 258) इक्कीसवीं सदी के पहले दशक तक मतदाता वोट देने के प्रति उतने गम्भीर नहीं हैं और 'कोउ नृप होय हमहू का हानि' की मुद्रा बनाये हुए हैं। जो मताधिकार का महत्त्व जानते हैं, उन्हें मुश्किल पेश आ रही है कि किसे चुनें। चोरों में से कम चोर को या जो अभी बेपर्दा नहीं हुआ उसको? अपराधकर्मियों को पार्टी टिकट उपलब्ध करवाने वाली देश के भविष्य का दावा करने वाली पार्टी भी वक्ती फ़सल काटने के लिए अनुशासन, दायित्व और सद्भावना भुला बैठती है। 'रागदरबारी' में इसकी छटा अनुपम है।

"सनीचरा क्या कह रहा था?"

"वोट माँग रहा था।"

"तुमने क्या कहा?"

"कह दिया कि ले जाओ। मुझे कौन वोट का अचार रखना है?"

"वोट उसे दोगे तो अपना भला-बुरा समझकर, ऊँचा-नीचा देखकर देना।"

"सब देख लिया है। तुम माँगते हो तो तुम्हीं ले जाओ।" कहकर पहले इक्केवाले ने दोहराया—"मुझे कौन वोट का अचार रखना है।" (रागदरबारी, पृ. 259)

जब प्रजातन्त्र, न्याय, सदाचार सभी कुछ पतनोन्मुख हो तो शिक्षा 'शिक्षा' के रूप में कैसे सँवर सकती है? ज़रा कॉलिज की हालत देखें। यहाँ से इंटरमीडिएट पास करने वाले लड़के सिर्फ़ इमारत के आधार पर कह सकते थे कि हम शान्तिनिकेतन से भी आगे हैं, हम असली भारतीय विद्यार्थी हैं, हम नहीं जानते कि बिजली क्या है, नल का पानी क्या है, पक्का फ़र्श किसको कहते हैं, सेनिटरी फिटिंग किस चिड़िया का नाम है? हमने विलायती तालीम तक देशी परम्परा में पायी है और इसलिए हमें देखो, हम आज भी उतने ही प्राकृत हैं। हमारे इतना पढ़ लेने पर भी हमारा पेशाब पेड़ के तने से ही उतरता है, बन्द कमरे में ऊपर चढ़ आता है। कॉलिज का हाल भी सुन लें और पढ़ाई का भी..."तुम इस कॉलिज का हाल नहीं जानते। लुच्चों और शोहदों का अड्डा है। मास्टर पढ़ाना-लिखाना छोड़कर सिर्फ़ पॉलिटिक्स भिड़ाते हैं। दिन-रात पिताजी की नाक में दम किये रहते हैं कि यह करो, वह करो, तनख्वाह बढ़ाओ, हमारी गरदन पर मालिश करो, यहाँ भला कोई इम्तिहान में पास

हो सकता है? हैं कुछ बेशर्म लड़के भी, जो कभी-कभी इम्तिहान पास कर लेते हैं।" (रागदरबारी, पृ. सं. 40)

ज़रा छंगामल कॉलिज की स्थापत्य कला भी देख लें—सामुदायिक मिलन केन्द्र गाँव-सभा के नाम पर लिये गये सरकारी पैसे से बनवाया गया था। पर उसमें प्रिंसिपल का दफ्तर था और कक्षा ग्यारह और बारह की पढ़ाई होती थी। अस्तबल जैसी इमारतें श्रमदान से बनी थीं। टिन शेड किसी फ़ौजी छावनी के भग्नावशेषों को रातोरांत हटाकर खड़ा किया गया था। जुता हुआ ऊसर कृषि विज्ञान की पढ़ाई के काम आता था। उसमें जगह-जगह उगी हुई ज्वार प्रिंसिपल की भैंस के काम आती थी।

छंगामल कॉलिज की भवन-निर्माण कला की तरह अध्यापकों का चरित्र चित्रण ब्लैक बोर्ड पर जिस चॉक से किया गया है, वह जादू का है। जादू के सपने ज़मींदोज हो जाते हैं—मोतीराम पढ़ाने के अतिरिक्त आटे की चक्की चलाते हैं। क्लास में पढ़ाते हुए ध्यान उधर ही लगा रहता है। क्लास बीच में छोड़कर उसी तरफ़ भागते हैं। प्रिंसिपल दो गुणों के लिए विख्यात हैं—एक तो ख़र्च का फ़र्जी नक़्शा बनाकर कॉलेज के लिए ज़्यादा से ज़्यादा सरकारी पैसा खींचने के लिए, दूसरे गुस्से की चरम दशा में स्थानीय अवधी बोली का इस्तेमाल करने के लिए। जब वे फ़र्जी नक़्शा बनाते थे तो बड़े-से-बड़ा ऑडिटर भी उसमें क़लम न लगा सकता था; जब वे अवधी बोलने लगते थे तो बड़े-से-बड़ा तर्कशास्त्री भी उनकी बात का जवाब न दे सकता था। (पृ. 39)

और फिर इससे ज़्यादा क्या कहा जा सकता है—

वर्तमान शिक्षा प्रणाली रास्ते में पड़ी हुई कुतिया है, जिसे कोई भी लात मार सकता है। (रागदरबारी, पृ. 15)

कोलाहल जिस बात का है, वह मान्यता बार-बार रद्द होती है—

शिक्षा पद्धति में आमूल-चूल परिवर्तन के सुझाव पर अमल करने के लिए माली, चपरासी और मज़दूर रह गये। (वही, पृ. 245)

नैतिकता पर चाबुक की फटकार भी लगी है—

नैतिकता समझ लो कि यही चौकी है। एक कोने में पड़ी है। सभा-सोसाइटी के वक़्त इस पर चादर बिछायी जाती है। तब बड़ी बढ़िया दिखती है। इस पर चढ़कर लेक्चर फटकार दिया जाता है। यह उसी के लिए है। (पृ. 129)

प्रेमचन्द के 'गोदान' में हास्य-व्यंग्य और सरसता के छींटे, होली के वर्णन, कबड्डी प्रसंग, गोबर झुनिया की वार्ता जैसे प्रसंगों में खिलते हैं। 'मैला आँचल' में गाँव के लोगों की जहालत, आपसी झगड़ों का ब्योरा दिलचस्प ढंग से दिया गया है, रेणु रास्तों के कंकर-पत्थर चुन लेते हैं और नया रास्ता बनाते हैं। पिछड़े हुए गाँव की दशा का वर्णन प्रेमचन्द की परम्परा का ही है। समाज में काली छायाएँ हैं, परन्तु परिवर्तन की राह बन्द नहीं है। मठ में बालिका लछमी को दासिन बनाकर

रखना स्थायी पक्ष है। लेकिन समाज में बदलाव की आहट ज़रूर है। मठ में नागा बाबा रात को लछमी की कोठरी की तरफ़ जाते हैं। बालदेव लछमी की मदद नहीं करते। कालीचरन के विरोध के जवाब में नागा गाली देता है परन्तु कामरेड वासुदेव उछलकर डाँट देता है 'चुप रह बदमास।' नये महन्त दासिन बनाकर रखना चाहते हैं। तब 'चुप कुत्ता' कहकर लछमी हाथ छुड़ाकर ज्ञानदास के मुँह पर ज़ोर से थप्पड़ लगाती है। समाज की अन्धेरगर्दी अन्याय का जवाब रेणु के पास प्रगति का है।

'रागदरबारी' में क्रूर स्थितियों को व्यंग्य की ताकत से फटकारा गया है। श्रीलाल शुक्ल कहते हैं–

"किसान को, जैसा कि 'गोदान' पढ़ने वाले और 'दो बीघा ज़मीन' जैसी फ़िल्में देखने वाले जानते हैं, ज़मीन बहुत प्यारी होती है। यही नहीं, उसे अपनी ज़मीन के मुक़ाबले दूसरे की ज़मीन ज़्यादा प्यारी होती है और वह मौक़ा मिलते ही अपने पड़ोसी के खेत के प्रति लालायित हो उठता है। इसके पीछे समाजवादी विस्तार नहीं, सहज प्रेम की भावना है, जिसके सहारे वह बैठता अपने खेत की मेंड़ पर है जानवर पड़ोसी के खेत में चराता है।" (पृ. 263)

प्रेमचन्द गाँधी से प्रभावित रहे हैं। 'मैला आँचल' में गाँधीवादी बालदेव के भाषण का मज़ाक़ उड़ाया जाता है–पियारे भाइयो! आप लोग जो 'आन्दोलन' किये हैं, यह अच्छा नहीं। होली में गाँव के लोग गीत गा रहे हैं–

"चर्खा कातो, खद्दड़ पहनो, रहे हाथ में झोली
दिनदहाड़े करो डकैती, बोल सुराजी बोली–जोगी
सरररर!"

बालदेव लछमी की प्रताड़ना में सहायता नहीं करते। लेकिन 'रागदरबारी' तक आते गाँधी की हत्या कर दी गयी। गाँधीवादी भी दो अक्तूबर या तीस जनवरी को ही याद करने लगे। 'रागदरबारी' में अंकित है–एक चवन्नी चाँदी की, जय बोल महात्मा गाँधी की नारा सभी नारों की तरह खोखला और निकम्मा है, क्योंकि चवन्नी की जगह अब पच्चीस पैसे चलते हैं। चवन्नी ख़त्म हो चुकी है, चाँदी ख़त्म हो चुकी है। महात्मा गाँधी ख़त्म हो चुके हैं। (रागदरबारी, पृ. 215)

जब लोकतन्त्र, न्याय, शिक्षा के ढाँचे में सभी की भूमिका के सामने प्रश्नचिह्न हैं, तब क्यों न सूत्रधार की भूमिका को देखा जाये–

"अगर तुम्हारी किस्मत ही फूटी हो और तुम्हें कहीं रहना ही पड़े तो अलग से हवाई दुनिया बना लो। उस दुनिया में रहो, जहाँ बहुत से बुद्धिजीवी आँखें मूँदकर पड़े हैं। ...होटलों और क्लबों में, शराबखाना और कहवाघरों में...पहाड़ी आरामगाहों में जहाँ कभी न ख़त्म होने वाले सेमिनार चल रहे हैं। चुरूट के धुएँ, चमकीली जैकेट वाली किताब...ग़लत किन्तु अनिवार्य अंग्रेज़ी वाले विश्वविद्यालयों में...।"

"वह न कर सको तो अतीत में जाकर छिप जाओ–एलोरा, पतंजलि...अजन्ता,

एलिफेंटा में...कोणार्क और खजुराहो में...जप, तप, मन्त्र में, सन्त समागम, ज्योतिष सामुद्रिक...जहाँ भी जगह मिले, जाकर छिपे रहो—भागो-भागो, यथार्थ तुम्हारा पीछा कर रहा है।" (रागदरबारी, पृ. 423)

हमारे यहाँ ध्वंसात्मक आलोचना की सुदीर्घ परम्परा है। प्रेमचन्द, यशपाल, रांगेय राघव, फणीश्वरनाथ रेणु, अज्ञेय, निर्मल वर्मा न जाने कितने प्रतिभासम्पन्न उपन्यासकारों को अग्निस्नान करना पड़ा, फिर श्रीलाल शुक्ल भला कैसे बच पाते?

'कौन किस पर हँसता है' लेख में मुद्राराक्षस ने 'रागदरबारी' को व्यंग्य लेखों का ऐसा संकलन कहा जिसमें कुछ नाम या व्यक्ति हर व्यंग्य-लेख में एक ही हैं। पर इसकी स्वीकृति व्यंग्य लेख-संग्रह के रूप में नहीं, उपन्यास के रूप में हुई। (वर्तमान साहित्य/शताब्दी कथा विशेषांक/जनवरी-फरवरी 2000) लेख में मुद्राराक्षस की स्थापना है कि श्रीलाल शुक्ल गाँव की वेदनाओं का कार्टून प्रस्तुत कर रहे हैं। उन्होंने कहा कि शिवपालगंज नाम के इस गाँव में जो भ्रष्टता है, उसे सम्भवतः देश के पतनशील इतिहास के प्रतीक के रूप में पेश किया गया है। कोई गाँव निश्चय ही भ्रष्टता का स्वायत्त टापू नहीं हो सकता। मुद्राराक्षस को वंचितों, पिछड़ों का मज़ाक़ उड़ाना ठीक नहीं लगा। उन्हें यह शहरी दृष्टि से देखा गया गाँव लगता है। वह सवाल उठाते हैं कि यह नवीन महाभारत क्या सचमुच देश के समाज की दुर्दशा का प्रतीक है? अगर है तो कथाभूमि गाँव क्यों है, शहर क्यों नहीं है? क्या शहर की तुलना में गाँव ज़्यादा गन्दा, गलीज और पतित है?

कुछ ऐसा ही लेख श्रीपतराय का था। उनका मूल सवाल था कि 'रागदरबारी' जैसा गाँव भारत में है कहाँ? उन्हें स्वीकार नहीं हुआ कि प्रेमचन्द का चित्रांकित गाँव अब कहीं बचा नहीं।

व्यंग्य स्थितियों के अतिरिक्त विस्तार पर होता है। गाँव, शहर या कस्बे का सवाल नहीं होता। सूर्यबाला ने इस उपन्यास पर कहा है—"शेक्सपियर ने भले समूचे विश्व को मंच और हमें अभिनेता कहकर छुट्टी पा ली थी, लेकिन 'रागदरबारी' में हमारे सामने जो मंच खुलता है, उसके डाइमेशंस हमें हतप्रभ कर देते हैं। क्योंकि यहाँ दृश्य-पर-दृश्य, पर्दे-पर-पर्दा और नेपथ्य-से-नेपथ्य, इस तरह उजागर होते जाते हैं कि एक छोटे से कस्बे में चल रही हर स्तर की भ्रष्ट गतिविधियों की कारगुज़ारी देखकर हम दंग रह जाते हैं।"

दूसरे प्रेमचन्द के गाँव की तासीर के बदलने से प्रेमचन्द के गाँव के यथार्थ वर्णन पर कोई खरोंच नहीं आती।

धरती धन न अपना
हिन्दी की पहली उपन्यास त्रयी

जगदीश चन्द्र के उपन्यास 'नरक कुण्ड में बास' का एक पात्र मोझा कहता है—"हम लोगों की जन्म से मरण तक सारी ज़िन्दगी ही गन्दगी में गुज़रती है। रुके हुए सड़ाँध-भरे पानी में मच्छर-मक्खियों की तरह हम भी पलते हैं।"

किशना, छिल्लू, माँझी, काली जैसे लोगों को बदबूदार पानी, चमड़े और मक्खियों के बीच ही काम करना पड़ता है।

जगदीश चन्द्र जी के ऐसे नारकीय विवरण पढ़ते हुए मैक्सिम गोर्की के महान उपन्यास 'माँ' का दृश्य याद आ सकता है, जहाँ वह उपन्यास खुलता है—

"मज़दूरों की बस्ती के गन्दे और घुटे हुए वातावरण में रोज़ फैक्टरी के भोंपू का काँपता हुआ कर्कश स्वर गूँज उठता और उसके आवाहन पर छोटे-छोटे मटीले घरों से उदास लोग सहमे हुए कीड़ों की तरह बिलबिलाते हुए निकल पड़ते...उनके पैरों के नीचे कीचड़ की छप-छप होती थी। वे अलसाई हुई आवाज़ में चिल्लाते और हवा में उनकी गन्दी गालियाँ गूँज उठतीं।" (अनुवादक : मुनीश सक्सेना)

काली और उसके साथी चमार हैं। 'माँ' के मज़दूरों के कन्धों पर यह तख्ती नहीं।

पंजाब की मिट्टी से जुड़े यशपाल और जगदीश चन्द्र प्रेमचन्द की यथार्थपरक लेखनीय निष्ठा की परम्परा के कथाकार हैं। यशपाल का मन गाँव में नहीं रम पाया। जगदीश चन्द्र के यहाँ गाँव भारत का गाँव है। पीड़ित, कर्ज़दार और रूढ़ियों में जकड़ा। वह होशियारपुर का घोड़ेवाहा गाँव न रहकर हिन्दुस्तान का कोई भी गाँव हो जाता है, जिसे रमेश कुंतल मेघ 'धरती के दुखियारों' की जीवन-गाथा मानकर चलते हैं।

जगदीश जी के तीन उपन्यास 'धरती धन न अपना', 'नरक कुण्ड में बास' तथा 'ज़मीन अपनी तो थी' अपनी एक खास लय की वजह से अलग चर्चा की माँग रखते हैं। इससे पंजाब का दलित विमर्श समझा जा सकता है तथा अपने समय का यथार्थ भी।

बिहार, आन्ध्र प्रदेश, उत्तर प्रदेश, मध्य प्रदेश जैसे राज्यों में दलित जीवन जितना नारकीय है, पंजाब में उतना नहीं है। गुरुओं की पवित्र वाणी ने पंजाब में

मानवतावाद के हक़ में जबरदस्त भूमिका का निर्वाह किया है। सिख गुरुओं की वाणी के अतिरिक्त गुरु ग्रन्थ साहिब में भक्त कवियों की रचनाएँ भी संकलित की गयी हैं। कबीर, रविदास, नामदेव, पीपा, शेख फरीद जैसे कवियों की वाणी को शामिल कर गहरे मानवीय सरोकार का परिचय दिया गया है। आधुनिक युग की पंजाब की क्रान्तिकारी, समाज-सुधारक लहरें भी लोगों की इन्सान को इन्सान समझने की भावना को मज़बूत करती रही हैं। परन्तु प्रतिगामी शक्तियों ने अपना रोल निभाया। कालान्तर में जातिगत आधार पर गुरुद्वारे नज़र आने लगे। गाँवों में चमादड़ी अलग नज़र आने लगी।

जगदीश चन्द्र के तीन उपन्यासों से गुज़रते हुए दलित जीवन के जो चित्र हमारे सामने बनते हैं, वे सोचने के लिए विवश कर देते हैं कि यदि पंजाब के दलित की यह दशा है तो भारत के काफ़ी हिस्सों में जहाँ जातिगत उत्पीड़न कहीं ज़्यादा है, वहाँ उत्पीड़न की हद क्या होगी? किस क्रूरता का उन्हें रोज़ सामना करना पड़ता होगा?

'धरती धन न अपना' 1972 में छपा। 1967 का आम चुनाव कुछ अलग परिदृश्य का था। अनेक प्रान्तों में, भारत में विरोधी दलों की सरकारें बनीं जो कि आम आदमी के बदलाव चाहने की इच्छा को ज़ाहिर करने वाली बात है। 1969 में कांग्रेस के दो टुकड़े हो गये। 1971 के आम चुनाव में समाजवाद का नारा अनेक पार्टियों ने लगाया। इधर नक्सली लहर का रुझान भी उठा।

प्रेमचन्द ने पूँजीवादी व्यवस्था की बाबत कहा था कि महाजनी सभ्यता के सारे कामों की गरज पैसा होती है। मनुष्य समाज दो भागों में बँट गया है। बड़ा हिस्सा तो मरने-खपने वालों का है और बहुत ही छोटा हिस्सा उन लोगों का, जो अपनी शक्ति और प्रभाव से बड़े समुदाय को अपने वश में किये हुए है। साहित्य, संगीत और कला सभी धन की देहरी पर माथा टेकने वालों में हैं। (महाजनी सभ्यता)

राजनीतिक, सामाजिक, साहित्यिक सभी स्तरों पर वस्तुपरकता के पक्ष में स्वर उठने लगा था। महाजनी सभ्यता का डेरा-डण्डा उठा देने की बातें होने लगी थीं।

जगदीश जी के साथ एक साक्षात्कार में उन्होंने लेखन की निरन्तर प्रेरणा के सम्बन्ध में पूछे जाने पर कहा था—

"गाँव का आम आदमी, जिसे व्यापक अर्थों में जनता कहा जाना चाहिए मेरी प्रेरणा रही है। वहाँ कमज़ोर आदमी का लगातार शोषण मैं बचपन से देखता आ रहा हूँ और मैं ख़ुद भी इस शोषण का एक हिस्सा रहा हूँ, लेकिन अर्थशास्त्र के अध्ययन और फिर मार्क्सवाद के अध्ययन ने मुझे दृष्टि दी, नहीं तो गाँव के दूसरे लोगों की तरह मैं भी जुल्म को भगवान की देन समझता। लेकिन इस दृष्टि से पता चला कि समाधान निकाला जा सकता है।"

'धरती धन न अपना' का काली बेज़मीन मज़दूर है। उपन्यास की शुरुआत उसके अपने गाँव लौटकर आने से होती है। छह साल पहले वह अभावग्रस्तता में

गाँव छोड़कर रोज़ी-रोटी की तलाश में कानपुर चला गया था। छह साल बाद गाँव लौटने पर उसे लगता है कि गाँव जरा भी नहीं बदला। अभाव, भुखमरी, शोषण का सिलसिला वैसे-का-वैसा ही है, जैसा छह साल पहले था।

पंजाब की हरित क्रान्ति पंजाब के लिए व्यापक परिवर्तन लायी। ज़मीनों के मालिक जाट सम्पन्न होते चले गये। शिरोमणि अकाली दल में भी उनकी स्थिति मज़बूत होने लगी। वे चाहे सत्ताधारी पार्टी के साथ हों या विपक्ष में, उनका होना एक प्रभाव रखने लगा। छोटी जातियों में उनका दबाव ज़्यादा प्रखर होने लगा।

चौधरी हरनाम सिंह नामक पात्र गाँव के दलित मज़दूरों द्वारा अपनी मेहनत का मेहनताना माँगने पर आपा खो देता है—

"देखो, तुम आग से खेल रहे हो, भलमानसों की तरह काम शुरू कर दो वरना तुम्हारी कुत्तों से भी बुरी हालत करूँगा...।" (पृ. 235)

काली के पिता के गाँव में अपना पक्का मकान बनवाने की हार्दिक इच्छा थी। वह इस इच्छा को पूरी किये बिना संसार से चले गये। कानपुर से लौटकर काली इस सपने को साकार करने के संघर्ष में जुट जाता है। गाँव के बाहर चमादड़ी में वह पक्का मकान बनाना चाहता है, परन्तु छज्जू कहता है कि वह जगह "शामलात" (साँझी ज़मीन) की है। जब तक वे वहाँ रहेंगे, उनका अधिकार रह सकता है। काली ज्ञानो से प्रेम करता है, परन्तु वहाँ भी विफल रह जाता है।

दलित अगर धर्म भी बदल ले, तब भी उसे वह सुरक्षित और सम्मानजनक मुकाम हासिल नहीं होता, जिसकी तड़प उसके भीतर रहती है। जगदीश चन्द्र इस सच्चाई को समझ रहे थे। नन्द सिंह धर्म बदल लेता है, परन्तु वह चमार-का-चमार ही समझा जाता है। चौधरी नन्द सिंह से कहता है—वाह-वाह नन्दसिंघा! तेरे सिर पर अभी सींग तो उगे नहीं...पगला तू कुछ भी बन जा, रहेगा चमार-का-चमार ही। जात कर्म से नहीं, जन्म से बनती है। अगर चमार कहलवाना पसन्द नहीं तो किसी और माँ के पेट से जन्म लिया होता।" (पृ. 200)

पादरी कालीदास को भी धर्म-परिवर्तन कराकर ईसाई बनने के लिए उकसाता है। परन्तु जब काली मदद माँगने जाता है तो वह इनकार कर देता है, क्योंकि चमारों ने उनकी ईसाई बिरादरी में शामिल होना स्वीकार नहीं किया।

यह केवल घोड़ेवाहा के चमारों की स्थिति नहीं है, पूरे भारत के चमारों की त्रासद स्थिति है, जिसे जगदीश चन्द्र जैसा साफ़ दृष्टि का लेखक महसूस कर रहा था। धर्म अपनी मानवीय भूमिका से फिसलकर प्रदर्शन और ताकत की कर्मशीलता में उतर चुका था। व्याख्याकार मुखौटों में चेहरा छुपाये हुए थे। यथार्थ सिद्ध रचनाकार इससे और क्या प्रहार करता! पाठक को सोचना पड़ता है कि धर्म का सामाजिक आधार क्या पादरी की भंगिमाओं से बनेगा? प्रेमचन्द के 'गोदान' उपन्यास से वह प्रभावित रहे हैं। गोदान में धर्म-आधारित शोषण का रूप उनके सामने खुला था।

'धरती धन न अपना' का काली क्रान्ति के लिए मॉडल नहीं बन पाता। काली में नेतृत्व क्षमता है। कुछ लोगों को लग सकता है कि उसकी क्षमताओं का पॉजिटिव हीरो के रूप में उपयोग नहीं हुआ। जगदीश जी ने इस प्रश्न के उत्तर में मुझे कहा था—"मैं किताबी समाधान नहीं चाहता। अन्त में नायक के हाथ में डण्डा पकड़ा देना, ऐसा ही समाधान है।... भूमि सुधार का फायदा सिर्फ़ अमीर हरिजन को मिला है, जिसका कोई राजनीतिक दबाव था। ऐसे में काली या तो फादर का हाथ पकड़कर स्वर्ग में चला जाता, जो कि मेरे उपन्यासकार को स्वीकार नहीं था।"

अज्ञेय के उपन्यास 'शेखरः एक जीवनी' में अछूत दयनीय नज़र आता है, जिसे दासत्व भाव से झुकना सिखाया जाता है। मलाबार में अछूतों की दशा, ब्राह्मणों के अत्याचार की शिकार घायल अछूत स्त्री का ज़िक्र छुआछूत का परिचय देता है—"वहाँ है केवल दैन्य, सम्पूर्ण दासत्व, वहाँ माता-पिता अपने बच्चों को बोध कराते हैं, अवज्ञा के लिए नहीं, स्वीकृति के लिए झुकना सिखाते हैं, अभिमान से नहीं दासत्व भाव से। आत्माएँ इस सम्बन्ध में इस तरह जकड़ी हैं कि वे स्वयं नहीं जानते कि वे किस शृंखला में बँधे हैं और स्वयं उसकी कड़ियाँ पक्की करने में सहायक होते हैं।" (शेखरः एक जीवनी, प्र. भाग, पृ. 65) परन्तु 'धरती धन न अपना' के पात्रों पर दबाव है, शोषण का शिकंजा भी है परन्तु दैन्य नहीं है। वे अधिकार सजग हो रहे हैं।

'धरती धन न अपना' उपन्यास में चौधरी के खेतों में किसी ने जानवर हाँक दिये। चौधरी आगबबूला होकर ललकार रहा है। उपन्यासकार की टिप्पणी है—"चमादड़ी में ऐसी घटना कोई नयी बात नहीं थी। ऐसा अकसर होता रहता था। जब किसी चौधरी की फ़सल चोरी हो जाती, बरबाद कर दी जाती, चमार चौधरी के काम पर न जाता या फिर किसी चौधरी के अन्दर ज़मीन की मिल्कीयत का अहसास ज़ोर पकड़ लेता तो वह अपनी साख बनाने और चौधरी मनवाने के लिए इस मुहल्ले में चला आता।" चौधरी के आने पर ललकारने के प्रभाव को जगदीश चन्द्र किस तरह अंकित करते हैं—"वहाँ मुहल्ले के बहुत-से मर्द कमान बनाकर खड़े थे! बीच में चौधरी हरनाम सिंह बायें हाथ की दो उँगलियों से तहबन्द का पल्लू थामे हुए गालियाँ दे रहा था। कोठों की दीवारों और दरवाज़ों के साथ मैली-कुचैली स्त्रियाँ भयभीत बच्चों को छातियों से लटकाये या अपनी टाँगों में दबाये चौधरी और अपने मुहल्ले के मर्दों को देख रही थीं। बूढ़े और जवान सब ऐसे सिर झुकाये हुए थे जैसे राजा के दरबार में खड़े हों। उनके मैले ताँबे के रंग के शरीर मन्द हवा में हिल रहे पत्तों की तरह काँप रहे थे। चौधरी हरनाम सिंह सबको गालियाँ दे रहा था, लेकिन उनके मुँह पर ताले पड़े थे।" (जगदीश चन्द्र रचनावली, खण्ड 1, पृ. 33, सं. विनोद शाही)

'धरती धन न अपना' जब रूस में अनुवादित होकर छपा, तब रूस के प्रसिद्ध भारत विशेषज्ञ ने कहा—"अपने अधिकारों के लिए अछूतों की यह लड़ाई समाज की प्रगतिशील शक्तियों के सामने कई नये प्रश्न खड़े कर रही थी। यह लड़ाई कई

स्तरों पर थी। एक तरफ़ ये लोग अपने शोषण के ख़िलाफ़ थे, जो सदियों से चला आ रहा था दूसरी तरफ़ उनकी यह लड़ाई वर्ण-व्यवस्था के ख़िलाफ़ थी। अछूत लोग समाज में दूसरे वर्गों के समान अधिकार चाहते थे।"

भारत में स्वतन्त्रता से पहले ही गाँव केन्द्रित विकास या शहर केन्द्रित विकास पर तीखी बहस हुई है। यह बहस पण्डित नेहरू और गाँधी के बीच हुई। नेहरू 1928-30 के ज़माने में कैम्ब्रिज से लौटकर आये थे। पहले किसानों की ग़रीबी की समस्या की बात करते थे परन्तु फिर औद्योगीकृत, महानगरीय केन्द्रित पश्चिमी पूँजीवादी विकास मार्ग के पैरोकार नज़र आये। गाँधी ग्राम केन्द्रित, आम जन सहभागिता वाले भारत का सपना देख रहे थे। लिहाज़ा भारत से गाँव उपेक्षित हो गया और गाँव से दलित। काली का सम्बन्ध परम्परागत अर्थव्यवस्था से है। पश्चिम की माल बेचने की वेगवती ख़्वाहिशों और भारी प्रलोभन में दस्तकार वर्ग बुरी तरह पिस गया। गाँव अपने बोझ में डूबा हुआ ज़्यादा दरवाज़ा खोल नहीं पाता तो दलित लोग गाँवों के किनारों पर ही बसेरा बना पाते हैं। 'धरती धन न अपना' का जर्मन भाषा में अनुवाद डॉक्टर मार्गोट मादस्लॉफ ने किया। उन्होंने कहा कि यह उपन्यास अपनी भाषा की सरलता व स्पष्टता, घटनाक्रम की नाटकीय ढंग से बढ़ती हुई गम्भीरता, ग्राम्य जीवन के जीवन्त दृश्यों तथा देहात में पाये जाने वाले आपसी सम्बन्धों के सहानुभूतिपूर्ण चित्रण द्वारा पाठक का मन मोह लेता है। उपन्यास के माध्यम से वास्तविक भारत और नेहरू के सपनों का अन्तर बताते हुए कहा—"इस उपन्यास में हमें वास्तविक भारत और जवाहरलाल नेहरू के सपनों के भारत के बीच पायी जाने वाली विसंगतियों की अनुभूति होती है। नेहरू ने 1944 में अहमदाबाद की जेल में लिखी गयी अपनी पुस्तक, 'भारत : एक खोज' में यह निश्चित कर पाने में विश्वास व्यक्त किया था कि आज के सामाजिक संगठन में जात-पाँत के लिए कोई जगह नहीं है। जब योग्यता ही मापदण्ड है और सभी को अवसर उपलब्ध कराये जा रहे हैं तो जाति व्यवस्था के सभी वर्तमान विशिष्ट लक्षण लुप्त हो जाते हैं और वास्तव में यह समाप्त हो जाती है।" (जनसत्ता : 23 जून, 1993)

'धरती धन न अपना' अन्त में अधूरा लग सकता है। काली अपनी पत्नी ज्ञानो और उसके पेट में पल रहे बच्चे सम्बन्धी गहरे पश्चात्ताप की आग में जलता हुआ विदा हो जाता है। यह अन्त 'वेग' है, क्योंकि इससे दूसरे उपन्यास का जन्म होना था।

'नरक कुण्ड में बास' 1994 में आया।

कथा का विकास इतना सहज है कि हैरत होती है। सामाजिक-आर्थिक सवालों का टकराव एक संघर्ष गाथा को वाणी दे जाता है। काली एक ऐसा दरबदर ठोकरें खाने वसाला शख़्स है जिसे गाँव ने जगह नहीं दी और शहर ने जिस पर यकीन नहीं किया। शहर के लिए हर अजनबी चोर-उचक्का है—

"शहर में हर परदेसी को चोर-उचक्का समझा जाता है। काम उसी को मिलता

है जिसका कोई अपना सरनामा हो, कोई अता-पता हो, कोई वाली-वारिस हो। वहाँ तो लोग गली के बाहर के कुत्ते को भी टुक्कड़ नहीं डालते, परदेसी को काम के लिए घर में कैसे घुसने देंगे।" (नरक कुण्ड में बास, पृ. 62)

काली की संघर्ष-यात्रा अब जालन्धर शहर में है, जहाँ उसे काम चाहिए। काम इस देश के लाखों बेरोज़गारों की तलाश है। नये औपनिवेशिक पैटर्न में श्रमिक के लिए वस्तुस्थिति यही है। 'कहीं भी कोई भी काम कुछ भी दाम' (कथन-37) इस बड़ी लूट ने दुनिया के ग़रीब लोगों को जीने लायक़ ही नहीं छोड़ा। क़ानून, नियम कायदे सभी धनपतियों की सुरक्षा की ढाल बनते आये हैं।

अब काली सर्वहारा है। ज़मीन का वह टुकड़ा जिस पर पक्का मकान खड़ा करने का सपना था, ध्वस्त हो चुका है। रेढ़ा खींचने वाला डिब्बू उससे कहता है—"देख पहलवान, जड़ से उखड़ा पेड़ जल्दी सूख जाता है। पशु की कीले के बिना और आदमी की घर-गाँव के बिना कोई पहचान नहीं है।" (पृ. 87)

काली अधूरे प्रेम के पश्चात्ताप से भी भरा हुआ है। निर्वासन के साथ पश्चात्ताप उसे विचलित कर देता है। एक बोझ खींचने वाले मज़दूर के तौर पर नहीं जी पाकर उसे बड़ी ख़राब परिस्थितियों में क़ाम करना पड़ता है। उसका काम है कच्चा चमड़ा धोना और साफ़ करना। बदबू के मारे जहाँ सर फटने लगे और चर्म रोग हो जाये, ऐसी निम्नतम परिस्थितियों में जानलेवा हालात में काम करना किस मज़दूर के लिए आसान होगा? जगदीश चन्द्र जी रेहड़ा खींचने वाले काली और टैलरीज के मज़दूर काली की दशा पूरी तरह बयान कर पाये हैं।

समाजार्थिक दृष्टिकोण काली का स्केच बनाने में खासा मददगार साबित हो रहा है। नहीं तो मालिक और दलित मालिक की एकता का आधार तथा सत्ता-चरित्र उभर न पाता। उसका एक साथी बिल्कुल ठीक कह रहा है—"कहते हैं देश आज़ाद हो गया है। लेकिन लगता है कि आज़ादी सेठों, अफ़सरों और बड़े-बड़े चौधरियों और कोठियों तथा हवेलियों में ही फँसकर रह गयी है। उसे छोटी-छोटी गलियों और कच्चे मकानों का रास्ता नहीं मिला।' (पृ. 155)

आज़ादी के बाद गाँधी जी के सपनों के भारत और रवीन्द्रनाथ के जाग्रत भारत की रचना बेबुनियाद हो गयी। अधूरी राष्ट्रीय क्रान्ति और अधूरे मुक्ति संघर्ष ने समाज को उतना बदला नहीं, स्वप्नभंग, मोहभंग हमें परायेपन की तरफ़ (एलियनेशन) ले गया। 'नरक कुण्ड में बास' का नाथी कहता है कि इंस्पेक्टर को सेठ के दफ़्तर और कोठी के आगे का रास्ता याद कहाँ रहा होगा। मालिक से मामला तय हो गया होगा। किताबों में ट्यूबवैल भी लग गया होगा। किताब का पेट भरा होना चाहिए, बाक़ी सब अल्ला-अल्ला खैर सल्ला है। राजनीति के प्रदूषण, दायित्वहीनता और फूहड़पन ने यह जमात पेश की है, जहाँ जन-कल्याण की योजनाएँ काग़ज़ी होकर रह जाती हैं। जिन लोगों का पैसा ही सबसे बड़ा ईमान है, ऐसे नक्कारा, बेज़मीन,

मानवीयता रहित दलाल लोगों की फ़ौज, जो आज़ाद हिन्दुस्तान में पैदा हुई है, योजना और अमल के बीच साँप बनकर बैठी हुई है जिसकी वजह से विकास कार्य के लिए निकला हुआ एक रुपया पन्द्रह पैसे के रूप में भी नहीं पहुँच पाता।

काली सेठ से अपनी दशा का बयान इस शब्दों में करता है—"आप देख ही रहे हैं काम बहुत गन्दा है। मुरदार की चमड़ी से जूझना पड़ता है। सारा दिन गन्दगी, नमक, चूने और तेज़ाब के पानी से खेलना पड़ता है। खाज-खुजली समेत सौ बीमारियाँ लगती हैं। लेकिन यहाँ कोई सहूलियत नहीं है। पीने के लिए ताज़ा पानी और नहाने के लिए नल तक नहीं है।"

मानवीय संवेदना से भर उठा काली मज़दूरों का लीडर हो जाता है। टैनरीज में मुंशीगिरी का काम उसे अपने मज़दूर साथियों से काट देता है। उसकी कोशिश रहती है कि मज़दूर साथियों को कुछ सुविधाएँ दिलवाये, गालिबन दो दशक का वक़्त लगा काली को फिर से उपन्यास फलक पर देख पाने में।

परन्तु असफलता उसकी नियति है।

मुक्तिबोध ने हरिजन बस्तियों का चित्र कुछ इस तरह खींचा था—

हरिजन गलियों में
लटकी है पेड़ पर
कुहासे के भूतों की साँवली चूनरी
चूनरी में अटकी हैं कंजी आँखें गंजे सिर
टेढ़े मुँह चाँद की

परन्तु जगदीश चन्द्र के 'नरक कुण्ड में बास' का नरक ज़्यादा भयावह है। आज ज़मीन से जुड़े होना एक मुहावरे की शक्ल अख्तियार कर गया है, परन्तु ज़मीन से जुड़े रहकर दृष्टि कितनी साफ़ रहती है या दृष्टि के कितना साफ़ रहने पर ही कोई ज़मीन से जुड़ा रहकर रचना को जन्म दे सकता है, यह जगदीश चन्द्र की उपन्यास त्रयी को पढ़कर ही जाना जा सकता है।

पहले दो उपन्यासों में काली सामन्तीय व्यवस्था से निकलकर अर्ध-सामन्ती, अर्ध-पूँजीवादी व्यवस्था का शिकार होता है। रचना के स्तर पर काली का यह परिवर्तन बड़ा है, जहाँ वह छोटा-मोटा मज़दूर नेता होता है और मालिक का आदमी भी समझा जाता है। तीसरा उपन्यास 'ज़मीन अपनी तो थी' जगदीश जी के जीवनकाल में नहीं छप पाया। 'धरती धन न अपना' और 'नरक कुण्ड में बास' की इस अगली कड़ी का प्रकाशन उपन्यासकार की जीवन-यात्रा पूरी कर जाने के बाद ही सम्भव हुआ।

'ज़मीन अपनी तो थी' की पाण्डुलिपि छपने को तैयार पाण्डुलिपि नहीं थी। कला के क्षेत्र में रचनाकार के अधूरे छूटे काम किस तरह चीखते रहते हैं, यह बात एक रचनाकार ही महसूस कर सकता है, खासकर तब जब रचनाकार ही न रहे। 'किंचित' अधूरी पाण्डुलिपि की प्रकाशन तक की तैयारी विचित्र परिस्थितियों में मेरे

मित्र विनोद शाही को करनी पड़ी। उन्होंने इसे बड़े कोमल हाथों से ज़िम्मेदारी के साथ रचनात्मक न्याय से भरकर सहेजा है, ताकि मूल कथा ज्यों-की-त्यों रह पाये। उपन्यास में ऐसी स्थिति में मूल कथा को बिना किसी खरोंच के सहेज लाने का काम पेचीदा और सावधानी से करने वाला होता है।

जगदीश चन्द्र सामाजिक यथार्थ को गहरे से समझने वाले, सजग रचनाकार के रूप में पहचान बना चुके थे। समय मनुष्य की नियति से अलग नहीं है। डुण्डा लाट के कैप्टन सुनील के कैरियर और कल्चर के बीच भटकने और कारुणिक स्थिति पर उन्होंने कहा था—"ही इज़ टू मीट हिज़ फेट।"

नन्द सिंह के परिवार के लोगों ने काली को मार मुक गया समझ लिया था। न तो उसने अन्धे कुएँ में छलाँग लगायी थी, न भोगपुर और चौलांग के बीच रेल के नीचे कुचला गया था। वे तो अफ़वाहें मात्र थीं। वह एक भगोड़े का जीवन जी रहा था। शहर में काम ढूँढ़ने की समस्या फिर उसके सामने है, क्योंकि शहर वही है।

"अब नये सिरे से काम-धन्धे के लिए टक्करें मारनी पड़ेंगी। जान-पहचान के बिना तो शहर में कोई ज़ख़्म पर नमक नहीं छिड़कता।" (ज़मीन अपनी तो थी, पृ. 13) जगदीश चन्द्र सामाजिक, आर्थिक और सांस्कृतिक प्रभाव की अभिव्यक्ति सहज ही कर जाते हैं।

नन्द सिंह जिस कोठे के सामने रुक जाता है, उसकी बाहरी दीवार में दो दरवाज़े हैं—बेरंग, खुरदरे। आगे दुकान है जहाँ जूते काटने और सीने का काम होता है, पीछे रिहायश। आँगन छोटा और फ़र्श कच्चा। एक कोने में नीम का छोटा पेड़ और ईंट-रोड़े की ढेरी थी। रसोई भी कच्ची। साथ में कच्ची कोठरी—लकड़ी, कपास की सूखी छड़ियों और उपलों से भरी। रसोई के बाहर ईंटें जोड़कर पक्का खुरा बना दिया था। पानी की कच्ची नाली नीम के पेड़ के पास छपड़ी में ख़त्म हो जाती थी। (पृ. 11)

नन्द सिंह ने ग़रीबी का ज़हर पीया है, इसलिए वह कहता है—"गाँव में ग़रीब आदमी की इज़्ज़त किसी लेखे-जोखे में नहीं होती। जवान लड़कियों, औरतों को काम से अकेले ही खेतों, खलिहानों, बाड़ों-घरों में जाना पड़ता है, रोटी की मजबूरी से बहुत कुछ मानना-सहना होता है...इज़्ज़त...आबरू समेत।" (पृ. 13)

इस कड़ी के पहले दो उपन्यासों (धरती धन न अपना, नरक कुण्ड में बास) की बनिस्वत प्रगति के मार्ग के अवरोधों और दबावों को व्यापक तथा गहरे स्तर पर समझा और समझाया है। भूमि सुधार, भूमि-वितरण भूमिहीन के लिए रेत पर पानी का आभास मात्र साबित होता है।

'कभी न छोड़ें खेत' में उपन्यासकार ने जाट-किसान और गाँव-समाज के बहाने ज़मीन के मोह, ज़रा-ज़रा-सी बात पर झगड़े-टण्टे, कोर्ट-कचहरी, पुलिस का चंगुल, कर्ज़, मुक़दमे के माध्यम से किसान के शोषण की कहानी कही। 'मुट्ठी भर कंकर'

उपन्यास में शहर का आकार पसर रहा है। नयी-नयी कालोनियाँ बन रही हैं। कंकरीट का जंगल फैल रहा है। प्लाट काटकर बेचने वाले किसानों की ज़मीनें स्क्वायर कर रहे हैं। किसान ज़मीन का टुकड़ा बेचकर निकलता है तो उसकी मुट्ठी में कुछ नोट होते हैं, वे नोट 'मुट्ठी भर कंकर' लगते हैं। पहले पास में नोट नहीं थे, काम था। अब मुट्ठी में नोट हैं, परन्तु काम नहीं है। कैसी विडम्बना है। अभावग्रस्त जीवन जीने वाले लोगों को मुट्ठी में आया धन कंकर से ज़्यादा नहीं लगता। जो पहले ज़मीन के टुकड़े का मालिक था, अब बेज़मीन है।

ज़मीन के इस पूरे तपते अनुभव खण्ड के आगे का हिस्सा 'ज़मीन अपनी तो थी' में है। सीलिंग की ज़मीन भूमिहीनों में बाँटी जानी है। काली और उसके जैसे कई साथी दलित ज़मीन पाने के लिए आवेदन करते हैं। यह अलॉटमेंट उनके लिए तृषित आत्मा के लिए प्यास बुझाने जैसा अर्थ रखती है। सदियों से अपमान और ज़िल्लत की ज़िन्दगी ढोते दलित बड़ी आस से आते हैं। पूर्व परिचित दलित अफ़सर मजिस्ट्रेट कुलतार सिंह से मिलता है। काग़ज़ पर अँगूठे लगते हैं, परन्तु एक षड्यन्त्र के तहत काग़ज पर अलॉट हुई ज़मीन कुलतार सिंह के नाम बिक जाती है। यही है कुलतार सिंह के सौ एकड़ की ज़मीन के फार्म हाउस के मालिक हो जाने की रहस्य कथा। काली के गाँव के तेरह परिवारों की ज़मीन पुनरावंटन में बेज़मीनों को मिलकर भी नहीं मिलती। ऊँट के मुँह में जीरे की तरह दलित अफ़सर सभी को थोड़ी-थोड़ी मुआवज़े की रकम देकर चलता करता है। काली का प्रतिरोध मज़बूत है, परन्तु संघर्ष में कोई उसका साथ नहीं देता। सेठ रामप्रकाश जैसे दलित नेता की चालबाजी, पटवारी का दोगला चरित्र, भूमिपतियों की साँठ-गाँठ सभी पर उपन्यासकार की बराबर नज़र है। इस संवाद योजना से कितना कुछ साफ़ निथरकर आ जाता है—

"मैंने भी इसे कई बार समझाया है कि चमार को चमार कहना जुर्म बन गया है।"

"तो फ़िर क्या कहकर पुकारें—पण्डित जी, ठाकुर साहब। सरदार बहादुर, राय बहादुर।" मुरारी लाल तिलमिला उठा—"राज हो सरदारों, राजपूतों, ब्राह्मणों, खत्रियों का और पक्ष लें चमारों का। यह बात अपनी समझ में नहीं आती।"

"मुरारी इसी का नाम सियासत है। शब्दों का हेर-फेर है। परनाला वहीं रहेगा।" आँख दबा चुन्नीलाल उठ गया।

मुरारीलाल काली के बेटे के पास होने की खुशी में मिली बर्फी का टुकड़ा सड़क की ओर उछाल देता है और घृणा से नाक चढ़ाकर कहता है—"कैसा ज़माना आ गया है। अधर्मी, चमार महाजनों का मुँह मीठा कराने लगे हैं।" (पृ. 143)

काली के दोनों बेटे पढ़-लिख जाते हैं। ज्ञान आई.ए.एस. की परीक्षा पास कर लेता है। बेटे के लिए अपनी पत्नी का अनुरोध स्वीकार कर काली ज्ञान के पास सरकारी कोठी में चला जाता है। काली के दिल में अब भी ज़मीन का टुकड़ा शूल बनकर चुभ रहा है, परन्तु अब पुत्र ज्ञान के लिए वह बंजर ज़मीन का टुकड़ा कोई

मतलब नहीं रखता। ज्ञान आभिजात्य वर्ग में उसी तौर-तरीके से जीना चाहता था, परन्तु काली वही था। उसी सादगी में वह अपने बेटे के एक मित्र जॉर्ज को जूता ठीक करवा लेने की सलाह दे बैठता है। इस पर ज्ञान आपे से बाहर हो जाता है। पिता से कहता है—"यह जूतों की दुकान नहीं, आई.ए.एस. अफ़सर की कोठी है।"

काली हत्थे से उखड़ गया। वह पाशो को साथ लेकर बेटे के वर्तमान और भविष्य से बाहर होकर सिर पर पुराने कपड़ों का बोझ उठाये लौट आता है।

इस उपन्यास त्रयी के माध्यम से जगदीश चन्द्र पंजाब के गाँवों और शहरों की पृष्ठभूमि में पहली बार दलित समाज को केन्द्र में रखकर एक विशाल कैनवास पर उस शोषण की गाथा कहते हैं, जो इन्सान को इन्सान के तौर पर जीने नहीं देती, न ही इन्सानियत की पहचान और सम्मान देती है। जगदीश जी इस जुल्म को भगवान की देन मानकर चुप नहीं रह पाये।

❒❒